El mundo de afuera

Jorge Franco

El mundo de afuera

© 2014, Jorge Franco Ramos
© De esta edición:
2014, Santillana USA Publishing Company
2023 NW 84th Ave.
Doral, FL, 33122
Tel: (305) 591-9522
Fax: (305) 591-7473
www.prisaediciones.com

ISBN: 978-1-62263-940-3

© Diseño:
Proyecto de Enric Satué

© Imagen de cubierta:
Jesús Acevedo

Printed in USA by HCI Printing
16 15 14   1 2 3 4 5 6 7 8 9

A Valeria, mi mundo de adentro

BOLETÍN INFORMATIVO N.º 034
FUERZAS MILITARES DE COLOMBIA
EJÉRCITO NACIONAL

Medellín, 9 de agosto de 1971

El comandante de la IV Brigada, coronel Gustavo López Montúa, se permite informar a la ciudadanía que el día 8 de los corrientes, a las 18.20, fue secuestrado el señor Diego Echavarría Misas en las inmediaciones de su residencia «El Castillo», en el barrio El Poblado de esta ciudad. El secuestro se produjo cuando el señor Echavarría Misas llegaba a su residencia en compañía de algunos familiares y amigos, siendo interceptado por tres antisociales armados, quienes lo redujeron a la impotencia, intimidando a sus acompañantes, y lo transportaron en el vehículo Jeep Comando de placas L4531 color blanco.

Las autoridades hacen un llamado al espíritu cívico de las gentes de bien de la ciudad de Medellín, y del departamento de Antioquia en general, con el fin de que presten su valiosa colaboración a las autoridades informando oportunamente cualquier indicio que pueda conducir a la localización y rescate de don Diego, y a la captura de los secuestradores.

1.

Apenas se oye el viento que opaca desde lo alto, como un manto protector, el rumor encajado de las textileras, de la siderúrgica, de buses, carros, motos y hasta del tren que cruza Medellín en sus últimos viajes. La loma del castillo es empinada y se aleja con arrogancia del bullicio diario. Solo tiene dos carriles pavimentados, un poco más anchos que los neumáticos de los carros. Se llama loma de los Balsos porque alguna vez estuvo sembrada de balsos desde abajo hasta la cima. Los aviones sacuden la tranquilidad de la montaña cuando vuelan pegados a la cordillera. Si alguien va en el lado derecho del avión, puede ver desde el aire el castillo y sus jardines. Y si tiene suerte, puede ver a la princesa saludando con la mano a los que vuelan sobre ella.

Abajo, al fondo, el valle se parte en dos por un río que suelta olores y sobre el que revolotean los gallinazos atentos a lo que salga de las alcantarillas. La corriente lenta arrastra basura, excrementos y espumas, y a lado y lado vivimos un poco más de setecientas mil personas en barrios simples y tranquilos. También hay fábricas que ensucian el aire con humo.

Oímos historias de bandidos y de atracos, del robo a una casa donde se llevaron los cubiertos de plata, o de un asalto a un banco, de peleas en las cantinas, de infidelidades, de algún padre que le pegó un tiro a un muchacho que se escapó con su hija, de un demonio que se le apareció a alguien o de un hechizo con el que alguna mujer se sonsacó un marido.

En el vecindario del castillo hay dos colegios para señoritas, una iglesia, un convento donde las monjas venden recortes de hostias, y nuestras casas: amplias y modernas, entre solares y cañadas. A los árboles llegan tucanes de montaña, barranqueros, azulejos, turpiales, tórtolas y colibríes, a los que la princesa también llama picaflores. En las noches nos dormimos con el ruido de las ranas y las chicharras, y en las mañanas nos despierta el jolgorio de los pájaros. Esos sonidos que oímos son los mismos que arrullan y levantan a la princesa.

Llueve en las noches y en el día brotan las flores mientras nosotros corremos por los lotes baldíos, loma abajo, loma arriba. Nos gusta merodear por el castillo, siempre de lejos por miedo a lo que tienen: torres, sótanos, bóvedas y fantasmas, a pesar de que en ellos vivan princesas y reyes. En este de la loma hay una princesa a la que vemos saltar por los jardines, seguida de una señora sin aliento.

¡Isolde, Isolde!, oímos el vozarrón de Hedda cuando la llama. La niña se escabulle por entre los anturios y las musaendas y el resplandor de su vestido queda enredado en las heliconias. Salta matas en un mundo que todavía no le parece estrecho. Corre, escapándose de Hedda, que la llama a los gritos desde las torres, orientada por la risa de la niña, a quien le hacen gracia la voz de hombre y el acento crudo de la institutriz. Se esconde para obligar a Hedda a salir al sol.

—*Isolde, wo bist Du?*

Hay un paje, dos mucamas, dos cocineras, un chofer y un jardinero que se llama Guzmán y que le sigue a la niña el juego de esconderse. Hedda le pregunta por ella y él le dice que la vio correteando hace un rato. Hedda la llama con otro grito, la busca un rato más hasta que la vence el sofoco y entra al castillo a tomar agua y aliento para ponerle la queja a Dita.

—No aparece, siempre se esconde cuando le toca clase de bordado. Tampoco llega a la lección de aritmética, no se esmera en geografía, se la pasa metida en la selva.

Dita sonríe al oírla referirse así a su jardín. Lo habrá dicho por los cauchos, los ciruelos, las arecas y los amplísimos samanes. Mira el reloj en su muñeca. Lo mira con tanta frecuencia que da la impresión de estar siempre a punto de salir para algún lado. Dice que es para saber qué horas son en Herscheid, porque ella vive seis o siete horas más temprano. Le dice a Hedda, déjala jugar otros quince minutos.

Hedda no oculta la molestia, no fue para que la desautorizaran que dejó Alemania, y si la niña no va a un colegio como cualquier otra, tiene que seguir las normas para hacer de ella una mujer de bien en un país salvaje. Dita nota el gesto de Hedda, mira el reloj de nuevo y dice, está bien, ya voy a buscarla.

Solo la llama una vez y la niña sale de los helechos, con briznas de hierba en el pelo y cadillos pegados a las medias. Corre hasta su mamá y le dice:

—No quiero entrar a clase.

Dita le promete que después del almuerzo puede salir a jugar de nuevo. Entonces entra resignada a tomar su clase de bordado.

En el salón de las tapicerías la niña borda el animal que había dibujado antes sobre la tela. Un conejo con orejas largas inclinadas hacia atrás, dos dientes grandes y un cuerno en espiral que le sale del centro de la frente. Un almiraj, dijo cuando lo trazó. Hedda resopló, pero cedió con tal de que bordara.

Después toma chocolate caliente con pandequeso en el comedor auxiliar, con Hedda y su mamá. Y cuando termina, le recuerda la promesa que le hizo de dejarla salir otra vez al jardín.

—Todavía hay sol —dice, y corre hasta la ventana.

La institutriz respira hondo, pero antes de que alguien pueda decir algo, antes de que Dita pueda arrepentirse o de que una nube tape el sol, o de que el mismo sol se meta detrás de las montañas, antes de que aterrice el último avión del día, solo un poco antes de que suenen las sirenas de las fábricas para que los obreros se vayan a casa, justo antes sale la princesa al jardín y sube al bosque, alumbrada por la última luz de la tarde y acariciada por las ráfagas tibias de los vientos de su reino.

Ya no está Guzmán para vigilarla. Entró a su casita, en un costado de los jardines, y escucha en el radio las noticias de la tarde. Hedda está encerrada en el cuarto y se pregunta, como todos los días, qué estoy haciendo aquí en este país de bestias, aplastando cucarachas con los pies y zancudos con las manos, lejos de ti o al menos lejos de tu recuerdo, más lejos de tu silencio con un océano de por medio. Las cocineras, en las despensas, se ingenian los platos para la cena y las mucamas planchan las sábanas y los cubrelechos. Dita, sentada al tocador frente al espejo, se echa laca en el pelo, se pone polvo y perfume como una esposa que al final del día espera a su marido.

A Medellín lo cubre una luz gris, tanto que don Diego, sentado atrás en la limusina, le dice a Gerardo, prenda las luces, hombre, ya casi no se ve nada. Desde la ventana donde suspira, Hedda es la primera en ver las luces del carro por el camino de cipreses. Entonces corre abajo y corre afuera.

—¡Isolde, Isolde, ya llegó tu papá! —grita hacia el jardín, y justo en ese momento suena el pito y Guzmán sale apurado a abrir la reja. Dita se levanta del tocador y alisa su falda. Las mucamas y las cocineras dicen, ¡llegó el señor! Hugo, el paje, camina derecho, con pasos cortos y rápidos hasta la puerta principal, y maldice porque siempre que se pone los guantes se le van dos dedos donde solo cabe uno.

Gerardo abre la puerta de la limusina y don Diego se baja, vestido de negro de la cabeza a los pies. Respira profundo el olor de las azucenas y va hasta las escaleras amplias donde lo reciben Hugo y su venia.

La niña sale del bosque saltando sobre hortensias, crisantemos, santolinas y begonias. Esquiva las raíces de los cauchos que brotan de la tierra como anacondas. Don Diego oye los pasos que vienen en carrera, oye el jadeo y el esfuerzo de ella por llamarlo en medio de la emoción. La ve abajo del porche, a su princesa, que brilla en la penumbra con el pelo hecho un disparate: cuatro cadejos enroscados le caen como los cuernos de un gorro de bufón, en el centro le sale un mechón en cono y en la punta, una flor.

2.

—Antes de volverme malo, yo también quería decirle como usted, Isolda mía, abrazado a ella. Yo no quería su plata, doctor, quería a su hija. Yo también la espiaba al igual que sus vecinitos, esos niños ricos que merodeaban por su castillo todo el día.

Don Diego apenas parpadeó, con los ojos puestos en un punto cualquiera de la pared. El Mono Riascos se quedó esperando a que dijera algo, pero don Diego echó la cabeza hacia atrás y cerró los ojos, como lo hacía en su castillo cuando quería olvidarse del mundo. El Mono miró su taza con fastidio: en el fondo reposaba un asiento de nata grumosa. Ya entiendo por qué no come, dijo, y puso la taza a un lado. Lo que no entiendo, continuó, es por qué no facilita las cosas para que pueda salir de aquí. Llamó al Cejón, ¡Cejón!, y le pidió que se llevara las tazas. Me tomé esa porquería, le dijo, y mire lo que me salió en el fondo. El Cejón miró la nata espesa sobre el ripio de café y levantó las cejas.

—Es la leche —dijo.

—Pues claro que es la leche —dijo el Mono—, pero por qué no le consiguen leche fresca, por aquí hay vacas para donde uno mire.

—Nos advertiste que no saliéramos —le alegó el Cejón.

—Sí —le refutó el Mono—, pero también les dije que me atendieran bien a don Diego, y lo primero es lo primero, ¿o no, mi doctor?

Don Diego seguía con los ojos cerrados y respiraba pesadamente, abrazado a sí mismo, mortificado por el frío de Santa Elena.

—Mañana me le traen leche recién ordeñada, se la sirven bien hervida para que no le caiga mal y con lo que sobre le hacen quesito —ordenó el Mono, siempre mirando a don Diego, nunca al Cejón—. Y ahora váyase y llévese eso.

El Mono caminó por el cuarto cuando el Cejón cerró la puerta. Le echaba miradas a don Diego, que seguía quieto, como dormido. Ya le dije que una de mis virtudes es la paciencia, entre muchas otras, le dijo el Mono. Me podía quedar toda una tarde atisbando a Isolda en el jardín, sentado en la rama de un árbol, con el culo tallado y usted me perdonará la expresión, pero es que a la hora de estar ahí ya no sabía cómo acomodarme, así me cambiara de rama era lo mismo, y cuando ella no salía se sentía más la incomodidad. Y los aguaceros. Usted sabe que cuando en Medellín llueve, llueve con rabia, y más en su castillo, donde se mete el frío de la montaña. ¿Tiene frío, don Diego? El Mono le pasó la cobija. Tenga, arrópese, le dijo. Don Diego miró la cobija empolvada y rota, frunció los labios y el Mono no supo si fue por molestia, por humillación o por tragarse su silencio intransigente. Era muy poco lo que había hablado desde que dijo, por mí no van a pagar ni un peso.

—Lo peor eran los aguaceros y el viento —continuó el Mono, enruanado, con las manos en los bolsillos y todavía de pie—. Pero valía la pena la espera. Cuando su hija salía era como si... —el Mono notó que don Diego apretaba los ojos y se quedó callado hasta que vio que volvió a aflojarlos—. El jardín resplandecía —siguió el Mono—, soplaba una brisa tibia y cuando se reía era como si, como si... —la emoción lo dejó sin palabras hasta que dijo—: Incluso paraba de llover cuando ella salía y ya no me importaba que las ramas fueran duras, lo único que de verdad me preocupaba era que alguno de ustedes me fuera a descubrir —el Mono acercó un butaco de madera y medio chueco—. Con su permiso me siento.

Don Diego abrió los ojos y como el Mono lo estaba mirando, por un segundo, y por primera vez en la noche, se cruzaron las miradas. Luego don Diego volvió a lo suyo, a los ojos cerrados, a la cabeza inclinada hacia atrás, al frío de los huesos.

—Era como si saliera el sol —dijo el Mono—, y a mí me daba susto que tanta luz me fuera a delatar por más que me escondiera en las ramas más tupidas. Aunque yo sabía cuidarme, porque lo de Mono no me viene de lo rubio que fui cuando chiquito sino de mi habilidad para encaramarme en los árboles —el Mono intentó reírse, pero le salió un gemido.

Afuera del cuarto hubo un estruendo de risas que molestó al Mono, como si lo hubieran escuchado y se estuvieran burlando, pero apenas oyó la carcajada de Twiggy entendió el desorden y se molestó más. Se estregó la cara con las manos, se rascó la cabeza, se revolvió el pelo y dijo, con resignada desesperación, por qué las mujeres serán tan cabeciduras. De un envión abrió la puerta y les gritó que se callaran.

Quedó un silencio tan dramático que lo único que se oyó en el cuarto fue la respiración apretada de don Diego, que seguía despierto con los ojos cerrados. Afuera gorjeó una gallinaciega, pit, pit, pit, que le recordó a don Diego las que anidaban en las matas del castillo.

—¿De qué se ríe? —le preguntó el Mono y don Diego volvió a ponerse serio—: ¿De los de afuera?, ¿de mí?, ¿se está riendo de mí? —el Mono Riascos se rio con una risa falsa y dijo—: Eso sí que está bueno —como un perro le dio dos vueltas al butaco antes de volver a sentarse, apoyó la cabeza en la pared y dijo—: Vamos a ver si cuando termine todo esto le van a quedar ganas de reírse, don Diego. ¿O es por ella?, ¿se acordó de algo de ella?, ¿sonrió por nuestra Isolda?

Don Diego abrió los ojos con furia.

—¿Nuestra? —dijo.

El Mono, ahora sí, se rio de verdad. A mí me pasa igual cuando la recuerdo, a veces, sin darme cuenta, me pillan riéndome por nada, me preguntan si me estoy acordando de alguna diablura pero me pasa como a usted, doctor, es por ella, sonrío por nuestra Isolda, así usted se enfurezca cuando digo nuestra.

El Mono se levantó y caminó hasta la ventana trancada con tablones y largueros, clavados con resentimiento contra el muro y los postigos. Caminó despacio, moviendo los labios como si hablara consigo mismo. De pronto alzó un poco la voz para que el viejo oyera lo que recitaba casi en silencio:

—*La vida es buena para aquel que la sufre y la soporta. Yo que siempre la tuya he visto llena de martirios, angustias y congojas, con la playa de infecunda arena, más dichas te daré, que verdes hojas los árboles frondosos a los nidos, y la tarde, al ocaso, nubes rojas.*

Se calló de repente y miró a don Diego con curiosidad. Vio que respiraba más rápido, con más ahogo y con la cara enrojecida. Yo sé, doctor, que a usted no le gustan los poetas de ruana, pero si no fuera por el maestro Flórez no habría aguantado tanto tiempo esperando a que Isolda saliera. Me aprendí todos sus versos. Ahora, ya mayor, es que se me han ido olvidando. Me los aprendí para recitárselos a ella. El Mono se quedó pensativo y caminó hasta otra silla. No se sentó, sino que apoyó las manos en el espaldar. Y mire cómo es la vida, dijo, mire a quién me tocó recitárselos. Suspiró y añadió, y en qué circunstancias. Con los dedos tamborileó en la silla. Miró su reloj y se excusó, qué pena, don Diego, pero tengo que interrumpir nuestra conversación. Tengo muchos asuntos por resolver. Entre otras cosas, debo llamar a su casa, hace días que no hablo con ellos. No me quieren pasar a su señora, ella dizque no quiere hablar conmigo.

—Gracias, Dita —susurró don Diego.

—¿Qué dijo? —preguntó el Mono, pero don Diego no repitió—. Igual yo cumplo con llamar, si quieren dejarlo aquí, ya es cosa de ellos.

El Mono volvió a tamborilear en el espaldar, esperó en silencio a ver si don Diego hacía otra cosa que no fuera quedarse quieto mirando al techo, incómodo sobre un catre viejo.

—Que pase buena noche —le dijo el Mono.

Salió y le puso candado a la puerta. Caminó cabizbajo por el pasillo oscuro y encontró a los otros en la sala, cuchicheando entre risas.

—Mono, Monito —Twiggy saltó y se paró frente a él. Le sonrió como si no pasara nada.

—¿Vos es que no entendés? —le reclamó el Mono—. ¿En qué idioma tengo que hablarte?

Twiggy pestañeó rápido con sus ojos cargados de rímel. Me hacés falta, Monito, dijo aniñando la voz. Te extraño, necesito verte. No vengás, le dijo el Mono, si te necesito te busco y punto. Twiggy agarró con las manos el dobladillo de su minifalda verde eléctrico, como si de esa falda dependiera su vida, y dijo:

—Es que si yo no te busco, vos no me buscás.

—Ya —dijo el Mono levantando la mano. Se paró en medio del salón y miró al Cejón, a Carlitos y a Maleza—. ¿Dónde está Caranga? —les preguntó.

—Salió a buscar leche —dijo el Cejón.

—¿A esta hora?

—Esa fue tu orden.

—Dos potreros más allá hay unas vacas —dijo Maleza.

—¿Salió a ordeñar a esta hora? —insistió el Mono.

—No —aclaró el Cejón—, van a traerse una vaca. Es mejor tenerla aquí para no tener que salir.

El Mono tuvo que sentarse. Otra vez se restregó la cara y se revolvió el pelo. Entonces ¿fueron a robarse una vaca?, preguntó ofuscado. Esa fue tu orden, dijo el Cejón. De un tirón, el Mono se quitó la ruana. Qué hijueputas tan brutos, dijo. Twiggy se sentó a su lado, a cierta distancia. Dije que consiguieran leche, explicó el Mono, no que se robaran una vaca. Pero Mono, dijo el Cejón, la tienda más cercana queda a una hora. El Mono lo interrumpió, entonces mañana el dueño de la vaca se da cuenta de que le falta una, la busca, no la encuentra, se va para la estación de policía, pone la denuncia, luego los tombos empiezan a averiguar entre los vecinos, ¿sí me estás poniendo atención, Cejón?, y qué pasa, a ver, ¿cuál de ustedes me puede decir qué pasa cuando la policía aparezca por acá buscando la puta vaca?

Ninguno habló hasta que Twiggy dijo:

—Yo acabo de llegar, Mono, no sé de quién fue la idea.

—¡Imbéciles! —estalló el Mono, y Twiggy se apartó un poco más, mordiéndose los nudillos. Él tomó aire para calmarse y dijo—: Carlitos, salí y decile al Pelirrojo que busque a Caranga y que se devuelva ya.

Carlitos, fruncido, miró al Cejón.

—¿Qué pasa? —preguntó el Mono.

—Es que el Pelirrojo también se fue con Caranga —dijo el Cejón.

El Mono se paró, metió las manos en los bolsillos, caminó despacio alrededor de la mesa de centro y luego la levantó de una patada. Todo lo que había encima voló por los aires: revistas, vasos, un cenicero y los platos de peltre. Una botella de gaseosa quedó girando en el piso y cuando terminó de voltear, el Mono preguntó:

—Entonces ¿no hay nadie de guardia?

3.

Yo no conozco a nadie que se vista como él, ni que tenga paje y limusina, ni mucho menos que viva en un castillo como los de Francia, ni que tome el té en una terraza rodeada de fuentes, con monstruos de cemento que botan agua por la boca. Nunca he oído de otros niños que no tengan que ir al colegio sino que estudien en su casa, como Isolda, con una institutriz extranjera y maestras particulares. Para nosotros ir a Europa es como ir a la Luna y ellos van cada año como si fuera allí no más. Él tiene todo tan puesto, tan armonioso, tan perfecto que las vidas y las casas de los que habitamos alrededor del castillo parecen simples, a pesar de que son casas grandes, nos damos gustos y vivimos bien.

Lo de ir a la Luna lo digo porque todos queremos ser astronautas desde el mes pasado, cuando un hombre pisó por primera vez la Luna frente a nuestros ojos pegados al televisor. La señal venía de muy lejos y a veces la imagen se retorcía como si le costara atravesar la atmósfera, pero así y todo nos mantuvo atentos hasta la madrugada. Y felices, porque con ese primer paso el presente ya es cosa del pasado y el futuro, el tiempo que empezamos a vivir.

Mientras muchos duermen, don Diego llena el castillo con la música de Wagner, o de cualquier otro.

Isolda aprovecha para bajar en puntillas con las pantuflas que tienen bordadas sus iniciales y la madera de la escalera cruje pero el ruido se pierde en la orquesta. Ella sale por una de las puertas de atrás y camina en lo oscuro hasta donde no llega el resplandor del castillo, hasta el punto donde, a la altura de sus ojos, aparece el firmamento de cocuyos.

Dita, en su habitación, mira el reloj y piensa en su hermana en Alemania, dormida y tapada con el edredón hasta las narices. Hedda, con el pelo suelto, escribe una carta y busca las palabras precisas para llenarla con dolor y despecho. *No hagas más enorme esta distancia con tu silencio, con tu indiferencia,* necesita palabras de reclamo que no hieran o la dejen sin la esperanza de recibir respuesta. Desesperada, arruga el papel y lo bota al suelo. Maldita música, maldito Wagner, malditos estos zancudos que me devoran, maldita distancia. Maldice en alemán, en inglés y en español.

Aparte de las angustias de Hedda, todo parece estar en calma. Arriba, don Diego pasa una página más buscando comprender la ambigüedad de Jünger o, simplemente, intenta descifrar los misterios de la vida diaria. Dita se cepilla el pelo antes de irse a la cama, tal como le enseñó su madre, como a las dos les enseñó la abuela. Lo cepilla antes de acostarse y en la mañana se lo recoge atrás con una moña que le da un aire de alcurnia. Junto a la fuente croan las ranas y el silencio de la noche lo atraviesan murciélagos, lechuzas, mochuelos, zarigüeyas y perros. Y todos, el paje y las criadas, el jardinero, la institutriz con su desasosiego, el padre y la madre hacen a Isolda durmiendo a esa hora.

Ella atraviesa el bosque como un astronauta suelto en el espacio abierto, maravillada por el centelleo de las luciérnagas y escoltada por cinco almirajes que hurgan con el cuerno entre los arbustos para espantar los bichos que puedan asustarla. Isolda lleva un frasco de vidrio con la tapa perforada, y a él entran las luciérnagas sin tener que cazarlas. Son solo un préstamo, así se lo ha prometido a los almirajes. Más tarde, cuando vuelva a su cuarto, quitará la tapa para que salgan volando mientras ella se duerme, y en la mañana abrirá la ventana para que regresen al bosque.

A los demás nos despierta el sol, o la dulzaina de un afilador, el silbido de una cafetera o el cansancio de haber dormido lo suficiente en una ciudad donde se mira mal la pereza. Nobles y plebeyos nos ponemos de pie muy temprano dispuestos a capotear necesidades, alegrías y tristezas. Y ella, la princesa, a lidiar con su soledad y a estudiar la vida de los muertos.

Medellín tenía un letrero a lo Hollywood pegado en la montaña, más arriba del barrio Enciso, no muy lejos de la casa donde vivía el Mono Riascos, con el nombre de una empresa textil. Coltejer, decían las letras que de noche alumbraban de verde neón.

—Esa empresa la fundó un pariente suyo, don Diego, ¿no cierto? —dijo el Mono—. Hasta ese letrero subía yo de joven con el Cejón y con Caranga, a ver Medellín desde arriba, mucho más arriba que los aviones que aterrizaban en el Olaya Herrera, más alto que los gallinazos que planeaban sobre el río. Allá hacíamos planes, aunque todavía no se me había cruzado usted por la cabeza, doctor. Los planes eran sueños de muchachos que querían hacerse ricos. Muchachos que aparte de dormir no teníamos mucho que hacer. A veces las nubes pasaban tan bajitas que creíamos que las podíamos tocar y la mariguana nos ayudaba a volar. Hablábamos de cosas que no teníamos. Caranga hablaba de la guitarra de Jimi Hendrix y cantaba *Purple haze all in my brain,* y seguía cantando sin saber inglés.

—¿Qué significa *purple haze,* Caranga? —le preguntó el Cejón.

Caranga soltó la guitarra imaginaria, inspiró con la nariz apuntando al cielo, levantó los brazos como un vencedor y dijo, es algo poderoso, *my friend.*

El Mono les habló de un Plymouth Barracuda, azul metálico, coupé, con motor V8, como el que tenía don Abelardo Ramírez, el dueño de los billares de la Primero de Mayo, que cuando pasaba tronando les paraba el pelo engominado a los hombres y a las mujeres les daba dizque un no sé qué.

—¿Y vos para qué querés un carro si ni siquiera sabés manejar? —comentó el Cejón.

—Pues para eso, precisamente, Cejón güevón.

—Yo me contentaría con una pickup —alegó.

—Vos te contentás con nada —lo interrumpió mientras Caranga volvía a coger la guitarra de Jimi Hendrix.

—Ese letrero era parte de ella. Las ocho letras en sus andamios cuentan la historia de nuestra Isolda, don Diego. Y marcan un territorio. Así como los gringos nos mostraron que la Luna era de ellos cuando le clavaron su bandera, así marcaron ustedes Medellín con el letrero de Coltejer. ¿Usted no ha subido? Debería ir y pararse debajo de la E, la letra de su apellido, para que vea lo chiquito que uno se ve.

Don Diego ni lo miró. El Mono soltó un suspiro para retomar el recuerdo de otra época:

—Pará de cantar, Caranga, dejá la berreadera y primero aprendé a hablar inglés.

—Mono, dejame ser feliz, ¿sí?

El Cejón no volvió a hablar desde que el Mono le dijo que él se contentaba con nada. Se sentó debajo de la R y se puso a mirar para el frente. Caranga le hizo caso y dejó de cantar, aunque siguió haciendo ruidos de guitarra eléctrica.

—Algún día le voy a comprar ese carro a don Abelardo —dijo el Mono.

—Cuando llegue ese día —sentenció Caranga—, va a haber un millón de carros más nuevos.

El Mono botó el porro de un papirotazo, antes de quemarse los dedos. Se levantó, se sacudió los pantalones y se fue.

—Le decía, don Diego, que al lado de las letras uno se ve insignificante, aunque en la montaña lo que se ve chiquito es el letrero. Y no demoran en llegar hasta ahí los barrios de invasión. No sé qué irá a pasar con el letrero, entonces. Yo no he vuelto por allá desde que me dio por ir a su castillo. Pero allá arriba, alumbrado por el resplandor verde, mirando titilar a Medellín, fue que decidí que por encima de todo, incluso de mi vida, su princesa, don Diego, sería para mí.

El Mono pegó la frente y los diez dedos contra la pared y, embelesado, le recitó al muro:

—*Si a la lucha me provocas, dispuesto estoy a luchar; tú eres espuma, yo, mar que en sus cóleras confía...*

—Qué mal verso —lo interrumpió don Diego.

—Recitar no es mi fuerte —dijo el Mono.

—Así lo recitara el mismo Julio Flórez seguiría siendo malo —insistió don Diego.

El Mono metió una mano debajo de la camiseta y se rascó la barriga. Sacudió la cabeza para despejarla de la molestia que la fue llenando.

—Isolda recitaba muy bello —susurró don Diego. El Mono paró de rascarse pero dejó la mano metida bajo la camisa, para calentarla.

—¿Y qué recitaba? —preguntó.

Don Diego le respondió con desgana nombres que al Mono no le decían nada: Verlaine, Hugo, Darío... Se aprendió incluso varios poemas en francés, enfatizó don Diego, y luego se quedaron callados. Empezaban a acostumbrarse a los silencios.

—Recitaba —murmuró después el Mono, con emoción.

Don Diego siguió sentado en el catre, recostado en la pared mohosa, con la cobija hasta el pecho. Los niños crecen muy rápido, empezó a decir, mirando a la nada. Uno se acostumbra a su risa y a los alborotos, y el día menos pensado crecen y dejan de sonar como niños, y ahí es cuando uno comienza a extrañar su bulla y sus carcajadas.

El Mono botó el aire que había contenido mientras don Diego hablaba. Luego le preguntó, ¿por qué no tuvo más hijos? Don Diego lo miró y algo empezó a brillar entre sus párpados abultados. Y dijo:

—No me quedó espacio en el corazón para nadie distinto a Isolda.

El Mono pasó saliva, intimidado por la mirada vidriosa de don Diego. Prefirió cambiar de tema.

—Me cuentan que sus vecinitos siguen fisgoneando por ahí —dijo el Mono—. Con todo esto que ha pasado me dicen que se han acercado muchos curiosos. Y eso que la loma está militarizada.

—¿Por qué no llama las cosas por su nombre? —preguntó don Diego.

—¿Qué cosas?

—Usted dice «todo esto que ha pasado». Esto tiene un nombre. Dígalo.

—Esto es un negocio —dijo el Mono—, un negocio muy complicado porque una de las partes no quiere colaborar.

Don Diego soltó una risa corta.

—Ah —dijo—, entonces todas estas atenciones provienen de un *businessman*.

—¿Un qué? —preguntó el Mono, confundido. Don Diego soltó otra risa. El Mono le dio la espalda y caminó despacio hasta la puerta—. No se le olvide —dijo— que mientras esté acá, usted es menos que yo, ¿oyó, don Diego? —el Mono abrió la puerta—. Y acuérdese de escribir esa notica para su señora, ella querrá leer de su puño y letra que usted la extraña y que quiere reunirse pronto con ella.

—¿Cuánto están pidiendo? —preguntó don Diego.

El Mono se saboreó y le dijo:

—Qué vergüenza con usted, pero esa información solo la conocemos las dos partes del negocio.

—El negocio soy yo.

—Sí, pero no el negociador.

—No le van a dar nada —dijo don Diego.

El Mono levantó los hombros y antes de salir dijo, cómo se nota que usted no sabe de esto. No se despidió y puso el candado por fuera, lo cerró y tiró de él para cerciorarse de que su inversión quedara a buen recaudo.

En la cocina, Carlitos preparaba una sopa de ahuyama con perejil y calentaba leche para el café. Vio pasar al Mono cabizbajo y oyó cuando Caranga dijo, qué frío tan hijueputa.

—Hay mucha neblina —dijo Maleza—, no se ve ni la portada.

—Se nos puede venir un batallón y cuando alcancemos a verlo ya estarán encima —dijo Caranga.

—La niebla nos favorece —dijo el Mono.

—Pero ¿cómo van a llegar los del otro turno? —preguntó Maleza—. Yo ya me quiero ir.

El Mono abrió la puerta de la cabaña y la neblina entró hasta la sala. No cerró, sino que se quedó mirando el muro blanco que le impedía dar un paso más al frente.

—¿Sí ves? —dijo Maleza.

—No, no veo nada —dijo el Mono.

—Quiero decir...

—Yo sé lo que querés decir —lo interrumpió el Mono, y se volteó a mirarlo—. Vení, andá afuera y me contás qué ves.

Maleza abrió la boca y los ojos, miró a Caranga a ver si estaba tan sorprendido como él, pero el otro sonreía con malicia.

—Andá, Maleza —ordenó el Mono—, fijate hasta dónde hay neblina, revisá que el carro esté bien tapado y después vas hasta la carretera y esperás a los otros.

—Mono, no se ve ni para mear.

—¿No estás de turno, vos? ¿No tendrías que estar de guardia en este momento?

—Sí —dijo Maleza, acorralado—, pero es que mirá afuera.

—¡Andá! —dijo el Mono con un grito que le borró la expresión de burla a Caranga e hizo asomar a Carlitos desde la cocina.

Maleza se puso de pie y caminó despacio hasta la puerta donde lo esperaba el Mono, mirándolo con ira. Se paró junto a él y tembló cuando lo cacheteó el frío.

—Cuidado con los barrancos —le dijo el Mono.

Maleza mandó su mano a la cintura y sacó de atrás su revólver .38, de cinco tiros, y lo empuñó con fuerza. Miró al Mono para corresponderle su saña y se perdió en la vaporosidad de la niebla. El Mono tiró la puerta y preguntó:

—¿Qué pasa con esa sopa, Carlitos?

5.

Don Diego cerró el libro de un golpe y con indolencia lo puso sobre el escritorio. Qué mal poeta, dijo.

—Pero todavía gusta —comentó Rudesindo.

—Eso no le quita lo malo —dijo don Diego.

—Hombre —exclamó Rudesindo, y tomó el libro para hojearlo.

—Lo han vuelto a poner de moda los tipejos estos..., los del grupo de... —don Diego sonó los dedos buscando el nombre.

—Los piedracielistas.

—Esos. Apenas pase todo el embeleco de la conmemoración, todos se olvidan de él.

—Lo hacen más por su admiración a Silva que al mismo Flórez.

—Con toda seguridad —dijo don Diego—, pero nunca los menciones juntos, por favor.

Rudesindo sonrió, levantó la copa de coñac para mirar a trasluz y dijo:

—Que no confundan la caca con la pomada.

—Nada que ver Silva con este necrófilo —dijo don Diego—. No se acerca a la exquisitez. Silva se codeó con lo mejor de Francia mientras que este otro no pasó de España.

Rudesindo soltó una carcajada de cortesía y dijo:

—Si eso lo dice un franquista a ultranza como tú...

—Dejémonos de pendejadas, Rude, que Francia es Francia —dijo don Diego—, y te devuelvo el «a ultranza», que con lo de Alemania tuve suficiente.

—Hombre —exclamó Rudesindo, y sorbió de su coñac.

Don Diego se levantó, tomó el libro y lo puso en un anaquel.

—Entonces te vuelves a ir —dijo Rudesindo.

—Sí, arranco en veinte días.

—Qué mala vida te das.

—Ni lo menciones. Mamá lleva un mes sermoneándome a diario. Que aterrice, que mis hermanos no pueden solos con los negocios, que estoy muy viejo para seguir soltero...

—En eso tiene razón —lo interrumpió Rudesindo.

—¿Estoy muy viejo?

—No, hombre, pero ¿soltero todavía?

—¿Cuál es el afán, Rude? El mundo es inmenso, la guerra es cosa del pasado, poco a poco Europa vuelve a ser la de antes, en cambio mira cómo están las cosas por acá. Ahí tienes lo de *El Tiempo,* sus rotativas en cenizas, pueden ser todo lo liberales que sean pero no se lo merecen.

—Laureano tiene que volver al poder —dijo Rudesindo.

—Laureano está mal de salud —dijo don Diego—, y de aquí a que vuelva a la presidencia no va a encontrar nada.

Rudesindo resumió la conversación con un gesto opaco. Guardaron silencio mientras oían a doña Ana Josefa, en la cocina, dando instrucciones para la comida.

En Berlín, en su cuarto viaje, don Diego recibió una invitación para un baile organizado por el Rotary Club Berlin International, en el hotel Kempinski. Él no era amigo de las fiestas, pero sabía que Thomas Mann había asistido, dos o tres veces, a la misma celebración y no dudó en aceptar con tal de bailar en el mismo suelo que había pisado Mann. Mandó su frac a la lavandería, les hizo sacar brillo a los zapatos y se puso de acuerdo con su amigo Mirko Baumann para encontrarse en la esquina de Kurfürstendamm a las seis de la tarde.

—Pero el baile es a las ocho —le recordó Mirko.

—Yo sé —dijo don Diego—, pero Maria Callas está alojada en el Kempinski y me muero por verla.

Mirko abrió los ojos.

—¿Y cómo entramos? —preguntó.

—Pues con las invitaciones del baile podemos llegar al menos hasta el foyer —dijo don Diego.

Mirko se rio.

—¿Y qué piensas decirle?

—Nada —dijo don Diego—. Solo quiero aprovechar la coincidencia para admirarla.

A las seis en punto cruzaron, muy elegantes, el lobby del hotel. Se acomodaron en unos sillones frente a los ascensores y pidieron dos copas de champaña. Ya habían pasado diez años desde la caída del Tercer Reich, pero Berlín seguía avergonzada y deprimida por la separación y la derrota. La propia Maria Callas no dejaba de lamentarse públicamente por la destrucción de la Deutsche Oper en el 43. Y como si no tuvieran suficiente con la memoria aún fresca de la guerra, los alemanes veían con preocupación la firma del Pacto de Varsovia. De ese tema y de otros de actualidad hablaban Mirko Baumann y don Diego, que entre frase y frase miraba ansioso los ascensores por si de repente aparecía la Divina envuelta en pieles, camino al teatro para presentar *Tristán e Isolda*. Mirko le preguntó por ella a un mesero.

—¿Dónde está? ¿A qué horas sale?

Mientras recogía las copas vacías, el mesero, inspirado, le respondió:

—Ella entra y sale como el aire.

Ya eran las siete pasadas y algunos invitados empezaron a llegar al baile de los rotarios. Don Diego levantó los hombros y le dijo a su amigo, contentémonos con saber que aquí duerme. No te amargues, le dijo Mirko, el próximo viernes la veremos haciendo lo que mejor hace. A don Diego le brillaron los ojos, como le sucedía siempre que pensaba en Wagner.

Entraron al salón de baile, alumbrados por unas arañas de cristal enormes, y caminaron por la calle de honor que hicieron los anfitriones mientras sus pasos se perdían en la esponjosidad de las alfombras. A cada uno una mujer le puso una flor blanca de papel en el ojal, y luego avanzaron chispeados por las copas de champaña que llevaban entre pecho y espalda, hipnotizados por la disposición de las mesas, en las que resplandecían cubiertos y copas, con centros de rosas enanas y servilletas puestas en los platos como cisnes. La orquesta calentaba cuerdas con Strauss y en la pista se aventuraban los primeros bailarines. Alemania vuelve a ser grande, pensó don Diego, emocionado.

Un poco más tarde, una mujer joven, recién llegada, bajó las escaleras del guardarropa al salón. Mirko se dio cuenta de que don Diego se había quedado mirándola.

—Es probable que yo no te vuelva a ver el resto de la noche —le dijo bromeando.

—¿La conoces? —preguntó don Diego.

—¿Crees que estaría aquí contigo si la conociera?

La mujer habrá sentido el peso de la mirada, porque apenas terminó de bajar el último escalón miró fijamente a don Diego como si fuera el hombre con el que había quedado en asistir al baile.

Y así fue, de alguna manera. Bailaron una pieza y después perdieron la cuenta de todas las que siguieron bailando. Ella se llamaba Benedikta Zur Nieden.

—Pero todos me dicen Dita.

—¿Y yo también podría?

—Pero claro —dijo Dita, antes de arquear la espalda hacia atrás para dejarse llevar por don Diego en un foxtrot que enloqueció a todo el salón.

Cuando la orquesta descansaba, don Diego le hablaba a Benedikta de Colombia. Ella no sabía nada, menos aún de Medellín, y lo escuchó con atención.

—No hay estaciones, florece todo el año —le contó don Diego—, nadie ha podido clasificar las variedades de aves que hay. El país está un poco convulsionado, pero Medellín es un remanso de paz.

—Entonces ¿qué haces tú aquí? —preguntó Dita, sin ironía.

—Disfrutando de lo único que no hay allá: cultura y *joie de vivre*.

Bailaron hasta la última pieza y después él se ofreció a acompañarla hasta su casa. Afuera lloviznaba. Me duelen las piernas, dijo Dita. Don Diego le pidió que esperara bajo el cobertizo, luego abrió el paraguas y fue hasta la acera, donde el portero del hotel trataba de parar algún taxi.

—Es muy tarde y con la lluvia se aperezan todos —comentó el portero, atento a cada carro, sin importarle que la llovizna lo fuera empapando. Y era cierto, pasaron pocos carros y un par de taxis ocupados.

De pronto, se parqueó frente a ellos una limusina blanca. El portero se apresuró a abrir la puerta de atrás, de donde salió una mujer espigada, con el pelo muy negro recogido en una moña alta. Don Diego reconoció de inmediato la nariz prominente y el lápiz grueso alrededor de los ojos que la hacían ver más egipcia que griega.

—*Piove* —dijo ella mirando las gotas que caían del cielo—. *Un ombrello* —le dijo al portero, que parecía no entender nada—. *An umbrella* —intentó luego en inglés—, *I need an umbrella*.

Don Diego reaccionó de su pasmo. Se acercó a ella con el paraguas y le dijo, madame, y ella, casi sin mirarlo, lo agarró del brazo y caminó apurada hasta la entrada del Kempinski. Él tuvo que levantar el paraguas porque ella era una cabeza más alta. Cuando llegaron a la puerta, ella se despidió con un *grazie* y entró al foyer flotando en su vestido largo y en la resplandeciente aureola de su genio.

Don Diego, todavía temblando, se acercó a Dita.

—Era... —intentó decir.

—La Callas —dijo Dita.

Los dos miraron de nuevo hacia adentro, como verificando lo que habían visto, pero solo vieron un espacio vacío y borroso a través de los vidrios empañados.

—Mejor caminemos —propuso Dita, y lo tomó del brazo—. Y vuelve a abrir el paraguas —le dijo a don Diego—, que por si no te has dado cuenta, todavía está lloviendo.

6.

El plato de fríjoles con arroz estaba intacto.
Don Diego ni siquiera probó el jugo de lulo y lo único que había pedido en la mañana era darse una ducha, pero no se lo permitieron. El agua sale helada, le
comentó Maleza. No me importa, le dijo don Diego,
pero ni aun así.

—¿De quién es el problema si no come? —le
preguntó el Mono Riascos—. Su familia quiere una
prueba de supervivencia, y para mí mucho mejor si les
mando una foto en la que se vea acabado.

Don Diego estaba concentrado en dos hojas de
un periódico de la semana anterior, las únicas que le pasaron. En ninguna decía nada de su caso. De todos
modos las leyó enteras.

—A punta de café con leche no va a aguantar
—le dijo el Mono—, y menos con este asco de café.

—¿Y qué van a hacer con la foto? —preguntó
don Diego.

—¿No me está oyendo, doctor? Mandársela a
su familia. Suelte ese periódico y póngame atención.

—Yo oí lo que dijo la muchacha.

—¿Cuál muchacha?

—La única que viene por acá.

—¿La ha visto?

—No, pero la oí.

La oyó cuando dijo que nadie iba a arriesgarse
a revelar la foto. Oyó cuando el Cejón propuso que la

dejara en un laboratorio fotográfico como si fuera un rollo cualquiera. Y oyó el grito del Mono cuando le dijo güevón al Cejón. ¿Vos es que no has visto las noticias, Cejón? La imagen de don Diego está por todas partes, todos los días lo muestran en el noticiero, ¿qué creés que van a hacer los del laboratorio apenas vean que revelaron al hombre más buscado de Colombia?

—Además, él no se va a dejar tomar ninguna foto —dijo Twiggy.

—Mientras parezca vivo se le toma en cualquier pose —dijo el Mono.

—Cuando esté cagando —propuso el Cejón.

—Pero si ni caga —dijo el Tombo.

—Eso es lo de menos —dijo ofuscado el Mono—, lo que importa es que nos revelen la puta foto.

—No, Monito —reiteró Twiggy—, yo esa vuelta no la hago.

—Ofrecé el doble, mona. Cualquiera que tenga un cuarto oscuro nos hace ese favor.

Don Diego oyó cuando el Cejón preguntó, ¿y qué es un cuarto oscuro?, pero no oyó a nadie responderle.

El Mono se paseó de pared a pared, molesto por las conversaciones que les escuchaba don Diego, pensando en cómo manejar esa situación. Decidió, entonces, jugar de otra manera.

—Yo tengo fotos de Isolda, doctor.

—¿Aquí? ¿Con usted?

—No, don Diego, aquí, aparte de usted, no puedo tener nada más. Pero no crea que son las mismas fotos que salieron en la prensa cuando cumplió los quince. Yo me refiero a fotos que yo mismo le tomé. Unas están borrosas y en otras sale muy bien porque se quedaba quieta. Hay una en la que sale mirando al cielo y tengo otra en la que está llorando.

Don Diego tragó en seco, soltó las hojas del periódico y se estiró en el catre. Cerró los ojos y luego los abrió para buscar la cobija. El Mono lo observó.

—Ese día, cuando salió al jardín, ya estaba llorando —contó el Mono—. Caminó hasta un árbol, se sentó, se abrazó a las rodillas y lloró otro rato. A mí me partió el alma, doctor, sobre todo porque ella ya estaba grandecita y si salía sola a llorar era porque se sentía muy triste.

El Mono dio otros pasos en redondo, con la cabeza baja, y continuó:

—Usted salió y se sentó con ella, para consolarla. Ella negaba malencarada y usted trató de limpiarle las lágrimas con los dedos. No alcancé a oírlos porque hablaron muy pasito, apenas pude oír un ronroneo hasta que ella cedió y lo abrazó. ¿Cómo la contentó? ¿Qué le dijo?

—Me acuerdo de esa vez —dijo don Diego.

Consoló a Isolda muchas veces. Tenía que contentarla de las rabias que él mismo le causaba. Ella quería salir del castillo, que la llevaran al circo o a un cine, a cualquier parte más allá de la casa de sus primos, del club, del teatro, quería ir a donde iba toda la gente, pero don Diego no daba su brazo a torcer y compensaba el rigor con afecto. En la noche él regresaba con una muñeca de regalo, una más, para contentarla.

—¿Qué le dijo?

—¿De verdad quiere saberlo?

El Mono delató su entusiasmo.

—¿Por qué? —preguntó don Diego—. No fue un momento tan importante.

—Para mí sí lo fue —dijo el Mono—, me moría por saber las palabras mágicas con las que la contentaba.

—Eso era fácil.

—¿Qué le dijo?

Don Diego entrecruzó los dedos y miró al techo. El Mono contuvo el aire.

—*Ich liebe dich über alles.*

—¿Qué quiere decir eso? ¿Qué idioma es ese?

—Alemán.

—Pues me lo va a tener que traducir todito —le exigió el Mono. Don Diego se quedó mirándolo, callado—. ¡Qué le dijo! —gritó el Mono, fuera de sí, y don Diego ni pestañeó.

El Tombo se asomó a la puerta, todavía con uniforme de policía, y preguntó:

—¿Me llamaste?

—No —dijo el Mono—, pero ya que estás aquí, llevate eso.

Le señaló la bandeja con comida. El Tombo se agachó disgustado. No hay tanta como para botarla, dijo. Pues a ver si alguno de ustedes tiene las güevas para comerse eso, propuso el Mono, y cuando el Tombo salió, se acercó al catre junto a don Diego, que estaba acostado, dándole la espalda. ¿Qué le dijo?, le susurró el Mono, casi en súplica, pero don Diego ya era un bulto que no quería ni oír ni hablar.

Una hora más tarde, el Mono regresó al cuartucho, empujó la puerta con fuerza y le dijo a don Diego:

—Volvamos a lo de su foto. Terminemos esto rápido. Usted se va de aquí y yo me largo de este país para siempre.

Pero don Diego seguía igual a como lo había dejado hacía un rato. Parecía dormido. El Mono resopló.

—Me dicen que doña Dita está muy angustiada. Como hicimos unos tiros cuando fuimos por usted, ella cree que puede estar herido. Yo les he dicho que está muy bien, pero no me creen.

Era como hablarle al catre, a los postigos sellados o a la pared mohosa.

—No me obligue a hacer cosas que no quiero, don Diego, no me pique, no me pique —dijo el Mono apretando cada palabra con los dientes—. Hagamos una cosa —añadió—, piénselo bien y si mañana hace día bonito, salimos a caminar un rato y le tomamos su fotico, ¿sí?

Fue hasta la puerta y antes de salir, dijo:

—Le van a encantar las begonias, don Diego. Ya prendieron.

Las montañas de Santa Elena, al oriente de Medellín, eran empinadas y muy verdes, la naturaleza brotaba como en los tiempos jurásicos y florecían azaleas, crisantemos, azucenas, rosas, orquídeas, claveles amarillos y hasta amapolas. En medio de un jardín silvestre, entre helechos y quebradas de aguas limpias tenían encerrado a don Diego, tan confinado que ni siquiera le llegaba el aroma de los jazmines en las noches. Lo rondaba el silencio cuando sus captores se quedaban callados, o cuando los perros de las fincas vecinas no ladraban. El silencio no era solo el sonido del bosque, sino el tiempo atrapado en las cuatro paredes del cuartucho. Y el silencio de sus recuerdos.

Al otro día lo sacaron a la fuerza, casi arrastrado, sin respetar su estado ni sus años. Apretó los ojos y pegó el mentón al pecho, y ni siquiera preguntó adónde lo llevaban. Afuera sintió el aire limpio y volteó la cara en el instante en que lo encandiló el sol de tierra fría. Cuando se acostumbró a la luz, miró alrededor, despistado, intentando reconocer algo que lo ubicara. Solo había follaje verde y sus pies, que se perdían en el pasto crecido. A lo lejos vio un bosque de guaduas que crujían serenas mientras las mecía el viento. Se dio vuelta y vio la casucha apenas adornada con flores sembradas en latas de galletas.

—¿Sí las ve? —dijo el Mono, y como don Diego no lo había visto, se sorprendió al oírlo—. Cuando usted llegó solo había unos ñocos apestados y mírelas ahora, son la alegría de esta casa.

Don Diego miró las begonias que resplandecían contra el muro de tapia y sí, le parecieron lo único alegre de ese instante.

—Esto no se demora nada —dijo el Mono y luego gritó—: ¿Dónde está la mona?

—¡Mona! —gritó el Tombo hacia la casa.

De adentro salió Twiggy que, por su indumentaria y por la Instamatic que traía en la mano, parecía escapada de un desfile de modas o integrante de un grupo de rock.

—¿Hay boñigas? —preguntó ella mientras avanzaba entre la hierba alta, con minifalda y botas de charol a la rodilla. Medía cada paso como si caminara por un campo minado. Cuando vio a don Diego, cambió su preocupación por otra.

—Rápido, monita, que se nos resfría el señor con este viento —dijo el Mono.

Don Diego forcejeó e intentó regresar a la casa, pero el Cejón y Carlitos, más jóvenes y más fuertes, lo apretaron de los brazos.

—¡Muévase, mona!

Twiggy se paró junto al Mono y frente a los otros. Don Diego se desmadejó y clavó la cara, resabiado. Los muchachos lo alzaron, pero él insistió en acurrucarse.

—No se ponga así, don Diego —le habló el Mono en tono golpeado—. ¿Quiere que su familia lo vea haciendo una pataleta?

Carlitos y el Cejón trataron de acomodarlo, de enderezarlo, pero cada vez don Diego se abultaba o se retorcía con una fuerza que ni él mismo se conocía.

—Levántenle la cara —gritó el Mono.

—¡Déjenme! —suplicó don Diego.

—Esto no me gusta —dijo Twiggy.

—¿Qué? —la volteó a mirar el Mono.

Twiggy, descompuesta, le dijo:

—Nada de esto me gusta. Vos sabés, Mono, lo mío es otra cosa.

—No me jodás —le dijo él, y volvió a gritarles a los otros—: ¡Que le levanten la puta cara! —y agarró a Twiggy del brazo y le dijo—: Y vos, acercate y tomá de una vez esa foto.

Ella dio un paso adelante, puso la Instamatic frente a los ojos, encontró a don Diego en el visor y lo que vio le bastó para tirar la cámara lejos y correr hasta la cabaña, sin importarle ya la mierda de vaca o que se le partiera un tacón.

—Malparida —dijo el Mono, y se puso a buscar la cámara entre la maleza.

7.

Twiggy repasó el pincel sobre el pliegue de los párpados. Sabía que su fortaleza estaba en los ojos. Con decisión, extendió una sombra azul turquesa desde el lagrimal hasta la comisura del ojo. Sobre las pestañas trazó una raya líquida, más negra que sus pupilas, y en el párpado inferior una línea blanca para que el ojo creciera. Remató con las pestañas postizas. Abajo pegó las que iban arriba y las agrupó con el delineador, como formando punticas de una estrella. Arriba aplicó varias capas de pestañina sobre sus pestañas gruesas. Tenía el pelo teñido de rubio platino y se lo peinaba partido a un lado. Lo llevaba muy corto, como si fuera un muchacho, como Twiggy, la inglesa.

La Ombligona y Carevaca fueron a buscarla y a ella no le importó hacerlos esperar. Todavía no estoy lista, les gritó desde la ventana, y regresó al cuarto a buscar qué ponerse. Le subió el volumen al tocadiscos y tarareó *Time to kill,* de The Band. Bailó frente al clóset mientras pasaba los vestidos colgados de la percha, pero se decidió por unos pantalones de lycra, por si le tocaba salir corriendo. La última vez se le rompió un vestido cuando trató de saltar y se enredó en los vidrios rotos que el dueño de la casa había pegado sobre el muro.

Media hora después la vieron salir con su bolso cruzado, maquillada, muy peinada, muy chic pero con tenis. Carevaca y la Ombligona se miraron y sonrieron maliciosamente.

—Ya los vi, careculos —les dijo Twiggy cuando se subió al camión.

Le disgustaba verse y sentirse bajita cuando se ponía zapatos planos. Y le disgustaba sentarse tan pegada a la Ombligona, porque siempre tenía el pelo sucio, sudor en las axilas y se vestía como un hombre.

—Vamos para la Pilarica —dijo mirándose en el espejo retrovisor de la puerta. Estiró el brazo y, sin consultar, cambió la radionovela que sonaba por una canción de Palito Ortega.

Cruzaron Medellín de oriente a occidente. Era domingo y no había tráfico. Pasaron sobre el río y Twiggy se tapó la nariz. Eso no es el río, es la Ombligona, dijo Carevaca. ¡Cuál!, reclamó la Ombligona y le mandó un codazo en las costillas. El camión culebreó sobre el puente. Eso es la mierda de todos nosotros, dijo Twiggy, todavía con la nariz tapada.

Siguieron por entre fábricas, por barrios pobres, barrios de clase media hasta que aparecieron las casas grandes, con jardines y piscina.

—Dale despacio, Carevaca —dijo Twiggy.

—Yo pensé que esto iba a estar más solo —dijo la Ombligona.

—Después de esta cuadra volteás a la izquierda —dijo ella.

Giraron y avanzaron entre casas campestres, se cruzaron con dos niños que venían en bicicleta y antes de llegar a la siguiente esquina, Twiggy dijo, aquí es. El camión se detuvo frente a una casa enorme de dos pisos.

—No parés, entrá, parquealo en reversa contra la puerta del garaje —ordenó Twiggy.

—¿Quién vive aquí? —preguntó la Ombligona.

—Gente —respondió Twiggy, mirándose otra vez en el espejo retrovisor.

Fue la primera en saltar del camión. Vos parate allá, de campanera, le indicó a la Ombligona, y a Carevaca le dijo, y vos me esperás acá. Caminó hasta una esquina donde había una ceiba enorme, con ramas que acariciaban las ventanas de la casa. Y como si la hubiera trepado cien veces antes, Twiggy subió como una ardilla hasta alcanzar la rama más gruesa, por la que gateó hasta la cornisa, donde logró apoyarse. Del bolso sacó sus alambres y empezó a trabajarle a la cerradura de la ventana. Carevaca no aguantó la curiosidad y se fue hacia el árbol. Cuando llegó, ya Twiggy tenía una pierna adentro. Ella lo vio antes de cerrar la ventana y le hizo una seña para que se fuera.

El Mono cerró los ojos y levantó el dedo índice al momento de decir el último verso. El muchacho lo miraba complacido, con una botella de cerveza en la mano.

—*Y en ella, al ver mi llanto que corría, pensé que aquella mano, hecha de nieve en mi boca al calor... se derretía.*

Se quedó en silencio con el dedo arriba, sin abrir los ojos, como esperando un aplauso o aspirando el aroma del poema. El muchacho bebió y miró a las otras mesas a ver si alguien más estaba mirando al Mono, pero en la tienda, repleta de hombres, cada quien estaba concentrado en su conversación y en las cervezas.

—Bello, ¿no? —preguntó el Mono, ya con los ojos abiertos. El muchacho le sonrió en el esplendor de sus diecisiete—. ¿Qué?, decí algo —dijo el Mono.

El muchacho le respondió:

—Yo de eso no sé, Mono.

—Eso, como vos decís, lo escribió el mejor poeta que ha tenido este país: Julio Flórez. Hasta lo coronaron como el Poeta Nacional. Seguramente has oído muchas canciones que son poemas de él. A algunos no les gusta porque fue el poeta del pueblo.

El Mono tomó su botella, se echó un trago largo y dijo:

—Y como ahora todos andan embrutecidos con las güevonadas de Gonzalo Arango...

—¿Ese quién es? —preguntó el muchacho. El Mono manoteó en el aire. El muchacho aclaró—: Ya te dije que yo no sé nada de eso.

—Ni de eso ni de nada —dijo el Mono.

—Sé de motos.

El Mono levantó los hombros y resopló. Se quedó observando al muchacho, que también lo miraba con sus ojos entre azules y grises. Luego el muchacho volteó a ver una moto parqueada junto a la acera, una Bultaco roja con el tanque negro. Señaló con la boca y dijo, eso sí es una belleza, eso es lo más hermoso que uno podría tener entre las piernas. El Mono también miró la moto e intentó contagiarse de la emoción del muchacho.

—Uno en eso se cruza todo Medellín en cinco minutos —dijo el muchacho.

—Esperate a ver, a lo mejor cuando me salga el negocio ese, te puedo comprar una.

—Vos y tu negocio.

—Ya casi sale, ya casi sale —dijo el Mono entre dos sorbos de cerveza.

—Eso me estás diciendo hace días.

—Es que los buenos negocios no son fáciles, pero de un momento a otro revienta.

El muchacho le silbó a una mesera que estaba acodada en la barra. Ella miró y él levantó dos dedos. Luego le dijo al Mono:

—Me emputa tu egoísmo.

—Ya te dije —dijo el Mono.

—Te vas a morir, o te van a matar, y a quién le va a quedar tu experiencia, ¿ah? No tenés que decirme nada, no me tenés que enseñar, solamente dejame ver, dejame estar ahí en tus cosas, yo quiero ser de tu banda.

—Ya te dije —insistió el Mono, molesto.

La mesera llegó con dos cervezas y el Mono le entregó un billete de diez pesos. Ella miró al Mono como esperando a que le dijera que se quedara con el cambio. Él no le dijo nada y la miró con aburrimiento.

—Ya le traigo la devuelta —dijo ella.

—¿Quién va a ser tu sucesor, Mono? —preguntó el muchacho.

—¡Ah! ¿Vas a seguir?

—¿Caranga?, ¿Carlitos?, ¿el Cejón? ¿Esos?

—Bueno, ya, pará.

—¿Twiggy? ¿Una mujer va a ser tu sucesora?

—¿Y por qué hablás de sucesores? —lo retó el Mono—, ¿por qué me estás matando ya?

—No es ya —dijo el muchacho—, pero algún día te tenés que morir, ¿o no? ¿Cuántos años tenés, Mono?

—No preguntés pendejadas.

—¿Sí ves? Hasta te da miedo decir tu edad.

—Pues te jodiste, muchacho —le dijo el Mono, muy decidido—. Para vos quiero cosas distintas.

La mesera volvió y dejó unas monedas sobre la mesa. El Mono le dijo:

—Llevátelas y me traés un aguardiente doble.

—No —dijo el muchacho, y agarró las monedas. Se paró y salió hacia la rocola. El Mono sacó otro billete y se lo entregó a la mesera.

—Si me lo traés bien grande, te quedás con la devuelta —le dijo.

El muchacho se demoró escogiendo las canciones. Luego el Mono lo vio conversando con otros de su edad. Se reían duro, le decían cosas a la mesera, y uno de ellos intentó pellizcarle un muslo. Con los pies seguían el ritmo de un rocanrol y el muchacho se levantó el cuello de la chaqueta. El Mono se tomó despacio el aguardiente, degustándolo. Miró el reloj y supuso que Twiggy ya habría terminado su trabajo, que el Pelirrojo y Maleza les estarían recibiendo el turno a Caranga y a Carlitos, que el Tombo seguiría por ahí averiguando cosas y el Cejón le estaría llevando algo a don Diego, que tomaría el café con leche pero dejaría el pan duro de cada tarde.

Al rato, el muchacho volvió a la mesa y se sentó.

—¿Qué? ¿Todo bien? —le preguntó el Mono, sonriente y con los cachetes colorados.

—Pues sí —dijo el muchacho, y le devolvió la sonrisa con cada uno de sus dientes perfectos.

—¿Quiénes eran esos?

—Unos de la cuadra.

—¿Querés otra cerveza?

—Mejor invitame a un aguardiente.

El Mono se quedó mirándolo.

—Muchacho endemoniado —le dijo.

Los dos voltearon a buscar a la mesera pero no la vieron por ningún lado.

—Acompáñame a mear —le dijo el Mono.

El muchacho vio a sus amigos, que conversaban animados alrededor de la Bultaco. Luego se encontró con los ojos enrojecidos del Mono y le dijo:

—Okey, vamos.

8.

Mis amigos y yo jugamos a retener el agua que baja por una canaleta de cemento, junto a los rieles de la loma. Es lluvia que represamos con piedras para echar a flotar barquitos de papel. Pasan tan pocos carros que no hay peligro en jugar al borde de la calle. Casi siempre conocemos a los que suben o bajan. Siempre atentos, eso sí, a que aparezca la Packard.

Entonces nos escondemos a pocos metros de la puerta de hierro, muy cerca del camino de cipreses. Les cuento que el mismo don Diego trajo las semillas de Roma, y que hasta los cipreses que hay en el cementerio de San Pedro también fueron sembrados por él. En realidad no es tan necesario escondernos, pero al espiar convertimos la costumbre en aventura.

—¡Ya vienen!

La limusina asoma la trompa al salir del garaje y el chofer pita para que le abran la reja. Atrás, muy recostados, vienen don Diego y Dita. El carro rueda despacio y al fondo vemos a Isolda bajando rápido las escaleras del porche. Y comienza a perseguir el carro.

—Cuidado —dice don Diego cuando ve que ella se acerca.

—Bonito el juego por el que le dio —comenta Gerardo, atento al retrovisor.

—Usted siga despacio —dice don Diego.

—Por Dios, otra vez se le escapó a Hedda —dice Dita.

Isolda corre despacio junto al carro y trata de tocarlo, agitada pero feliz. Cuando cruzan la portada, ella se detiene en seco. La limusina avanza más rápido. El jardinero cierra la puerta y ella queda adentro, mirando el carro hasta que se le pierde de vista.

Ya ha bordado, ha leído, ha hecho las planas de caligrafía, las sumas y las restas, ha tenido tiempo de aburrirse cien veces, y esa tarde solo le queda la clase de piano. Mientras llega la maestra Uribe, Isolda corre a La Tarantela, una casa de muñecas hecha de adobe, madera y cemento. Se encierra a jugar y con ellas planea las escapadas al bosque de arriba y el encuentro con los almirajes. También se les queja de Hedda.

—En las noches llora como una ballena —les cuenta.

—Las ballenas no pueden llorar porque están bajo el agua —dice ella misma, dándole su voz a una muñeca austriaca con pelo ensortijado.

—Sí pueden —alega por otra vestida de holandesa.

—Yo he llorado bajo el agua —les dice Isolda, y antes de que las muñecas se enfrasquen en una discusión, una bocina afuera la llama a la clase de piano.

Isolda recibe con excusas a la maestra Uribe. Tenía que haber practicado un ejercicio de Hanon el día anterior y no lo hizo por jugar con las tortugas del estanque. Hedda se lo contó a la maestra y ella, que adora a Isolda, le pasa la mano por la mejilla y le dice, ahora vamos a sacarle los duendes a ese piano. Isolda abre los ojos, alucinada. Hedda jadea y le dice a la maestra, ya le traigo un jugo. Mientras organiza la partitura en el atril, la maestra le dice a Isolda, solo salen si tocas cada nota sin equivocarte. La niña se sienta derecha en la butaca, pone los dedos sobre las teclas y carraspea. Leyendo, Isolda, leyendo, le advierte la maestra. Nada de oído, nada de memoria. Ella, entonces, comienza a pulsar cada tecla y a desplazar los dedos, lentamente, hacia cada extremo del piano.

—Quiero tocar a los Beatles —le dice Isolda en un descanso de los ejercicios.

La maestra la mira y tuerce la boca.

—A ver, Isolda —le dice—, el día que puedas dominar una partitura clásica vas a poder tocar cualquier tipo de música. Los hombres que escribieron estas piezas nunca imaginaron que ahora, en pleno 1969, habría miles de personas, como tú y yo, estudiándolas para poder tocarlas.

—Pero es que los Beatles... —la interrumpe Isolda.

—Los Beatles —dice la maestra— también se emocionan con Bach.

Isolda mira hacia afuera, a través de la ventana, y ve que los arbustos se mueven desordenados en diferentes puntos del jardín. Le echa un vistazo al reloj de péndulo en un costado del salón. Todavía le queda media hora de clase y faltan dos para que oscurezca. Retoma el minué en sol mayor aunque no deja de mirar de reojo a la ventana, pendiente del revuelo entre los matorrales.

Para acercarme al castillo tengo que cruzar un par de lotes y saltar cercas con alambrados. Toca hacerlo con cuidado porque hay pozos a ras del suelo, entre la hierba. Y está ese silbido lento que suena por la noche, entre los árboles. Yo siempre me devuelvo apenas comienza a oscurecerse.

—Allá pasan cosas —nos advierten, y tal vez por tratarse de un castillo, creemos lo que nos cuentan—. Hay ruidos extraños en los jardines, voces que no se sabe de dónde vienen, pasos rápidos y un silbido, que no se sabe quién lo hace.

Yo les cuento que Isolda sale de noche por la puerta de servicio, con su piyama blanca abotonada hasta el cuello, y con el pelo suelto, sin esos moños apretados que la torturan. Deja la puerta medio ajustada, corre hacia arriba y entra al bosque.

Unos minutos después, Hedda abre la ventana y busca aire, afanada, sin importarle que se le entre un murciélago al cuarto. Su angustia tiene que ver con la carta que dejó sobre el escritorio y que empezó a escribir hace un rato. *No tomes la distancia como ausencia, tómala como una prueba para fortalecer los abrazos que no podemos darnos, como el espacio que necesitamos para que se aplaquen los rumores.* Luego vienen más quejas sobre el mundo bárbaro en el que vive. *Aquí los hombres me dicen cosas cuando voy al mercado, y hubo uno incluso que se sacó eso para mostrármelo.* La letra de Hedda se va apretando hacia el final de cada página, como si ahorrara espacio para todo lo que quiere decir. *Tan distinto es tu sexo.* Tachó *sexo* y luego escribió *cuerpo, tan vivo en mi recuerdo.* En ese punto fue cuando se levantó y abrió la ventana. Apenas siente que se recupera mete la mano entre la piyama y, muy despacio, comienza a acariciarse los pechos.

Arriba, Dita se cepilla el pelo para remover el exceso de Kleer Lac que se puso en la mañana, y canturrea *O mein Papa*. En la biblioteca, don Diego cabecea adormecido con el periódico abierto sobre las piernas, sin darse cuenta de que la música se terminó hace un rato. No oye el siseo de la aguja en el centro del disco, que sigue dando vueltas.

En el bosque, el pelo de Isolda se va transformando en una espiral que crece a medida que los almirajes le trenzan los cadejos. Y se lo adornan con dragonarias y pensamientos morados, amarillos y blancos. Ella, plácida, disfruta que ellos la peinen con su cuerno hasta dejarle el pelo como el copete cremoso de un helado.

9.

La señora Lida estaba desayunando chocolate caliente con pan cuando sintió que alguien abrió la puerta de la casa. Mono, ¿es usted?, preguntó desde la cocina. Oyó que cerraron la puerta del baño y luego un chorro que caía al sanitario. Mojó el pan en el chocolate y comió sin ganas. Se levantó y volvió a poner la chocolatera en el fogón. Fue a la nevera, sacó una arepa y la puso sobre la parrilla. Tanteó con las manos el calor de la estufa. Después sintió que abrieron la puerta del baño y dijo duro:

—Suelte, mijo, y lávese las manos.

Oyó el sonido del sanitario vaciándose y el golpeteo de la tubería dentro de la pared cada vez que se abría la llave del lavamanos. Al rato entró el Mono a la cocina, se sentó y puso los codos sobre la mesita. Sintió náuseas cuando vio en el plato el pedazo de pan mordido y remojado.

—Usted me va a matar, Mono —dijo Lida mientras batía de nuevo el chocolate con el bolinillo—. ¿Qué le cuesta avisarme que no va a venir? No pegué el ojo por esperarlo.

—¿Para qué me espera? —preguntó el Mono, evitando mirar el pandequeso.

—Pues porque me preocupo.

Lida alcanzó una taza y la llevó a la mesita, miró al Mono de arriba abajo y le dijo, hasta aquí me llega el olor a aguardiente. El Mono la miró con los ojos trasnochados.

—¿Va a esperar la arepa o le sirvo el chocolate ya? —preguntó Lida.

—No voy a desayunar, mejor me voy a dormir un rato.

—Tómese aunque sea un jugo.

El Mono asintió y Lida volvió a la nevera para sacar una jarra plástica con jugo de tomate de árbol.

—Por aquí estuvo el muchacho ese —dijo Lida.

El Mono pareció salir de su letargo. Le preguntó interesado:

—¿A qué horas?

—Como a las diez. Pensé que era usted cuando timbraron, que había vuelto a botar la llave.

—¿Y qué dijo?

—Nada. Preguntó por usted y bregó a fisgonear para adentro.

Lida le puso el vaso de jugo al frente.

—No lo dejé entrar —dijo—. Ese muchacho me asusta, tiene una mirada muy rara.

—¿Y no dijo nada más?

Lida negó mientras le daba una vuelta a la arepa sobre la parrilla. El Mono se bogó el jugo sin respirar y asentó el vaso de un golpe en la mesa.

—Voy a tener que volver a salir —dijo.

—¿Otra vez? Pero si acaba de llegar y no ha dormido. Espere, que esta arepita ya va a estar.

—Le dije que no quería arepa, mamá.

El Mono se puso de pie, se le escapó un eructo y pidió perdón.

—Espere —dijo Lida, y abrió un cajón del que sacó unas facturas—. Se vencen hoy. Ya que va a salir, por qué no aprovecha y las paga.

—No, mamá. Ahora estoy ocupado. Para eso le dejo plata, para que usted se encargue de esas cosas.

—¿Ocupado en qué? —preguntó Lida, molesta—. ¿En beber toda la noche?

El Mono se metió la mano al bolsillo de atrás, sacó la billetera y le dijo:

—Se volvió a gastar la plata de los servicios, ¿no cierto?

—Pagué el arriendo y no alcanzó para más.

El Mono le entregó unos billetes.

—Mire, tenga.

Dejó la cocina y antes de llegar a la puerta de la casa oyó que Lida le preguntó si volvería para almorzar. El Mono salió a la calle, sin responder.

Adentro, la casa se fue llenando de olor a rancho, del olor a pobreza que emana de las arepas cuando comienzan a tostarse sobre las parrillas.

10.

En la butaca del teatro del Oeste, don Diego no aguantó la emoción y con una mano se aferró al brazo de la silla y con la otra, por primera vez, apretó la mano de Dita, que no supo si lo hacía por amor o por el canto de Francesco Merli sobre el escenario. Ella también estaba electrizada con la interpretación de *O muto asil* cuando sintió los dedos de don Diego rozando los suyos. No volteó para fijarse si él la miraba. Por el rabillo de un ojo le pareció que no. Los dos trataron de disimular la rigidez, ella hizo fuerza para que no se le notaran el sudor y el frío, y el aria se le hizo eterna hasta el aplauso. Luego el auditorio se puso de pie y don Diego le soltó la mano y, ahí sí, la miró.

Era su cuarta salida y la primera vez que iban a la ópera juntos. Antes habían tomado café y caminado por Berlín. Hablaron de arte, que era el único tema que los unía. Él intentó describirle Medellín, pero no logró dibujársela.

—¿Hay volcanes? —preguntó Dita.

—No —dijo él—, pero sí muy cerca.

—¿Y nevados?

—No, pero también muy cerca.

—¿Hay indios?

—No muchos.

—¿Son salvajes?

—No. Los salvajes somos nosotros.

Ella no supo si le hablaba en serio o en broma. Se limitó a repetir el nombre de la ciudad: Medellín, marcando un dejo en la elle.

Todavía sonaban tiros sueltos en la noche y alguien siempre vociferaba a lado y lado de la frontera. La confusión hacía que cada día se reforzara la vigilancia junto a las vallas, sobre todo del lado oriental, y constantemente había refriegas públicas entre militares y civiles que mantenían viva la herida. La ocupación había terminado pero Berlín seguía siendo un territorio de todos y de nadie. Y cuando Francesco Merli repitió el aria, a petición del público, y cuando don Diego le volvió a tomar la mano, ya sin miedo, Dita alcanzó a considerar cambiar el Berlín convulsionado por la mansa Medellín. Fue solo un deseo fugaz, casi un atrevimiento para apenas una cuarta cita.

—Háblame de Herscheid —le pidió don Diego.

—No es nada —le dijo ella—, casi ni se ve en los mapas. Es puro bosque, montañas y valles.

—Como el paisaje de Heidi —apuntó él.

Ella se rio y le dijo:

—Exactamente.

Caminaron desde el teatro hasta el apartamento que ella compartía con dos amigas. Le contó de su bachillerato en Kassel, de sus padres Arnold y Constanza.

—¡Arnold! —la interrumpió don Diego, movido por la coincidencia. Así se llamaba el personaje que acababa de interpretar Merli en *Guillermo Tell*.

—Sí, Arnold —dijo ella y luego repitió en español—: Arnoldo.

Él también le contó de su familia, de don Rudesindo padre y Rudesindo hijo, de don Alejandro, de todos los dones y doñas de su amplia familia. Le habló de café, de telas y pedernales, de sus tierras más las tierras de sus parientes, de los meses que se necesitaban para recorrerlas, de la estirpe y de la sangre, y omitió las taras para no espantarla, porque cuando llegaron al edificio ya don Diego había decidido que se casaría con ella. No se lo dijo ahí, mientras se miraban sin saber cómo despedirse. Tal vez haberse tomado de la mano había sido suficiente por ese día. A partir de esa noche, cada uno se metió en su cama pensando en el otro.

A mitad de semana don Diego buscó a Mirko Baumann y lo citó, con cierta urgencia, a mediodía.

—Voy a casarme —le anunció don Diego.

A Mirko le tembló la taza de café que estaba a punto de llevarse a la boca.

—Eres el primero en saberlo —le dijo don Diego—. Ni siquiera Dita lo sabe.

—Pero ¿entonces? —balbuceó Mirko.

—Eso es lo de menos, lo importante es que la decisión ya está tomada.

—De tu lado, solamente.

—Ella va a querer.

—Bueno —dijo Mirko—, cómo envidio tu autoestima.

—¿Así de mal me ves?

—No, Diego —empezó a decir Mirko, pero se interrumpió—: No me tomes el pelo, tú sabes a lo que me refiero.

—Y además —aclaró don Diego—, no te cité para eso.

Ante el asombro de Mirko, don Diego tuvo que explicarse:

—Bueno, sí quería contártelo, pero también necesito que me ayudes a encontrar un arquitecto.

—¿Un arquitecto?

—Mirko, estoy pensando en serio, quiero formar una familia y quiero construir un lugar importante para ellos.

—Y yo que venía a proponerte —dijo Mirko— que fuéramos esta noche donde Las Turcas. Ya regresaron y me cuentan que han venido con más.

—No, Mirko, esta noche voy a pedirle a Dita que se case conmigo.

—Pues qué bien. Merece que se lo cuentes, y creo que también deberías comunicárselo a tu familia.

—Eso puede esperar —dijo don Diego.

A lo lejos se oyó una explosión que pasmó a todos los que estaban en el café y un rumor de queja invadió el lugar.

—¿Fue aquí o al otro lado? —preguntó don Diego, estremecido.

Mirko trató de ubicar la humareda a través del ventanal, pero el cielo de Berlín seguía claro, aunque gris.

—Debió ser al otro lado —supuso Mirko—. Dicen que hay muchas protestas clandestinas por la visita de Jruschov, y que además han ejecutado a varios rebeldes.

—No deberían preocuparse tanto, Jruschov es más sensato que Stalin —dijo don Diego.

—Puede ser, pero sigue siendo el *premier* soviético.

—Yo pensé que estos sustos ya eran cosa del pasado, hombre.

—Depende de a qué pasado te refieras —dijo Mirko, fastidiado—, porque hubo un tiempo en que las cosas funcionaban.

Don Diego miró incómodo a su alrededor a ver si alguien había escuchado lo que dijo Mirko, pero todos seguían estupefactos. Un par de minutos después, un convoy de soldados norteamericanos cruzó en sus Jeeps en dirección oriente. En el café, la gente dejó de hablar mientras pasaban. A algunos, como a don Diego, se les notó cara de alivio.

—Siquiera están estos —murmuró.

—Bah —exclamó Mirko, sin ocultar su molestia—. Mejor pidamos algo más fuerte, ¿te parece?

Don Diego miró las doce y media en su reloj. Mirko insistió:

—Que sea al menos para celebrar tu compromiso —dijo, y levantó el brazo para llamar la atención de un mesero, pero tuvo que esperar un buen rato con el brazo arriba porque todos andaban afanados, repartiendo las cuentas de muchos clientes que se querían ir.

—Volvamos a lo del arquitecto —dijo don Diego, pero Mirko seguía sonándoles los dedos a los meseros, sin ningún resultado. Estaba pálido desde la explosión y tal vez ese era su afán por un trago. Cuando finalmente lo atendieron, volvió a ponerle cuidado a don Diego.

—¿Qué decías? —preguntó Mirko, aunque ahora era don Diego el que parecía estar distraído en otra cosa. Solo cuando el mesero puso las copas sobre la mesa, don Diego reaccionó.

—Mirko —le dijo—, ¿nunca soñaste vivir en un castillo cuando niño?

—Supongo que sí —respondió después del primer sorbo.

—Los sueños se van desechando y los que quedan se dejan para después —dijo don Diego, más para sí que para Mirko—. Si uno no se pone en la tarea de realizarlos, el castillo se desmorona sin siquiera haberlo construido.

—¿De qué castillo me hablas? —preguntó Mirko, confundido.

Don Diego tomó su copa, que sudaba frío, la levantó y la vio brillar como la luz de un espejismo. Sorbió un trago y dijo:

—Del castillo donde voy a vivir.

11.

El muchacho acarició el tanque rojo de la Bultaco y luego deslizó los dedos hasta el asiento de cuero negro. Rodeó la moto, muy despacio, sin dejar de palpar cada parte que se iba encontrando hasta que la mano llegó al manubrio. Empuñó el acelerador, se aferró al timón y, solo ahí, miró al Mono Riascos, que ya lo contemplaba embelesado desde que empezó a acariciar la motocicleta.

—Súbase para que la sienta —le dijo la vendedora del concesionario. El muchacho miró al Mono como pidiendo permiso.

—Todavía no la podemos comprar —dijo el Mono.

—No importa —dijo la vendedora, y apoyó la pelvis contra un costado del sillín—, es para que tenga la sensación.

El muchacho le sonrió y ella no resistió el embrujo del mentón partido. Se dejó rozar cuando él levantó el pie para treparse en la moto.

—Qué bacano —dijo apenas se sentó.

—¿Sí ves? —le dijo la vendedora.

El muchacho apretó el chasis con las piernas y juntó los dientes con fuerza, como si manejara a gran velocidad. Al Mono se le ladeó la cabeza mientras lo miraba y a la vendedora se le escapó un suspiro. Luego ella recitó de memoria:

—Nos llegó hace apenas un mes, es una Bultaco Astro, doscientos cincuenta centímetros cúbicos, último modelo, 1971, trajimos cinco y esta es la última que nos queda.

—¿Cuántos caballos tiene? —preguntó el muchacho.

La vendedora soltó una risita y le puso una mano al muchacho sobre el muslo.

—Ahí sí me corchaste —dijo ella—, pero ya te averiguo.

—No hay necesidad —dijo el Mono—, de todas maneras no la vamos a comprar.

—¿Es para ti? —le preguntó la vendedora al muchacho, ignorando al Mono. Él asintió y le sonrió. La vendedora no pudo contenerse—. Tan bello —dijo.

—Listo, muchacho —dijo el Mono, palmeando—, mejor bajate de ahí que de pronto le pasa algo a esa moto.

—Déjelo —le dijo la vendedora—, que ahí quietico no le va a pasar nada.

—¿Puedo darle una vuelta? —le preguntó el muchacho y ella hizo un gesto de lástima.

—No, mi amor —le respondió, y se llevó la mano a una de las candongas de su oreja—, ahí sí no te puedo ayudar. Es política de la empresa, porque si fuera por mí...

—Bajate —insistió el Mono—, ya la viste, ya la tocaste, ya te subiste.

—Manejamos el sistema de ventas por club —dijo la vendedora—, pagan un poquito ahora y el resto lo van pagando en cuotas, y lo mejor de todo —abrió los brazos como entregándose y dijo, marcando cada palabra—: no se necesita fiador.

—Mono —suplicó el muchacho desde la moto.

—Bajate de ahí —insistió el Mono.

—Ustedes escogen los clubes —continuó la vendedora, todavía con los brazos abiertos—, hay de mil, dos mil, tres mil...

—¡Te bajás ya! —le gritó el Mono al muchacho, y los demás vendedores y clientes voltearon a mirar. La vendedora sonrió para evitar una catástrofe y dijo:

—Huy, qué papá tan bravo.

El muchacho se bajó de la moto, con cara de enfado, y sin dejar de mirar al Mono, aclaró:

—Él no es mi papá.

El Mono salió del concesionario sin despedirse y esperó en la acera. Sacó un paquete de cigarrillos del bolsillo de la camisa. El muchacho se despidió de la vendedora con un movimiento de cabeza y ella le respondió con una frase muda que él no entendió.

Vos sí sos, le reclamó el muchacho al Mono, que intentaba prender el cigarrillo en medio de un ventarrón. No, le refutó el Mono, el que sí sos, sos vos, ¿en qué habíamos quedado? El Mono empezó a caminar y el muchacho lo siguió. Estoy seguro, dijo, que si le insisto me hubiera dejado dar una vuelta. ¿Y para qué una vuelta?, le alegó el Mono, le pasa algo a esa moto y nos toca comprarla. De todas maneras la vamos a comprar, dijo el muchacho, y se detuvo en seco, ¿o no?, preguntó. El Mono caminó y el muchacho, quieto, volvió a preguntar, alzando la voz, ¿o no, Mono?

El Mono se volteó a mirarlo y encontró que el muchacho lo desafiaba con altivez, con las manos metidas en los bolsillos de atrás, el mentón levantado y la mirada oblicua.

—Vení —le dijo el Mono, con voz más suave.

—¿O no, Mono? —insistió el muchacho.

El Mono se le acercó. Lo miró fijamente, aunque no para retarlo sino más bien como si lo degustara. El muchacho pasó las manos de los bolsillos de atrás a los de adelante y empezó a hurgar en ellos. El Mono lo notó y bajó la mirada.

—Claro que te la voy a comprar —le dijo—, yo te lo prometí pero también te advertí que teníamos que esperar.

—¿Cuándo? —preguntó el muchacho y frunció los labios pulposos.

Todavía era agosto y seguía venteando en las tardes. Al fondo, sobre el cerro Nutibara, se veían decenas de cometas que otros muchachos elevaban con los vientos de la temporada. El Mono las vio por encima del pelo revoloteado y del aura rebelde del muchacho.

—¿No te cansa oír siempre la misma respuesta? —le preguntó.

—Te lo voy a seguir preguntando hasta que me des un día exacto —dijo el muchacho.

—Vámonos de acá —le propuso el Mono—, que este viento me está metiendo polvo en los ojos.

En otro lado, Twiggy y sus compinches se apuraban a empacar los cubiertos y las bandejas de plata de un solterón que vivía en el barrio Prado. El hombre salía del trabajo a las cinco y no tardaría en llegar. Le daría un infarto cuando encontrara la casa sin cuadros, sin electrodomésticos, sin la vajilla fina. Quedaría a punto de un síncope cuando viera los cajones tirados, los muebles patas arriba, el vestier vacío y, lo peor, la caja fuerte abierta. Casi muerto, cuando se diera cuenta de que le habían vaciado la casa mientras su mamá veía una telenovela a todo volumen.

Afuera, Carevaca se había trepado en la jaula del camión y le recibía a la Ombligona lo que Twiggy había empacado en cajas y maletas. Ella era la que decidía qué se llevaban. Y estaba molesta porque no había ropa para ella, ni joyas, apenas lo que se ponía el solterón y algunos vestidos de vieja. En el joyero solo encontró unas camándulas que empacó de todas maneras porque parecían de oro. También sacó dos juegos de mancornas del solterón. En la caja fuerte encontraron trescientos dólares y varios papeles incomprensibles.

El ruido de la televisión llenaba toda la casa, pero durante un silencio de los actores, sin música de fondo, a la Ombligona se le desfondó una caja y todo lo que contenía rodó por las escaleras.

—¿Es usted, Fabio? —preguntó la señora desde arriba, sin poder voltear el cuello.

Twiggy y la Ombligona se miraron petrificadas. Twiggy, iracunda, y la otra, sudando a mares. Como nadie respondió, la señora volvió a preguntar:

—¿Quién anda ahí? ¿Es usted, Fabio?

Entonces Twiggy se decidió y respondió, falseando la voz:

—Sí, mamá, soy yo.

—Ah, bueno —dijo la vieja y siguió con su telenovela.

Twiggy descansó y le hizo señas a la Ombligona para que se apurara.

En el camión, se lamentó de las cosas que habían quedado regadas en la escalera. No más cajas de cartón, dijo, vamos a seguir usando tulas de lona únicamente. Pues como eran botellas, pensé que irían más seguras en la caja, se excusó la Ombligona. Las botellas pesan más, dijo Twiggy, lástima porque era trago extranjero y se habría vendido bien. Luego añadió:

—Y lástima haber dejado el televisor, pero ni modo.

Estiró el brazo y prendió el radio, pasó por el dial de varias emisoras y se detuvo en una canción de un cantante español que empezaba a causar furor: Nino Bravo. Twiggy dejó su mala cara y empezó a cantar, *Tú cambiarás cuando sepas comprender mi amor por ti, cambiarás y jamás podrás vivir lejos de mí...*

—Ay, mona —dijo Carevaca—, te está dando duro el Mono.

—Jua, jua —exclamó Twiggy—. El Mono se muere por mí y eso es lo que les duele a ustedes, carechimbas.

—Ni que me gustara el Mono —dijo la Ombligona.

—Les arde que yo sea su consentida —dijo Twiggy, y siguió cantando—: *Sé que esperarás mi regreso, sé que en ese instante cambiarás.*

El camión avanzó lento por el centro de Medellín, había mucho tráfico porque era la hora de salida del trabajo. Entre las filas de carros, Twiggy alcanzó a ver que más adelante había un retén de la policía.

—Tombos —les advirtió.

—¿Dónde? —palideció la Ombligona.

—Allá adelante. Salgámonos por la próxima cuadra, Carevaca.

Twiggy sacó el brazo por la ventanilla para que los carros del lado los dejaran cruzar hasta la esquina. Siguen buscando al viejito, comentó Carevaca. Como si lo fueran a encontrar en un carro, opinó la Ombligona. A lo mejor están buscando a los secuestradores, dijo Carevaca. ¿Y acaso ya saben quiénes son?, preguntó la Ombligona y miró a Twiggy, que seguía callada, con el brazo afuera.

—¿Será que ya saben, monita? —insistió la Ombligona.

—Eso no es asunto de nosotros —dijo Twiggy.

—No saqués el brazo, mona, sacá la cara —le dijo Carevaca.

Ella se asomó por la ventanilla y le hizo muecas al hombre del carro del lado para que los dejara pasar. Twiggy le pestañeó, le sonrió y, cuando cruzaron frente a él, le lanzó un beso. Llegaron por fin hasta la esquina y, antes de desviarse, Twiggy les echó una última mirada a los policías que hacían el retén, y dijo:

—Cuclí, cuclí, al que cogí, cogí.

Más arriba, en el barrio Manrique, en su casa, el Mono arrojó al suelo toda la ropa del armario mientras el muchacho, echado en la cama, hojeaba un ejemplar de la revista *Mecánica Popular.* No era tanta la ropa que había para tirar, pero el Mono sacó, maldiciendo, hasta el último trapo.

—Voy a ver si está en el patio de ropas —dijo y salió. El muchacho siguió pasando hojas, sin inmutarse.

El Mono revisó la canasta de ropa sucia, buscó entre las sábanas colgadas en los cables, en el lavadero, y como no encontró nada, pateó un balde en el que se despercudía una trapeadora. Volvió al cuarto y le preguntó otra vez al muchacho:

—¿Estás seguro de que no te la llevaste?

—¿Yo? ¿Para qué?

—Como renegás tanto.

—¿Ya buscaste en el clóset de tu mamá? —sugirió el muchacho.

—Mi mamá no usa faldas de esas —dijo el Mono.

—Pues vos tampoco —dijo el muchacho—, y tenés una.

El Mono volvió a irse, entró al cuarto de Lida y, con más cuidado, empezó a buscar entre la ropa. Casi todo lo de ella era negro o gris, muy distinto a la falda roja y corta que buscaba el Mono. Hurgó por encima y por debajo y tampoco la encontró.

Se sentó en su cama, a los pies del muchacho, y le dio la espalda. Se revolcó el pelo y dijo:

—Esa falda no se puede perder, vos sabés lo que significa para mí.

—Esa falda ya estaba de botar, Mono, le hemos dado mucho trajín.

El Mono volteó a mirarlo con ira. El muchacho cerró la revista y se incorporó.

—Primero te boto a vos que a esa falda —dijo el Mono, y se paró para ir al baño.

Se echó agua fría en la cara, se olió las axilas y luego oyó que el muchacho lo llamó desde el cuarto.

—¿Qué pasa? —le preguntó el Mono, apoyado en el marco de la puerta.

—Mirá para arriba.

Del techo colgaba una lámpara de acrílico rojo, en forma de cilindro, que Twiggy había sacado de una casa y se la había regalado al Mono. Y sobre la lámpara asomaba una punta de tela roja que él reconoció de inmediato.

—¿Y eso qué está haciendo ahí?

El Mono y el muchacho se miraron y soltaron al tiempo una carcajada escandalosa. El Mono cayó en la cama, doblado de la risa, y el muchacho empezó a saltar sobre el colchón, también riéndose, tratando de alcanzar la falda. En uno de los saltos la agarró y cayó junto al Mono. Entre risa y risa el muchacho se revolcaba abrazado a la falda roja y, a su vez, el Mono lo abrazaba a él. En una de esas vueltas, el Mono estiró el brazo y apagó la luz.

12.

Cada mañana, apenas se despertaba de un sobresalto, don Diego pedía que lo dejaran ir al baño. Los primeros días no le permitieron cerrar la puerta hasta que, suplicando, les hizo entender que no había la mínima posibilidad de que pudiera escapar por la ventana alta sobre la ducha. Si acaso cabe un niño, les dijo. Lo dejaron, entonces, cerrar la puerta, aunque el Mono ordenó que le arrancaran el pasador para que no la trancara. Solo así se pudo sentar don Diego, al quinto día, en un inodoro sucio y sin aro. No le permitían ducharse y, sin embargo, les pidió jabón y una toalla para asearse en el lavamanos. Eso nunca se lo concedieron. La única atención que tuvieron con él fue darle un rollo de papel higiénico. De todas maneras, cada mañana, don Diego se mojaba la cara con agua helada y humedecía el poco pelo que le quedaba.

De vuelta en el cuartucho, con el bombillo siempre prendido, perdía la noción de la noche y el día. El interruptor estaba afuera para que él no pudiera apagarlo. Sabía si el día estaba nublado o con sol si pegaba el ojo a una ranura entre dos tablas, pero le daba igual porque siempre hacía mucho frío. Si llovía, el cuarto se llenaba de goteras y tenía que arrastrar el catre hasta una esquina seca. Con todo y eso, una mañana empezó a cantar.

—Está cantando —le avisaron al Mono cuando llegó.

—¿Y?

El Cejón levantó las cejas.

—Nos dijiste que te comentáramos cualquier novedad —dijo.

—A lo mejor se está amañando —comentó Maleza.

—No —dijo el Mono—, si canta es para provocarnos —luego preguntó—: ¿Se oye de afuera?

—No creo —dijo Maleza.

—¿Cómo así que para provocarnos? —preguntó el Cejón.

El Mono no le respondió, salió por el pasillo y cuando llegó a la puerta del cuarto, se detuvo pensativo. Le hizo una seña al Cejón para que le abriera el candado.

—Buenas tardes, don Diego.

El viejo rezaba contra la pared. Siseaba una oración con los ojos cerrados y tiritaba.

—Lamento interrumpirlo —dijo el Mono.

Don Diego lo ignoró. El Mono dio unos pasos lentos, mirando el piso, y continuó:

—Les advertí que no metieran a la policía en esto, y están metidos hasta las narices. Su familia no ha querido aceptar mis condiciones. Es como si usted no les importara, doctor.

Don Diego sonrió y dijo:

—Todo lo contrario. Les importo tanto que están acatando mis órdenes.

El Mono fue hasta la silla y se sentó.

—Dígame una cosa, si en sus manos estuviera salvar a alguien, ¿lo haría?

—Claro que sí —dijo don Diego—. Lo he hecho muchas veces en mi vida, usted lo sabe. Pero en este caso es diferente.

—En este caso —lo interrumpió el Mono—, si ellos pueden salvarlo, no lo van a dejar pudrir en este cuarto.

Don Diego sonrió de nuevo.

—Ellos sí pueden ayudarme —dijo—, pero no de la manera que usted quiere.

—No van a poner en riesgo su vida.

—Usted ya me la está poniendo. Además, cualquier valor que alguien le ponga a una vida es poco. Aquí la plata es lo de menos. Es una cuestión de principios.

—Se equivoca, don Diego —dijo el Mono, exaltándose—, ustedes le han puesto precio a todo, ustedes han comprado principios, conciencias, compran hasta el cariño. Ustedes saben que la tranquilidad tiene un precio y ese precio es el que van a pagar por usted.

Se detuvo para tomar aire y bajó un poco la cremallera de su chaqueta. Don Diego lo retó con la mirada fría. De pronto, el Mono empezó a cambiar de expresión.

—Mire —le dijo—, le voy a poner una prueba.

Terminó de bajar la cremallera hasta que el chaquetón quedó abierto, y de un bolsillo sacó, muy despacio, la falda roja. Don Diego se abalanzó sobre él, enrojecido, decidido a arrebatársela.

—¿Cómo la consiguió? —le gritó.

El Mono la escondió detrás de su espalda y se pegó contra la pared. Empujó a don Diego y lo hizo tambalear, y luego, con el poco impulso que le quedaba, el viejo se lanzó de nuevo contra él.

—Maldito, deme eso.

El Mono lo rechazó con fuerza y don Diego fue a dar de espaldas al catre. Maleza abrió la puerta.

—¿Pasa algo? —preguntó con la pistola en alto.

—Nada —dijo el Mono—, aquí el señor que se las está dando de duro.

Don Diego intentó ponerse de pie. El Mono le hizo una seña a Maleza para que se fuera. Volvió a coger la falda con las dos manos y empezó a amasarla, pegada a su pecho. A ver, doctor, dijo, ¿cuánto no daría usted por acariciar así esta falda, por apretarla, por olerla, por dormir con ella? Don Diego logró sentarse con dificultad y sus ojos se le encharcaron. ¿Cuánto me daría?, le preguntó el Mono, ¿cuánto cree que yo le pediría?

Don Diego clavó la cara en las manos y empezó a llorar duro. A veces, en las madrugadas, lloraba poco y en silencio. No tanto por su situación sino por los recuerdos. Siempre que pensaba en Isolda se le salía una lágrima, pero lo hacía solo y callado. Esta era la primera vez que lloraba delante de ellos. El Mono se llevó la falda a la boca y la pegó contra los labios.

—Si estuviéramos en su castillo —dijo—, usted ya habría abierto su billetera y me habría pagado lo que yo le hubiera pedido, ¿no cierto, don Diego? Pero la situación ahora es muy diferente. Esto no es propiamente un castillo y usted no tiene billetera ni manera de ir a un banco. Aunque de todos modos —se acercó al catre— le voy a probar que todo tiene un precio y muchas formas de pagarlo.

Puso la falda roja en la palma de la mano, muy teatralmente, como si sostuviera algo delicado, y dijo:

—Esto, que tantos recuerdos nos trae, que es tan importante para los dos, y que no hay plata en el mundo que a usted y a mí nos mueva a deshacernos de ella, esto —remarcó— lo puede tener con solo escribir una carta.

El Mono esperó la reacción de don Diego, pero él seguía cubriéndose la cara.

—¿Qué me dice, doctor?

Después de un silencio, don Diego asomó los ojos rojos, vidriosos y tristes, y con calma, como si volviera a ser el viejo que estaba ahí encerrado, se acostó de espaldas en el catre.

—Quédese con ella —le dijo al Mono—. Yo ya la tengo en un lugar mejor que el suyo.

El Mono dejó la pose y bajó el brazo. Hizo con la falda una bola y se la metió en el bolsillo del chaquetón.

—No hay problema —dijo.

Caminó despacio hasta la puerta, agarró la manija y se quedó quieto. Don Diego tenía los ojos cerrados y estaba arropado con la cobija. El Mono le dijo:

—Les voy a dar gusto. Con cualquier decisión que tomen yo los voy a complacer. Si deciden pagar, yo les recibo la platica. Y si deciden que usted se muera, yo les doy el gusto y lo mato. Y así todos contentos, ¿no cierto, don Diego?

Esperó unos segundos y cuando ya se había dado por vencido, y se iba a ir, don Diego le dijo:

—Hágame un favor.

—¿Sí, señor?

—Cuando salga, apague la luz.

El Mono tuvo el impulso de golpear la puerta pero se aguantó. Salió sin que se le notara que hervía por dentro. Miró el interruptor del bombillo y siguió de largo a buscar el frío de afuera. Mientras se alejaba, oyó que don Diego empezó a tararear una canción.

En el castillo, Dita se asomó a la ventana de su cuarto y afuera vio soldados, policías, hombres con traje de calle pero armados y periodistas detrás de la verja. Abajo, en el salón, discutían los familiares de don Diego. Ella les había dicho el primer día, hagan ustedes lo que consideren conveniente. Hasta el momento no había acuerdo sobre la conveniencia. Unos decían que sin prueba de vida no se debía adelantar nada, otros fueron partidarios de dar un adelanto en dinero con tal de lograr un acercamiento, otros optaban por un rescate a la brava. Ella apenas oía palabras aisladas. Después de tantos años, todavía pensaba en alemán y, por el contrario, sentía que con el tiempo su español había empeorado.

En el salón alguien dijo, imposible, otro dijo, sería una locura, otro dijo, no hay opción. A ella le hubiera gustado que hablaran más bajo. También habría querido que los policías despejaran el jardín. Guzmán se había quejado de que le pisoteaban las matas, dejaban bolsas de comida tiradas por todas partes y hasta hacían sus necesidades entre los arbustos. Durante la noche sonaban radios de comunicación y aunque ella no estaba durmiendo más de dos horas diarias, necesitaba silencio para descansar.

El teléfono timbró. Dita miró su reloj. Los parientes le habían pedido que, mientras se solucionaba la situación, no contestara. Habían puesto un equipo de grabación y siempre habría un experto, le dijeron, sentado al lado del teléfono. Le molestaba que hubiera tanta gente en la casa. Volvió a oírlos hablando duro y al tiempo, y hasta escuchó una carcajada. Miró su reloj otra vez, corrió la cortina y regresó a la cama. Cerró los ojos y suspiró. Intentó imaginar a su esposo padeciendo dificultades, pero no logró construir una imagen que la convenciera. Los primeros días ni siquiera estaba segura de que fuera cierto lo que sucedía. Era como si a su rutina le impusieran fragmentos de esa realidad de la que don Diego siempre había tratado de blindarlas.

Oyó que cerraron la puerta de la calle. Tal vez uno de los parientes se iba, o era otro que llegaba. Continuó oyendo murmullos hasta que se le disolvieron en el sueño, pero unos instantes después abrió los ojos sobresaltada. En el salón de música alguien había hundido una tecla del piano.

13.

El Mono le dio la espalda a Twiggy y se cubrió con la cobija. Ella estaba sentada contra el espaldar de la cama, con los pechos al aire y las manos entre las piernas. Soltaba y encogía los dedos de los pies. Resopló y le dijo al Mono:

—Cuando no es una cosa, es la otra.

—Hablá pasito —le dijo él.

—Cuando no es una cosa, me salís con otra —repitió, molesta.

—¿De qué estás hablando?

—Pues que cuando no es por el trago es porque estás cansado, o preocupado. Y ahora es dizque porque hay gente.

El Mono volteó a mirarla.

—Pues con esos allá afuera, no puedo.

—No podés ahora —dijo ella—, pero antes de meterme al cuarto, te diste ínfulas y les dijiste que me ibas a hacer ver estrellas.

—Que hablés pasito, ¿sí?

Ella se levantó desnuda y buscó su ropa por el suelo. No me jodás, Mono, le dijo, y se puso la camiseta. Luego se arrodilló a mirar debajo de la cama.

—Entendeme, monita, no me puedo concentrar con el viejito allá encerrado.

Twiggy se puso el suéter y siguió buscando, agachada. Claro, dijo, faltaba el viejo para que le echaras la culpa. Se puso de pie, mitad vestida, y de un tirón le quitó la cobija al Mono. ¿Qué estás haciendo, boba?, le reclamó, y ella, en el mismo tono, le respondió, estoy buscando mi ropa, ¿o querés que salga así? El Mono se cubrió con las manos, se acurrucó, se quejó del frío y volvió a pedirle a Twiggy que bajara la voz.

Cuando ella por fin encontró los calzones, le pareció verla más tranquila. Entonces la llamó:

—Vení, monita, vení para acá.

Ella lo miró rabiosa mientras se acomodaba los pantalones. Vení, ¿sí?, insistió el Mono. Y ahora ¿qué?, preguntó ella. Vení aquí al lado mío. Twiggy gateó sobre la cama, que chirrió con solo apoyar una mano, y se echó junto al Mono, cara con cara. Él le deslizó un dedo sobre la nariz y trató de pegarle en el párpado una pestaña postiza que se le estaba soltando.

—Dejala así —dijo ella.

—Perdoname, monita —le dijo él—. La próxima vez nos desquitamos.

—¿Y quién te dijo que va a haber una próxima vez? —le preguntó ella.

El Mono se rio y dijo:

—No va a haber una sino muchas más.

—¿Ah, sí?

—Esperate —dijo él, y se estiró para alcanzar el pantalón. De un bolsillo sacó un fajo gordo de billetes y le pasó algunos—. Comprate algo bonito —le dijo.

—¿Con esto? —Twiggy le devolvió los billetes y le arrebató el fajo. Lo besó en la boca y le susurró—: Así está mejor.

Ella se levantó y se puso un zapato de tacón muy alto.

—Bandida —le dijo el Mono.

Ella cojeó por el cuarto y pateaba la ropa del Mono, que estaba tirada en el piso. Debajo de la camisa encontró el otro zapato.

—Twiggy —dijo el Mono—. Ya sabés.

Ella levantó los hombros como si no supiera nada.

—No les comentés nada de esto a los muchachos, ¿sí?

Twiggy caminó hasta la puerta y antes de salir le dijo, pero qué voy a contar si aquí no pasó nada. Eso, precisamente, dijo el Mono, pero ya ella estaba afuera.

Él se estiró en la cama, se abrió de piernas, se acarició su barriga que tanto odiaba, y se apretó las partes que le habían hecho pasar otra vergüenza más con Twiggy. Algo sintió con la mano ahí puesta. Está vivo, se dijo. Oyó una carcajada de ella y otras de los muchachos. El Mono se imaginó lo peor. Mucha puta, murmuró entre dientes, mientras en su mano se le abultaba el miembro.

Afuera, Twiggy tuvo problemas para prender la Lambretta. El motor se había enfriado. El Pelirrojo, que estaba de guardia, la vio darle *crank* varias veces, pero la motico siguió ahogada.

—Dejame probar —le dijo el Pelirrojo. Ella le cedió el puesto y él, con pata de percherón, le mandó varios intentos a la palanca y tampoco prendió—. Dejémosla descansar un rato —le propuso.

—¿Descansar de qué? —preguntó Twiggy—, si lleva ahí quieta dos horas.

—Debe ser la altura —dijo el Pelirrojo. Puso cara de preocupación y añadió—: Ojalá no sea el pistón.

—El Mono debe estar furioso —dijo Twiggy.

Al Mono lo irritaba que ella subiera en la moto, por ruidosa. No quería llamar la atención y había prohibido, además, la música, las conversaciones afuera y todo lo que hiciera bulla. Alguna vez el Cejón le propuso llevar un perro para alertarlos si alguien se acercaba, pero el Mono alegó que podía meterse en otra finca, o ladrarle toda la noche a una lechuza, o morder a alguien y ahí sí, enfatizó el Mono, nos metemos en un lío.

—Vení, fumémonos un cigarrillo —le dijo el Pelirrojo a Twiggy, pero ella ya había empezado a rodear la cabaña, aprovechando la pizca de luz que todavía le quedaba al día.

La casa tenía los muros forrados de costras de pintura vieja y grandes manchas de humedad. Las ventanas y las puertas apenas se tenían en los marcos. Twiggy pasó frente a la cocina y vio a Carlitos concentrado en picar una cebolla. Él no la vio y ella siguió hasta la ventana siguiente, a la que el viento le agitaba uno de los batientes de madera. Adentro estaba el Mono, y como ella no quería que la descubriera, se echó rápido para atrás, pero lo que le pareció ver la hizo asomarse de nuevo: el Mono se masturbaba frenéticamente, con los ojos apretados, la mano libre agarrotada y los labios brotados como una flor. Twiggy abrió los ojos tanto como pudo, sorprendida e indignada.

Caminó agitada hasta la parte trasera de la cabaña, donde se detuvo para recomponerse. Exhaló vapor frío y con un dedo se tocó las pestañas. Detrás de ella escuchó una tos. Se dio vuelta y solo vio unos tablones gruesos clavados en la ventana con clavos brillantes. Twiggy notó que por una esquina se escapaba una rayita de luz y se agachó para curiosear por la ranura. En principio, no tuvo claro lo que vio: una parte de un catre, un bulto erguido, el espaldar de un taburete, un plato sobre el suelo. Luego el bulto se movió y pudo verlo claramente. Arrodillado sobre el colchón roto, don Diego rezaba con las manos cruzadas en el pecho. Movía la boca en un siseo que ella no alcanzó a distinguir, alumbrado por un bombillo que no se apagaba ni de noche ni de día, como si el encierro no fuera suficiente mortificación. Lo miró un rato hasta que don Diego empezó a disolverse: a ella se le había soltado una lágrima del ojo que espiaba. La secó y volvió a mirar hacia adentro. Don Diego seguía igual. Ella recordó lo poco que sabía de él, que era un hombre rico, bueno y piadoso. También que era un poco extraño. Por la rendija solo veía a un pobre viejo que rezaba con la frente pegada a la pared. Enruanado y maltrecho, ni siquiera parecía un hombre rico.

Twiggy sintió que sus pestañas rozaban el tablón y se apartó un poco. Parpadeó y cuando fue a echar otro vistazo se encontró con el ojo de don Diego, que miraba hacia afuera por la misma ranura. Twiggy echó la cabeza hacia atrás y creyó que se le iba a salir el corazón. Pegó otro salto cuando oyó, al otro lado, el motor neurótico de la Lambretta.

Corrió y encontró al Pelirrojo envuelto en una nube de humo. Aceleraba la moto a fondo para que no se le volviera a apagar. La vas a fundir, güevón, le dijo Twiggy, bajate, le ordenó. Ella se cruzó el bolso por el pecho, se subió, prendió la luz y arrancó después de tres corcoveos. Gracias, muñeco, le dijo al Pelirrojo, y él se quejó:

—¿Ni siquiera un besito de agradecimiento?

Ella no lo escuchó. Ya había cruzado la portada, seguida por la humareda blanca que botaba la Lambretta, entrada ya la noche en Santa Elena.

14.

Seis muchachos pasaron en un convertible con el radio a todo volumen. Cantaban frenéticos *Get back,* de los Beatles, y hacían chirriar los neumáticos en las esquinas. Los hombres tenían el pelo largo, patillas que les bajaban hasta la mandíbula y gafas para el sol, y ellas, que eran dos, vestido de trapecio a la mitad del muslo, o incluso un poco más arriba.

El Mono Riascos y sus amigos tomaban cerveza en la terraza de una heladería, y él les decía, es mejor hacerlo un domingo porque hay menos tráfico. En esas cruzaron los muchachos en el convertible y se robaron la atención de todos. El Mono paró de hablar y luego retomó sus explicaciones.

—Por lo general, en la mañana se quedan en el castillo, luego van a misa, después a almorzar donde algún familiar y en la tarde se pasan por la biblioteca de Itagüí.

—Si nos toca sacar a la niña de misa, yo no me apunto —dijo el Cejón.

—Ni yo —dijo el Tombo, y se dio la bendición.

—Para su tranquilidad, hermanitas de la caridad —les dijo el Mono—, los vamos a interceptar... —los muchachos pasaron otra vez en el convertible y, desde la esquina, el ruido de los neumáticos hizo que todos se voltearan a mirarlos—. Hijos de papi —gruñó el Mono mientras ellos vociferaban, agitando manos y cabezas, *Get back to where you once belonged*—.

Los vamos a interceptar apenas salgan de la biblioteca —continuó el Mono cuando desapareció el convertible.

—¿Antes de que se suban al carro? —preguntó el Pelirrojo.

—¿El carro es la limusina? —preguntó el Cejón.

—Yo prefiero después —dijo el Mono.

—¿Por qué? —preguntó el Cejón.

El Mono ya iba a abrir la boca para responder cuando volvió a escuchar el chirrido de los neumáticos, en la misma esquina por donde ya habían aparecido dos veces.

—*Get baaack, get baaack!*

—Riquitos de mierda —dijo el Mono, con rabia, cuando el carro pasó por el frente. Esperó a que se alejaran y preguntó—: ¿En qué iba? —pero el Cejón, el Tombo, el Pelirrojo y Caranga se miraron, mudos, entre ellos. Tomaron cerveza mientras el Mono, muy impaciente, se restregaba la cara y el pelo—. Vamos a necesitar más gente —continuó el Mono—, al menos dos más y que sean berracos y prudentes.

—Yo tengo a alguien —dijo Caranga.

—¿Está limpio?

—Más o menos.

—¿Conocés a alguien más de la policía? —le preguntó el Mono al Tombo, que frunció la boca, pensativo.

—Tal vez —respondió—. Habrá que averiguar.

—¡Ya me acordé! —dijo el Cejón.

—¿De qué?

—De lo que estabas diciendo. Dijiste que preferías agarrar a la niña después de que se subiera al carro.

—Ya no es tan niña, Cejón, es casi una señorita —dijo el Mono, suavemente.

—¿Para qué dejarla subir al carro? ¿Por qué no la agarramos antes? —preguntó el Cejón, pero ya todos, incluido el Mono, estaban otra vez distraídos con el ruido de las llantas del convertible. Y con el radio, con el canto y los alaridos de los muchachos. El Mono le dijo al Cejón:

—Pues porque no me da la puta gana.

Empujó la silla hacia atrás y salió. Se paró en medio de la avenida con las piernas un poco abiertas, metió la mano en la cintura, sacó su Makarov 9 mm y apuntó al frente, donde el convertible ya asomaba la trompa. En la terraza de la heladería algunos se escondieron debajo de las mesas. Los del combo lo miraron impresionados, parecía que el Mono estuviera decidido a detener el carro a punta de bala.

—*Get baaack, get...!*

Los muchachos frenaron en seco cuando vieron al Mono con los brazos estirados, apuntándolos a cinco metros de distancia. Se quedaron pasmados con lo que les parecía imposible, hasta que las mujeres soltaron en coro un grito de horror. El que manejaba metió reversa y, sin mirar atrás, aceleró a fondo. Se chocaron contra un poste de luz y luego arrancaron hacia delante, derrapando sobre el pavimento. El Mono siguió quieto y apuntó hasta que los perdió de vista. Luego volvió a encartucharse la Makarov en la cintura y caminó tranquilo hasta la terraza. Se sentó con sus amigos y les preguntó:

—¿En qué iba?

15.

Antes de terminar la clase, Isolda recorre las siete octavas del piano en un ejercicio para reforzar los meñiques. De ida lo hace en *staccato* y de regreso en *legato,* una dificultad que le impone la maestra Uribe para desarrollar la destreza de los dedos.

Al final, le dice a la maestra que la acompañará afuera. Su única intención es treparse en la bicicleta apenas ella se vaya. Solo puede pedalear desde el garaje hasta la puerta de rejas, que en distancia no es mucho, tal vez cien metros, pero para Isolda son toda una autopista a la libertad. No faltan, sin embargo, las advertencias de Hedda, que siempre aparece para exigirle cualquier cosa.

—No está bien que te montes con vestido, niña loca.

Isolda no hace caso y sube hasta el bosque, empujando la bicicleta. Cuando llega se trepa de nuevo y pedalea entre los primeros árboles, pero choca con una rama baja y cae en la maleza.

Un silencio llena el follaje. No se mueve ni una hoja, ni un solo pájaro, ni siquiera se mecen los árboles más altos, ni se siente cuando ruedan las cinco manzanas que cargaba en la canasta de la bicicleta. Isolda, boca arriba, abre los ojos y ve la luz del cielo, filtrada a través de las ramas, que desde abajo parecen las manos de un gigante. A su lado, y en la punta de una hoja larga, hay un grillo verde que parece mirarla. A Isolda le duele un brazo. Le pregunta al grillo, ¿es cierto que oyes por las rodillas? El bicho no dice ni cric, ni aletea ni salta. Sigue quieto en la hoja. Ella mira el brazo que le duele: tiene rasgada la manga, la tela untada de sangre y un rasguño un poco más abajo del hombro.

—¡Isolde! —oye su nombre a lo lejos.

Se levanta rápido, se sacude el vestido y recoge las manzanas del suelo. El grillo salta y se aferra a la espalda de Isolda sin que se dé cuenta. Ella se adentra en el bosque, canturreando.

—Era para enloquecerse, don Diego —dijo el Mono—. Yo sabía que estaba ahí, la veía entrar, la escuchaba cantar, sentía que se movía dentro del monte pero no podía verla. ¿Por qué nunca fueron a chequear qué pasaba allá adentro?

—Guzmán fue muchas veces y no encontró nada —dijo don Diego.

—Y entonces ¿los peinados? —preguntó el Mono.

Don Diego arrugó la nariz y miró hacia otro lado. El Mono había ido aprendiendo los gestos de don Diego, como este que significaba que no quería hablar más. Se sentó y reclinó la silla hacia atrás para apoyarla contra la pared. Sintió frío y ganas de tomarse un aguardiente.

—Se pasaba horas en el monte —continuó—, tardes enteras. Solo salía cuando la mamá la llamaba, y eso que a veces la hacía esperar —el Mono se calló un momento y luego dijo—: A propósito, ayer hablé con ella.

—Mentiras.

—Se lo juro. Me contó que tenía la gastritis alborotada.

—Dita nunca va a hablar con ustedes.

—Pues ya lo hizo. Está desesperada, quiere llegar a un arreglo rápido.

Don Diego se enderezó con esfuerzo. El Mono le sonrió y dijo:

—Usted ya no depende de sus propias decisiones, doctor. Ahora depende de las circunstancias.

—¿Y quién no? —le preguntó don Diego, con cierta sorna.

El Mono lo miró fijo mientras pensaba.

—Toda la gente que trabaja para usted, para los de su clase, depende más de sus caprichos que de cualquier otra cosa —dijo—. A cada rato en la vida uno termina dependiendo más de la casualidad que de alguna persona.

—No hay personas sin circunstancias —dijo don Diego, ya muy derecho sobre el catre. Y añadió—: Usted y yo dependíamos de Isolda, en situaciones muy diferentes.

El Mono se despegó de la pared, con silla y todo.

—Yo no dependía de ella. Nunca en mi puta vida he dependido de nadie —dijo.

—¿Y por qué la espiaba? —preguntó don Diego, pero luego agitó la mano en el aire—. No, corrijo, ¿por qué no podía dejar de espiarla?

El Mono se mordió el labio superior con los dientes de abajo, y soltó una risa para ganar tiempo.

—Todo lo que hice dependió de mí porque yo decidí quererla —dijo—. Usted sabe, don Diego, que el amor es obsesión, *aquel monstruo indomable, que res-*

pira tempestades, y sube y baja y crece, como decía el maestro Flórez.

Isolda canta por entre un sendero de nogales, de castaños, almendros, jaguas y pomos. Pisa confiada un camino hecho de pasos que ya conoce de memoria. Levanta las puntas de su falda y guarda las cinco manzanas en la hamaca que forma con el vestido. Se adentra más y empiezan a escucharse ruidos inquietos sobre la hojarasca. Hola, dice ella, en voz baja y dulce, hola, hola, repite, muy atenta a los matorrales. Toma una de las manzanas y la lanza bosque adentro. Se oye como si un punzón atravesara la fruta antes de caer. Isolda sonríe. Hola, hola, dice de nuevo, y el monte se llena de más ruidos.

—Shhhh —dijo el Mono, y señaló el techo con un dedo. Don Diego, sin entender, lo siguió con la mirada—. ¿Qué suena? —preguntó el Mono.

—¿Qué...?

—Shhhh —el Mono volvió a callarlo.

Se oyó un ruido a lo lejos, como un motor de algo. Rápidamente, el Mono miró su reloj y negó con la cabeza. El sonido se escuchaba más claro y fuerte. Don Diego se puso de pie, sin dificultad, y quedó frente al Mono, en un diálogo sin palabras. No tenían necesidad de decir que lo que sonaba cada vez más cerca era un helicóptero.

El Mono salió en carrera del cuarto, cerró la puerta de un golpe y olvidó poner el candado. Don Diego pegó la oreja a los tablones de la ventana y no escuchó el ruido de las aspas sino el golpeteo de su corazón. Sintió un mareo.

En la casa, el Mono daba órdenes.

—¡Apagá esa luz, Cejón! ¡Cierren todas las ventanas!

—Están cerradas. ¿Qué pasó?

—¿Están sordos, güevones?

—La de la cocina está abierta, Carlitos.

—¿Quiénes están de guardia?

—¿Qué es lo que suena?

—Caranga y el Pelirrojo.

—Un helicóptero. ¿Dónde está el Tombo?

—¿Qué estás diciendo, Mono? ¿Un qué?

—Está de servicio.

—¡Cállense! —les gritó el Mono, y al fin pudieron escuchar el traqueteo del motor, muy encima de ellos. Se miraron aterrados.

—Nos descubrieron —dijo el Cejón, blanco como un papel.

—Callate.

—Son las seis y media de la tarde, Mono, a esta hora nadie vuela en Medellín. Si están aquí es porque nos encontraron.

—¡Que te callés, malparido!

Caranga y el Pelirrojo entraron apurados. Estaban pálidos como los otros y con la nariz roja por el frío.

—¿Lo oís, Mono?

—¿Hay neblina? —preguntó el Mono, y los dos negaron con la cabeza—. Esperen aquí —les dijo a todos, y antes de salir les advirtió—: Lo matan si cualquier cosa.

El Cejón se dejó caer en el sofá y empezó a llorar.

El helicóptero parecía volar en círculos, el ruido cambiaba de un lado a otro, a veces lejos, a veces cerca. De rodillas y en el suelo, don Diego cruzó los brazos sobre el pecho. Sabía que la puerta había quedado sin candado y que los bandidos tendrían más miedo que él. Los había oído chillar, como ratas arrinconadas. Sacó fuerzas y se puso de pie. Sintió que a su cuerpo le faltaba el esqueleto, y aun así caminó despacio hasta la puerta y la abrió lentamente.

—¿Y si no es un solo helicóptero sino varios? —le preguntó Caranga a Carlitos, los dos empapados en sudor.

—¿Y si también vienen por tierra? —preguntó el Pelirrojo mientras el Cejón mordía un cojín para ahogar su llanto.

El Mono corrió encorvado desde la cabaña, como si ya estuviera en medio de un tiroteo, y se escondió entre matas de su tamaño, con la Makarov empuñada. Luego gateó de un lado a otro para tratar de ver el helicóptero. Sintió el motor en cada poro de la piel, pero no logró ver nada. Por entre las hojas de helecho, tan amplias como daban sus brazos, asomó la cabeza y vio la cabaña oscura, detenida, sin humo, sin más color que el de las begonias. Metió de nuevo la cabeza bajo las hojas y como un resorte volvió a asomarla. ¡Jueputa!, se dijo entre jadeos. Al lado de la cabaña, muy limpio y brillante, estaba el Dodge Coronet azul claro, y a un lado, arrumado, el plástico negro con el que debían haberlo cubierto. El Mono se arrastró para regresar, pero antes de salir al claro sintió que el helicóptero le pasaba por encima, más bajo y estruendoso que nunca. Pudo verlo fugazmente cuando el viento de la hélice despejó los matorrales y él quedó ahí tieso, como un tronco, esperando el peor desenlace.

Isolda se acuesta sobre el musgo húmedo. Ya les ha repartido las manzanas a los almirajes y ellos están en plena faena. Tejen con su cuerno en el pelo de ella, y con destreza le incrustan flores, hojas y semillas. Isolda cierra los ojos y ellos le amarran las trenzas con hierbas delgadas. Isolda les canta *Alle Leut', alle Leut' geh'n jetzt nach Haus'*. El grillo que le había saltado a la espalda ahora la observa desde una rama. Ella lo ve y le pregunta otra vez, ¿es cierto que tienes las orejas en las rodillas? El grillo apenas mueve las antenas.

—¡Auch! —se queja Isolda.

Un almiraj ha tirado fuerte de un cadejo para sellar el peinado. Isolda se sienta y palpa el pelo con delicadeza para calcular la forma y el volumen. Se pone de pie y dice, los quiero a todos, los amo. Salta contenta de regreso hasta donde ha dejado la bicicleta. Y canta, *Grosse Leut', kleine Leut', dicke Leut', dünne Leut'*.

Don Diego arrastró los pies por el corredor penumbroso. Le temblaba el cuerpo y en cada paso sentía que se desmoronaba. Llegó hasta el umbral donde el pasillo se unía con la sala y ahí los vio a todos. Ninguno lo vio a él. Estaban de espaldas y apuntaban con sus pistolas hacia la puerta de la cabaña. El Cejón lloraba acurrucado en el piso.

El helicóptero tronaba de un lado a otro. Don Diego avanzó entre basura, ceniceros derramados, botellas de gaseosa vacías, paquetes de comida y revistas descuadernadas. Los hombres se sobresaltaron cuando él pasó junto a ellos, caminando con dificultad hacia la puerta.

—¿Qué hace? —le preguntó Carlitos.

—Vuelva al cuarto —le ordenó el Pelirrojo.

Pero don Diego siguió y estiró el brazo para agarrar el pomo de la puerta.

—¡Dispárenle! —ordenó Caranga.

—¡No! —gritó el Cejón, con la cara descompuesta por el llanto. Con los brazos abiertos se interpuso entre don Diego y los muchachos—. ¡No! —les dijo otra vez, suplicante.

Don Diego no se detuvo ni se volteó a mirarlos. Abrió la puerta y salió. Frente a él, a varios metros de distancia, vio al Mono arrodillado sobre el pasto, con la cara y las manos estiradas hacia lo alto. Don Diego también miró arriba y, al igual que el Mono, quedó bajo una lluvia de papeles que caían del cielo. Sin mucho esfuerzo atrapó uno en el aire y se vio a sí mismo de saco y corbatín, con unos binóculos en las manos, descrito como un hombre de setenta y seis años de edad y bien conservado, de constitución robusta, con ojos claros y buena dentadura. Al final del volante se ofrecían doscientos mil pesos por cualquier información que llevara a las autoridades a su rescate. Miró al Mono y lo vio a gatas, recogiendo afanado los volantes esparcidos en el pasto. Luego Caranga y el Pelirrojo lo agarraron de los hombros y lo entraron a la cabaña, mientras el ruido del helicóptero se perdía a lo lejos.

Antes, muchos años antes, una princesa salió del bosque, a esa misma hora, con el pelo trenzado en rulos enormes, como cilindros de oro, y adornados de pétalos amarillos y rojos, con dos orquídeas ensartadas a cada lado y una bromelia en el copete. Bajaba en su bicicleta, con el vestido arriba de los muslos, la manga rasgada y cantando una canción alemana.

16.

Era el castillo perfecto. Con solo recordarlo, el castillo de Chambord, en el valle del Loira, dejaba sin aliento a don Diego. De frente o por detrás, desde cualquier ángulo, bajo cualquier luz. Su cuerpo central, con cuatro torreones, del que se erguían varias torres y chimeneas que contrastaban grises sobre el cemento claro, su magnitud y su imponencia, lo hacían, como decía don Diego, un castillo de cuentos.

—¿Y algo así es lo que usted quiere? —preguntó Enrico Arcuri, el arquitecto francés de familia italiana que le recomendaron a don Diego. Lo preguntó con socarronería luego de escucharlo referirse al de Chambord como el castillo soñado.

—Bueno —dijo don Diego—, hay que empezar por algo, por una idea, al menos.

—Un castillo —murmuró Arcuri, y cruzó los dedos. Luego comentó—: Me parece que llega un par de siglos tarde.

—Precisamente —dijo don Diego, extasiado—. Para eso es que sirven ahora los castillos, para detener el tiempo. Es como vivir siempre en el hoy y en el antes.

El arquitecto achicó los ojos para mirarlo.

—Colombia no es Francia —dijo.

—Desde luego —respondió don Diego. Guardó silencio y luego atacó—: Pero toca acomodarse a lo que hay a la mano. Dicen que Chambord fue concebido por Da Vinci pero yo, para mi castillo, me conformo con sus ancestros italianos, *signore* Arcuri.

El viejo y resabiado arquitecto había tenido su momento de esplendor a comienzos de los años treinta. Construyó mansiones y edificios importantes en Berlín, Hamburgo y Fráncfort, sobre todo. Era considerado un «ecléctico ejemplar» y entre sus seguidores estaban los que se oponían al modernismo, tendencia que Arcuri despreciaba.

—Ya no se hacen castillos —insistió—. No sé si fue la guerra o qué, pero ahora todo lo que se construye se parece a un búnker.

—Es una moda y yo no la sigo —dijo don Diego—. Quiero algo como siempre lo he soñado, ajustado a una realidad, por supuesto.

Arcuri se sirvió un poco de agua y de un cajón del escritorio sacó un frasco de pastillas.

—¿A qué se dedica usted? —le preguntó a don Diego, y antes de permitirle responder, llamó en voz alta—: ¡Cyrine!

Don Diego se dio vuelta a ver si entraba alguien por la puerta del despacho.

—Disculpe —le dijo Arcuri.

—Pensé que el señor Baumann le había hablado de mí.

—Lo hizo, pero quiero saber qué hace, a qué dedica su tiempo, cómo es su vida.

—Creo que primero deberíamos llegar a un acuerdo, ¿no le parece?

—¿Acuerdo económico? —preguntó Arcuri, y luego volvió a llamar—: ¡Cyrine!

—Prefiero llamarlo un acuerdo profesional —explicó don Diego.

Arcuri, tembloroso, abrió el frasco y se tomó una pastilla. Con el mismo temblor levantó el vaso de agua y regresó el frasco al cajón. Por segunda vez desde que entró, don Diego sintió que estaba frente al hombre equivocado. La primera fue porque tuvo que esperar veinticinco minutos a que el arquitecto lo atendiera, y cuando lo hizo pasar no le dio ninguna explicación. Mirko le había advertido que era un hombre mayor, pero a don Diego no le molestó, a él tampoco le gustaba lo que hacían los arquitectos jóvenes y pensó que compartiría con Enrico Arcuri el gusto por lo clásico.

—Mire —dijo el arquitecto—, no lo voy a engañar. Antes que nada quisiera convencerlo de olvidarse de la idea del castillo. Hay otras opciones igualmente tradicionales pero menos...

Movió los dedos en el aire, intentando atrapar una palabra. Don Diego se echó hacia delante, apoyó las manos en el escritorio y le dijo:

—No se desgaste, no quiero opciones.

—Menos reaccionarias, podría ser —dijo Arcuri para redondear su idea.

Don Diego se puso de pie, como expulsado por un resorte.

—No es ninguna determinación política, señor —dijo—. Puede sonarle frívolo pero es un simple capricho, y por eso mismo es prácticamente imposible que considere otra alternativa.

El arquitecto, por primera vez, le sonrió. Siéntese, le dijo, y acompañó la propuesta con un movimiento de la mano, que ya le había dejado de temblar. Luego se levantó y fue hasta la puerta, la abrió y volvió a llamar a Cyrine, esta vez sin gritar.

—¿Hay monarquía en Bolivia? —preguntó Arcuri.

—Colombia —corrigió don Diego—. Lamentablemente, no.

—Es solo curiosidad.

La puerta del despacho se abrió y se asomó una mujer menuda, también mayor, que le preguntó a Arcuri, en francés, qué necesitaba. Don Diego se levantó cuando la vio y le hizo una venia con la cabeza. Aquello, dijo el arquitecto, y la mujer volvió a salir.

—Tal vez es el valle del Loira lo que me molesta —dijo Arcuri—. Lo han convertido en una especie de parque de recreo, parece una mesa repleta de pasteles decorados. ¿Quién nos entiende? Hicimos una revolución pero conservamos la veneración por lo monárquico. No hay una lección en ese valle; por el contrario, toda nuestra pequeña burguesía se ufana de él.

La mujer entró de nuevo con un paquete en las manos y, callada, lo dejó sobre el escritorio. Arcuri le hizo una seña con los ojos para que saliera. Tomó el paquete y se lo extendió a don Diego.

—Ábralo —le dijo—. Casi no los encuentro. Los busqué toda la mañana y cuando usted llegó seguían extraviados.

Don Diego desenvolvió el paquete con cuidado y se sorprendió cuando vio una colección de discos. Era *Parsifal,* de Wagner, en una grabación de 1936 en el teatro Colón de Buenos Aires, dirigida por Fritz Busch. Sus ojos brillaron y apenas pudo balbucear:

—Esto es una joya.

—Digamos que es la primera piedra de su castillo.

—Pero tendría que haber sido yo... —intentó decir don Diego.

—Bah, da igual —dijo Arcuri—. Lo que vamos a hacer va en contra del sentido común. Es mejor que nos vayamos acostumbrando.

Los dos sonrieron y, diez minutos después, don Diego salió feliz con el regalo a encontrarse con Dita en la Puerta de los Elefantes.

Del zoológico no quedaba ni la sombra de lo que fue. Los animales que no murieron por las explosiones de la guerra lo hicieron por el susto.

—Algunos escaparon a las calles —dijo Dita—. Tenían que matarlos a disparos porque no había donde guardarlos.

—Debieron ser un peligro más —dijo don Diego.

Los dos caminaban por el zoológico, entre los jardines que habían vuelto a crecer.

—Una noche yo iba para el refugio, ya estaba oscureciendo y no había luz en las calles —contó Dita—. De pronto, vi algo a lo lejos que se movía muy despacio. Pensé que era un perro y avancé, pero cuando lo tenía a unos veinte metros casi me da un infarto. Era una leona.

Don Diego se detuvo y solo dijo:

—Dios.

—Quedé petrificada —continuó Dita—. Las dos nos miramos a los ojos. Ella rugió muy débil y alcancé a verle los colmillos. Pensé en correr, pero la leona retrocedió. Iba cojeando.

—¿Y qué hacías tú en Berlín en medio de los bombardeos? ¿Por qué no estabas con tus padres?

—Estaba con ellos en Waldwinkel, pero mamá y yo vinimos a recoger a Annemarie, que llegaba del norte.

Los estanques seguían secos. Llegaron hasta las ruinas del aviario y se pusieron a mirarlas, callados. Se conformaron con recordar las mil y tantas aves que allí trinaron enjauladas y que murieron con el solo ruido de las detonaciones. Ahora, entre los destrozos anidaban algunas palomas que poco a poco habían regresado. Dita, con los ojos vidriosos, caminó hasta unos avisos y don Diego la siguió. Eran letreros, como los que había por toda Alemania, que anunciaban reconstrucciones.

—Vamos a ver los osos —propuso ella.

A pesar del deterioro, el parque zoológico era muy visitado. Se había convertido en un oasis para los berlineses, un lugar neutro para la memoria donde se alejaban de los convoyes militares y de las discusiones acaloradas entre inconformes, militantes y resignados. Se cruzaron con niños que reían y jugaban como si nunca hubiera pasado nada, y con viejos sentados en bancas, que se calentaban al sol, rumiando el pasado y digiriendo el presente. Don Diego le tomó la mano. En el otro brazo sostenía los discos que le había regalado Enrico Arcuri.

—Piensa que pudo haber sido peor —dijo él.

—Ya fue peor de lo que imaginé —dijo Dita.

—Pudo haber sido como Hiroshima.

—En todas partes fue horrible —Dita hizo una pausa y dijo—: No quiero hablar de esto.

Don Diego apretó la mandíbula, se veía incómodo. Le soltó la mano a Dita para quitarse la bufanda.

—Cometieron un error —dijo—. En unos años los Aliados se van a dar cuenta de su equivocación.

—Diego.

—Ya lo verás —insistió—. Así ha sido siempre, en un tiempo añorarán lo que aquí echaron por tierra.

Dita se detuvo en seco y le dijo, enfática, no quiero hablar de esto, por favor. Alguien tiene que decirlo, dijo don Diego. No eres el único, lo dicen en todas partes y ¿qué han ganado?, preguntó Dita, y luego agregó, solamente que nos siga dominando el dolor. Don Diego quiso decir algo pero ella le puso la mano en la boca. En mi familia, dijo, hemos hecho un pacto de silencio, y eso va para ti también. Él apretó los labios y vio en los ojos de Dita una fuerza que lo debilitó. Después ella lo tomó de la mano y caminaron sin decirse nada hasta que vieron, detrás del muro, un oso enorme que gruñía de pie.

17.

El Mono Riascos no había terminado de pagar cuando el muchacho ya estaba trepado en la moto, desbordado de felicidad. La prendió, aceleró y el ruido les entró a todos por los pies y les invadió el sistema nervioso. El muchacho no salió en la Bultaco por la puerta del taller, como debería, sino que cruzó el concesionario por la sala de ventas, entre escritorios y vendedores que, al borde de un ataque al corazón, se taparon las orejas y saltaron a un lado para evitar que los atropellara. Llegó hasta la entrada principal, cruzó la acera y entró en la calle sin cerciorarse de si venían carros. Después del estruendo y del susto, el Mono corrió para ver hacia dónde había ido el muchacho. No alcanzó a verlo, aunque todavía se oía el ruido del motor.

Después lo vio aparecer a la vuelta de la esquina, sonriente como un niño. No se detuvo sino que pasó frente al Mono, le levantó el brazo para saludarlo y volvió a acelerar. Dejó al Mono con la frase ¡para dónde vas! perdida en un cúmulo de ruido.

—Vení, muchacho —insistió el Mono, pero ya había desaparecido por la esquina.

La vendedora salió a la calle para entregarle al Mono los papeles de la moto.

—Qué muchacho, por Dios —dijo admirada, aunque seguía pálida—. Todavía no me ha vuelto el alma al cuerpo —añadió.

El Mono guardó los papeles en el bolsillo de atrás.

—Con eso va a quedar agradecido de por vida —dijo la vendedora.

—¿Qué?

—Ahí va a tener a esa belleza para rato —dijo ella—. Con semejante regalo.

El Mono se contuvo y se rascó la cabeza.

—No es un regalo —aclaró.

—¿Ah, no? —dijo la vendedora, y le sonrió.

A lo lejos, vieron otra vez al muchacho, que se acercaba a toda velocidad.

—Yo mejor me entro —dijo ella—. No me aguanto un susto más —y desde la puerta le advirtió al Mono—: Mejor cómprele un casco.

El muchacho se detuvo. Aceleraba fuerte para hacer sonar la moto. Qué chimba, Mono, qué requetechimba, dijo. Al Mono le cambió el aspecto al verlo tan contento.

—Subite, pues —dijo el muchacho.

—¿Para dónde vamos? —le preguntó el Mono.

—A pasear.

—Pero despacio.

—¿Despacio? Eso sería como caminar teniendo alas.

—Dejá la aceleradera. La vas a fundir.

El muchacho se rio y se le marcaron dos hoyuelos en las comisuras de la boca. El Mono sintió que un soplo de frío le bajaba del corazón al estómago. Se subió a la moto y tanteó a los lados de dónde agarrarse. Desde su puesto, y sonriente como siempre, la vendedora les dijo adiós con la mano.

Cruzaron sobre el río Medellín como una exhalación. Tomaron la autopista por la oreja del puente y culebrearon entre los carros que iban hacia el sur. De nada le valió al Mono advertirle varias veces, ¡cuidado, muchacho!, cada vez que se veían pegados al guardachoques de algún carro. Casi se incrustan contra una tractomula bajo el puente de la fábrica de licores. El Mono se puso serio y le dio un golpe fuerte al muchacho.

—O manejás despacio o me quedo aquí —lo amenazó.

Siguieron con más calma hasta el siguiente puente, donde pararon a comprar pandequesos. El muchacho ni siquiera se bajó de la Bultaco. Se quedó contemplándola, le acarició el tanque, el timón, abrió y cerró varias veces la tapa de la gasolina. Deslizó la mano sobre el asiento tibio y limpió el retrovisor con una punta de la camisa. El Mono regresó con dos cervezas y una bolsa con pandequesos recién salidos del horno.

—Ahora quién te va a aguantar —le dijo al muchacho.

—Pues vos, que me aguantás todo.

El Mono le extendió la bolsa para que sacara un pandequeso, pero el muchacho agarró la cerveza y bebió sin parar.

—Epa —dijo el Mono.

El muchacho se detuvo cuando la botella iba por la mitad. Se acercó al Mono, lo miró sin parpadear y le dijo:

—Gracias.

—Pensé que se te había olvidado —dijo el Mono, por decir cualquier cosa, porque cuando el muchacho lo miraba así, no era capaz ni de pensar. Mordió un pandequeso para salir del pasmo.

—¿Adónde te llevo? —preguntó el muchacho.

—Pues a mi casa, tengo que recoger el carro para ir a trabajar. Ya me cogió la noche.

—¿Y si te llevo al trabajo?

El Mono chasqueó la lengua y negó con la cabeza.

—No vamos a empezar —dijo—. Mejor nos vemos más tarde.

El muchacho se quedó serio y se recostó en la moto para terminar la cerveza.

—Esta noche celebramos —propuso el Mono, pero el muchacho no respondió. Caminó hasta un lote baldío, donde arrojó al aire la botella vacía. Luego se paró de espaldas y orinó.

Mientras lo observaba, el Mono sintió que se ahogaba en un mar de culpas y de dudas. La situación no estaba como para regalos y celebraciones. En Santa Elena, sus hombres empezaban a impacientarse, había pasado un mes en que nada avanzaba. Don Diego no cedía, sus familiares tampoco y él, lo tenía muy claro, sería el último en ceder.

—¿Qué hace el Mono todo el día, cuando no está aquí? —le preguntó Maleza a Caranga, arriba en la cabaña.

—Pues trabajar, supongo.

—¿En qué?

Caranga, enfundado en su ruana blanca, se quedó pensando. Hará llamadas, vueltas, resolverá problemas, no sé, dijo. Pensó un momento más y añadió, también hará trabajo de inteligencia. Maleza lo miró y se quedó pensativo.

—¿Y en qué irá a terminar todo esto? —preguntó.

—Pues en lo que todos esperamos que termine.

—¿Y si no?

Caranga se puso de pie y encendió la luz. Puso el revólver sobre la mesa de centro y tomó una colilla del cenicero. La prendió y dijo:

—Y si no, pues no.

—El Mono ha sido muy suave con el viejito —dijo Maleza—, se deja mangonear. Si me dejara a mí, yo le hacía escribir esa carta en un dos por tres.

—¿Y cómo?

—Pues apretándole las güevas. Así fue como me enseñaron. Al principio aguantan pero todo dolor tiene un límite.

Caranga dio dos fumadas y botó mucho humo. Casi se quema los dedos y volvió a apagar la colilla. Luego dijo:

—Pues ahora soy yo el que te pregunto: ¿y si no hace caso?

—Pues si no, se aprieta más —respondió Maleza.

Desde la sala oyeron que don Diego empezó a canturrear esa canción que ninguno conocía. Maleza hizo un gesto de molestia. ¿Sí ves?, dijo, hasta se da el lujo de cantar. Caranga comentó, últimamente, cuando se despierta, le da por una canción de un pájaro azul. Pues claro, dijo Maleza, si aquí está muy amañado. Lo que hace falta es apretarle precisamente eso, el pájaro. Caranga se rio pero lo cogió un ataque de tos que lo dejó doblado. Desde el cuarto, don Diego los llamó:

—¡Baño! —gritó.

Caranga, sin recuperarse de la tos, le hizo señas a Maleza para que fuera.

—¡Baño! —gritó otra vez don Diego.

Maleza refunfuñó y se levantó. Viejo meón, dijo, le deberían dar un balde para que haga sus porquerías en el cuarto. Cuidado, Maleza, le advirtió Caranga apenas pudo hablar, no vas a hacer pendejadas. Volvió a meterse el revólver en la cintura y se sentó. Oyó el ruido del candado y los pasos arrastrados de don Diego. Oyó a Maleza, que lo molestó con algún comentario, y hasta oyó el ruido intermitente de la orinada. Sacó de un bolsillo uno de los volantes que había arrojado el helicóptero. El Mono había dado la orden de botarlos, pero Caranga guardó uno y cada vez que lo leía, se quedaba pensando en los doscientos mil pesos que ofrecían de recompensa. Incluso se memorizó el número de teléfono donde recibían la información. Maleza regresó y Caranga escondió el volante dentro de la ruana.

—¿Qué pasó? —preguntó.

Maleza ni se molestó en responderle. Miró el reloj y dijo:

—Qué tardes tan hijueputamente largas.

Al Mono se le pasó el tiempo dando vueltas con el muchacho en la moto. Cuando miró la hora lo agarró el remordimiento y se le disparó el mal genio.

—Llevame a mi casa —le ordenó al muchacho.

—Ah, ¿tenés afán?

Sin esperar respuesta, el muchacho aceleró a fondo, zigzagueó entre los carros, sin respetar señales ni semáforos, y aulló como un vaquero en un rodeo.

—¡Despacio! —le dijo el Mono, pero ya el muchacho había entrado en éxtasis.

Entonces el Mono tuvo que hacer lo que no se debía, lo que siempre quiso pero que por dárselas de hombre dejó de hacer. Agarró al muchacho por la cintura para no salir volando en las curvas cerradas. Así, abrazado a él, llegó a su casa, con el pelo revuelto y los ojos irritados por el viento y el polvo. Así lo vio Lida desde la ventana del segundo piso. El Mono no la vio pero el muchacho sí. Y justo antes de arrancar, hizo retumbar el motor y le guiñó un ojo a Lida. Ella cerró la cortina de un tirón.

—¿De dónde viene, Mono? —le preguntó ella, apenas entró.

—De trabajar.

—¿Con ese?

—No. Él me trajo.

—¿Y la moto es de él?

—Sí.

—Y ese ¿de dónde saca plata para darse esos lujos? —preguntó Lida.

—Jum —exclamó el Mono y levantó los hombros.

Lida salió para la cocina y desde allá le preguntó al Mono qué quería comer. Nada, dijo él, tengo que salir. Ella se asomó y le preguntó, ¿otra vez?, pero si acaba de llegar. Tengo que hacer unas vueltas, dijo el Mono. Pero si a esta hora ya está todo cerrado, dijo Lida. El Mono, en su cuarto, se olió las axilas y se cambió de camisa. Sacó un suéter y entró al baño. Lida le habló desde afuera:

—Por aquí estuvo la muchacha.

—¿Cuál?

—La de las minifaldas, la que tiene el pelo como de muchachito.

—¿Qué le dijo?

—Preguntó por usted. Vino en un camión con otra gente.

—Bueno.

El Mono se quedó callado y Lida ahí quieta, esperando.

—¿Sigue ahí, mamá? —le preguntó el Mono.

—Sí.

—Váyase.

—¿Qué?

—Váyase, que con usted ahí no me sale.

Entonces Lida regresó a la cocina y el Mono pudo soltar en su chorro la media docena de cervezas que se había tomado con el muchacho.

18.

Isolda vive enamorada de los Beatles, sueña con ir a sus conciertos y tararea las canciones en la ducha. También intenta sacar las melodías en el piano y canta bajito que todos vivimos en un submarino amarillo, en un submarino amarillo, en un submarino amarillo. Se encierra en el cuarto y baila rock con el pelo suelto sobre la cara, trepada en los tacones de su mamá, con la falda recogida sobre los muslos, como la minifalda que no le dejan tener.

Hay una guerra en un país que se llama Vietnam, en la que todos los días mueren personas por razones que no entendemos muy bien. En la mesa oímos a los grandes referirse a esa guerra con horror. Yo les pregunto qué tan cerca estamos de esa guerra o qué posibilidades tenemos de morir ahí. Respiro tranquilo cuando me explican que Vietnam está al otro lado del mundo. Sin embargo, no faltan los comentarios de los que anuncian una tercera guerra mundial y el fin del mundo. Con todo y eso, salgo a jugar todas las tardes con mis amigos.

La limusina se detiene porque alguno de nosotros dejó una bicicleta atravesada en la loma, como si la calle fuera toda nuestra. El chofer pita y salimos de los matorrales para quitarla. Entonces vemos a Isolda, sola y muy derecha en el asiento de atrás. Nos miramos callados, con desconcierto y fascinación. Yo no esperaba verla ahí. Pero lo que realmente me sorprende es que ella no nos determina. Va quieta, peinada y vestida como una muñeca, y mira al frente como si no existiéramos. Me acerco a la ventanilla, con la mano sobre la frente para evitar el reflejo, pero la limusina arranca cuando la vía queda despejada.

Isolda va para el Club Unión a tomar la clase de natación. Va tarde por culpa de una crisis que tuvo Hedda antes de salir y Dita, que no estaba, ordenó por teléfono que Isolda se fuera sola.

Gerardo conoce la rutina y toma la vía de siempre. Ya están cerca del club, pero le toca desviarse por las obras del edificio Coltejer.

—Si no terminan rápido este bendito edificio... —comenta Gerardo.

—Mi papá me prometió que me iba a llevar hasta el último piso —dice Isolda.

—Yo ni amarrado subo allá. ¿La van a subir hasta el pico ese raro que están haciendo?

—Voy a ir hasta donde tienen puesta la bandera —dice Isolda, pegada a la ventanilla y mirando hacia arriba.

Las calles del centro son estrechas y la congestión es brutal. La gente vuelve del almuerzo al trabajo y los locales comerciales están abiertos otra vez. Gerardo se aleja más para tratar de dar la vuelta por Maturín, pero alguien viene en contravía y atranca el tráfico. Les toca quedarse quietos en una cuadra llena de bares y de vendedores ambulantes. Y de putas, que también estaban almorzando y ahora vuelven a las cantinas. Isolda las mira con curiosidad. Gerardo verifica que las ventanillas estén cerradas, pero aun así, ella puede verlas embutidas en sus falditas, y tan maquilladas como los payasos que animaron su primera comunión. Gerardo trata de distraerla.

—¿Y ya es capaz de atravesarse la piscina entera?

—Uf —responde Isolda sin dejar de mirar hacia afuera.

—Esa piscina es bien grande. ¿Y en qué estilo?

—Libre.

Gerardo se pega de la bocina y a duras penas logra avanzar un par de metros. Quedan justo frente a un bar al que entran dos muchachos, uno de pelo largo y el otro con un peinado afro enorme. Isolda se ríe.

—Mire a ese, Gerardo.

—Y mire al otro. Ahora uno no sabe quién es hombre y quién es mujer.

Isolda vuelve a reírse pero al instante se oye una gritería dentro de la cantina. Los dos muchachos que entraron salen corriendo. Los dos llevan una navaja en la mano y un hombre sale detrás de ellos.

—¡Agárrenlos, agárrenlos! —le pide a la gente.

—¡Agáchese, niña, acurrúquese abajo! —le ordena Gerardo a Isolda.

—¿Qué pasó? —pregunta ella, asustada.

Gerardo no sabe qué pasa. De la cantina sale una mujer sin camisa, con las tetas apuñaleadas. Camina con los brazos estirados, como si buscara algo para apoyarse. Gerardo vuelve a pegarse de la bocina, casi a los golpes, y le insiste a Isolda, ¡agáchese, niña, no mire, no mire! Pero ella ya está enganchada a la mirada de la mujer, que parece suplicarle que la salve. Isolda grita con tanto miedo y con tanta fuerza que se queda muda. Gerardo se da la vuelta para tratar de tumbarla al suelo. Isolda no se mueve, está petrificada con un gesto de horror. Los demás carros también pitan. La mujer se va de bruces contra la ventanilla de Isolda y deja en el vidrio la mancha ensangrentada de sus tetas. Se agarra de la manija de la puerta y mira a Isolda por última vez antes de caerse. Gerardo jala a Isolda de los hombros en otro intento para hacer que se agache. Isolda cede, pero no por el jalón sino porque se desmaya.

—Mírenla, está abriendo los ojos —dice una de las dos monjas que la rodean en la clínica El Rosario.

Don Diego y Dita la llaman, Isolda, Isolda, dice cada uno. Un médico los acompaña. Ella mira todo alrededor. Dita le toma la mano y le pregunta, en alemán, cómo se siente. *Gut,* responde, y una de las monjas, maravillada, se lleva las manos al pecho y exclama:

—Tan chiquita y ya habla inglés.

—Es mejor que descanse —dice el médico.

—Yo me quedo —dice Dita, y el médico asiente.

Don Diego sale acompañado de él y de las monjas, que sonríen sin motivo. Afuera, sentado, está Gerardo. Se pone de pie cuando ve a don Diego, que le pone una mano en el hombro y lo tranquiliza:

—Ya despertó, dicen que está bien.

Gerardo suspira aliviado.

—Discúlpeme por los insultos de hace un rato —le dice don Diego.

—No, don Diego, si usted tiene razón. Yo no tenía por qué meterme en esa calle con la niña. Todo fue por el afán.

—Vaya y lave el carro y después vuelve por mí.

Don Diego regresa al cuarto y encuentra a Dita acariciando el brazo de Isolda. Le ronronea bajito una canción alemana. Isolda tiene los ojos cerrados y entre las pestañas se le ven las lágrimas a punto de salir. Don Diego intenta decir algo, pero Dita lo calla con un dedo en la boca. Ella enreda la mano en el pelo de su hija y vuelve a tararearle la canción de cuna.

19.

A Twiggy le causaban gracia las señoras en el salón de belleza sentadas bajo los secadores de casco, enruladas y hablando a los gritos. Algunas sudaban y otras dormían. Ella ni siquiera usaba el secador de mano. Solo se decoloraba el pelo, lo hacía desbastar un poco atrás y, todavía mojado, se lo peinaba hacia un lado. Más de una vez le oyó decir a alguna bajo el casco:

—Aquella parece un muchacho.

Lo habrá dicho por el peinado, porque del cuello hacia abajo usaba unas minifaldas tan diminutas que no podía estirarse a alcanzar algo sin que se le vieran los calzones. También, en más de una ocasión, oyó a alguna señora decir tras ella:

—Qué descaro.

Ahora la peluquera intentaba pegarle en el pelo un postizo con cola de caballo.

—La peineta no agarra bien, mija —dijo la peluquera—. Es que además de cortico, lo tenés muy liso.

Twiggy giró la cabeza a lado y lado para ver la cola en el espejo. Quedate quieta, la regañó la peluquera. Quiero ver, dijo Twiggy. Todavía no, cuando termine te pongo un espejo. El color del pelo sí es, dijo Twiggy. Claro, mija, dijo la peluquera, esperate, te lo pego más alto para que se vea más chic. Y con la ayuda de dos ganchitos logró ajustar la peineta en la coronilla.

—Te quedaría mejor si te engominaras hacia atrás —propuso la peluquera.

—Dale —dijo Twiggy.

La peluquera mojó, untó, peinó y estiró hasta que pelo y postizo quedaron como un solo peinado. Ya estaba en los últimos retoques cuando alguien afuera pitó enardecido. Todas las clientas miraron. Twiggy reconoció, a través de la vidriera, el Dodge Coronet del Mono Riascos. Se asomó y él le hizo señas para que se acercara. Ella se arrimó a la ventanilla y le preguntó:

—¿Y ese milagro?

—Subite. Necesito hablar con vos.

—Esperate, voy a pagar —dijo Twiggy, y volvió a entrar a la peluquería.

Fue directo al fondo, donde estaba el perchero en el que las clientas colgaban las carteras. Ya te pago, le dijo de paso a la peluquera. Llegó hasta el racimo de bolsos y movió los otros para desenganchar el suyo. Y en ese movimiento, rápida como un mago, escarbó en los bolsos ajenos. Sacó, además de plata, tres labiales, un frasco chiquito de perfume, una polvera, un casete y una caja de chicles de menta. Si no sacó más fue porque el Mono volvió a pitar enloquecido.

—¿Qué es este escándalo? —le reclamó ella apenas se subió al carro.

—¿Qué te pasó en el pelo? —preguntó el Mono.

Twiggy meneó la cabeza y bamboleó su cola de caballo. Llevaba años sin que el pelo le rozara los hombros.

—Me creció de tanto esperarte —dijo.

—He estado muy ocupado —se excusó el Mono, y arrancó sin rumbo fijo.

—¿Y cuál es la afanadera?

—Se enredó el negocio, monita. Desde hace ocho días no me contestan el teléfono.

—Se te enredó la vida, entonces.

Twiggy prendió el radio y movió el botón para buscar Radio 15.

—Apagá eso —le ordenó el Mono.

Ella no le hizo caso y dejó una emisora en la que Nicola di Bari cantaba *El corazón es un gitano*. El Mono estiró el brazo y lo apagó.

—Necesito que me ayudés con algo.

—No, Mono. Mucho te advertí que yo no iba a participar.

—No te vas a meter, solo tenés que mirar.

—Mirar ¿qué?

Ella volteó a verlo. Llevaban varios días sin verse y le llamó la atención el aspecto demacrado del Mono. Le olió mal, además, y bajó la ventanilla.

—Mirar qué pasa en el castillo —dijo el Mono.

—No, señor.

—¿Te da miedo?

—No —dijo Twiggy, y se acarició con suavidad la cola de caballo—. Vos sabés que yo no conozco el miedo. Y también sabés que no me meto en terrenos que no sean los míos.

—Mirar también es lo tuyo —dijo él.

—Cada paso que doy —enfatizó Twiggy.

—¿Y entonces?

—Mucho te dije que no te metieras en eso.

El Mono golpeó el timón y gritó, ¡pero ya estoy metido, carajo, y necesito que me ayudés! Twiggy se aferró al dobladillo de la minifalda y prefirió mirar hacia afuera. Luego sintió que el Mono le tomó la mano, sin fuerza. Necesito que me ayudés, monita, dijo él, casi sin aliento.

Twiggy no se había fijado bien por dónde iban y de pronto notó que el Mono manejaba rumbo al castillo. Ella sacó los cigarrillos de la cartera y le ofreció. El Mono negó con la cabeza. No he parado de fumar, le dijo. Twiggy prendió uno y botó el humo muy despacio. Volvió a deslizar los dedos entre el postizo.

—¿Y cómo hacemos? —preguntó ella.

—¿Lo vas a hacer? —preguntó el Mono.

—Todo depende.

El Mono se rascó la cabeza y tamborileó sobre el timón. Luego dijo:

—Solo hay un camino hasta el castillo y está militarizado.

—Qué maravilla —dijo Twiggy.

—Tal vez te podrías asomar desde los lotes de al lado pero... —el Mono se quedó callado.

—Pero ¿qué?

Él se revolcó el pelo con una mano.

—Tranquilo —le dijo Twiggy.

—Tal vez desde algún árbol —dijo el Mono.

—Pues los árboles son lo mío.

—Es que no estoy muy seguro. El Tombo me dijo que en los alrededores también hay policías.

Twiggy sonó los dedos.

—Ahí está la solución —dijo—. El Tombo es policía, él puede entrar.

—No puede si no le asignan el lugar. Y no se lo han asignado —dijo el Mono.

Los dos se quedaron callados. Él volvió a tamborilear sobre el timón y ella se terminó el cigarrillo. Al fondo vio aparecer la torre en ladrillo de la iglesia de

San José. Se quedó mirándola mientras daba la última calada.

—Bendito sea mi Dios —dijo.

Media hora más tarde, Twiggy caminaba muy derecha hacia la puerta del castillo por el camino de cipreses. El Mono la vio adentrarse. Por los nervios no le había detallado la vestimenta: una camiseta de manga sisa, botas de tacón muy alto y una minifalda ceñida. Pitó para alertarla y a ella le molestó que siguiera ahí parqueado. Él le hizo señas para que regresara, y ella se las hizo para que se fuera. ¡Vení!, le gritó el Mono, pero ella le dio la espalda y siguió hasta la reja, donde había cuatro policías.

—Ábranle la puerta al Señor —les dijo Twiggy.

—¿Cuál señor? —preguntó uno.

Ella sacó de la cartera una biblia que se había robado, minutos antes, en la sacristía de la iglesia de San José y la puso frente a la cara del policía.

—El Señor de los Cielos —dijo—. Él me ha enviado para aliviar el dolor en esta casa.

Los policías se miraron con muecas burlonas.

—Ahora no se reciben visitas —dijo otro.

Twiggy miró hacia el castillo y vio más policías y algunos carros. Estaba muy lejos como para poder ver algo a través de las ventanas.

—Tengo un mensaje de Dios para la señora Benedikta —dijo, y metió la mano en la cartera, de la que sacó un cirio gordo que también se había robado—. Y el cirio milagroso que le regresará a su marido.

Los policías volvieron a mirarse, esta vez más serios.

—¿Quién es usted?

—Una humilde mensajera.

—Sí, pero ¿quién?

—No soy la única —dijo Twiggy—. Somos diez mujeres que no pararemos de rezar hasta que vuelva don Diego.

—¿Y quiénes son? ¿Dónde están?

Twiggy dudó, miró el cirio y apretó la biblia contra el pecho.

—Estamos donde haya dolor —dijo.

Los policías seguían mirándose sin decidir nada.

—Por favor —les dijo Twiggy—, lo único que les pido es que le den mi mensaje a doña Dita.

—¿La conoce?

—Claro que la conozco.

—Espere —dijo uno, y salió hacia el castillo.

Twiggy les sonrió a los que quedaron y ellos le miraron las piernas. Ella dio media vuelta hacia el camino. El Mono ya se había ido.

—Qué loma tan dura —comentó—. Y con este sol.

Al cuarto de hora apareció el otro, a lo lejos. Ella vio que venía despacio y muy serio. Sintió que todo se le iba al piso. El otro llegó y le dijo algo en el oído al compañero. Luego corrió el pasador de la reja y ella contuvo la sorpresa.

—Pase —le dijeron—. Vaya hasta la terraza, que allá la reciben.

En el porche la esperaban Hugo, el paje, y otro policía. Ella subió las escaleras y se los topó de frente. Se puso más nerviosa con Hugo que con el agente. Ella sabía cómo lidiar con los policías, de tanto evadirlos ya no les temía, pero en cambio Hugo la estremeció.

Él estaba vestido de negro de los pies hasta el cuello, tenía guantes blancos y se veía demacrado y entristecido por la ausencia de don Diego. Y hasta deprimido, porque llegaron a sospechar de él y lo interrogaron. Largo, engominado y tieso, y con un castillo de fondo, hizo temblar a Twiggy.

—Parecía Drácula, Mono. Te lo juro, parecía un vampiro —le contó Twiggy después, cuando se reunieron.

El policía se quedó afuera y ella entró con Hugo hasta el vestíbulo. Espere un momento, le dijo él, y subió las escaleras de madera, que empezaban en dos brazos y se unían en el centro. Del techo colgaba una lámpara de cristal con más de ocho briceros. A la derecha vio el retrato de una mujer sonriente y supuso que sería Benedikta. Twiggy clavó los ojos en la cruz de oro y piedras preciosas que le colgaba a la señora del cuello. También supuso que esa cruz existiría. A la izquierda, con un marco más recargado, vio el retrato de un hombre serio y maduro. Será él, pensó Twiggy. Dio unos pasos adelante y entró a otro vestíbulo que daba a un jardín. En la mitad flotaba otra araña de cristal con más briceros y más colgantes que la anterior. Frente a ella, a contraluz, había un vitral redondo con don Diego y una niña que recogía rosas rojas, rosadas y amarillas.

—Es ella —le dijo el Mono—. Yo conozco ese vitral.

—¿Ella? —preguntó Twiggy.

—Isolda —dijo el Mono, con más aire que voz.

A cada lado se abrían dos pasillos y, aunque no vio a nadie, escuchó murmullos y de pronto alguna tos. Saltó cuando volvió a oír la voz de Hugo.

—Sígame.

Este sí hace menos ruido que yo, pensó Twiggy, y dio la vuelta para seguirlo.

—Está ni mandado hacer para ladrón, Mono. No se siente.

De paso vio a los parientes que terminaban de almorzar en un comedor inmenso. Hablaban en voz baja, muy elegantes y circunspectos. Los acompañaba un policía de rango mayor.

—¿Un mayor? —preguntó el Mono, muy ansioso.

—No sé —dijo ella—. Yo no les distingo las arandelas esas que se cuelgan.

Todos voltearon a mirar a Twiggy, que seguía a Hugo hasta uno de los salones. Él le dijo, siéntese, ya viene la señora. Salió y ella vio de reojo que los parientes la seguían mirando desde el comedor. Tal vez esperaban a que ella se sentara para ver cómo se las arreglaría para cruzar las piernas sin mostrar. Pero se sintieron descubiertos, carraspearon y volvieron a los murmullos.

A los pocos minutos entró Dita, amable y sonriente, como en el retrato del vestíbulo, a pesar de los desvelos y la pena. Twiggy se puso de pie, con la biblia pegada al pecho. Disculpe que la haya hecho esperar, dijo Dita, no me había arreglado en toda la mañana. Tenía ropa de casa, pero en el pecho llevaba una joya: un prendedor de plata en forma de llave antigua y con incrustaciones de diamantes. Twiggy parpadeó rápido. Siéntese, por favor. Gracias, dijo Twiggy, atrapada en la mirada profunda de Dita y sin saber qué decir.

Sentado frente a una copa, el Mono embolataba los nervios con aguardiente y poemas de amor, en una cantina de Envigado. Recitaba por recitar en un bisbiseo que ni él mismo se entendía, como si rezara en un momento de conmoción. *Son, por eso, tan negras como las noches de los gélidos polos, mis flores negras.* Dio dos golpes sobre la mesa con la copa vacía para llamar la atención de la mesera. Tráigame otro doble, por favor, le dijo cuando apareció. *Guarda, pues, este triste, débil manojo que te ofrezco de aquellas flores sombrías.* El Mono miró el reloj y esculcó en los bolsillos del pantalón. Habría jurado que tenía una moneda, pero no encontró nada. Vida perra, se dijo. Sacó un billete de un peso y lo puso sobre la mesa. Miró a la mesera, que charlaba con otra en la barra mientras su aguardiente se evaporaba sobre un charol.

En el castillo, Twiggy habría dado la vida por un trago. Luego de presentarse como una enviada del Señor, no encontró más que decir. Dita le agradeció y se quedó mirándola a la espera de algo. Twiggy pretendía que Dita hablara para ella poder concentrarse en lo que decían los señores en el comedor. Desesperada por el silencio de Dita y por el murmullo incomprensible de los otros, abrió la biblia al azar y empezó a leer un texto de Ezequiel. *En medio del fuego había cuatro seres vivos. Tenían la misma forma: cada uno tenía cuatro caras y cuatro alas. Sus piernas eran rectas, con pezuñas como las de buey.* Twiggy levantó los ojos y se encontró con la expresión sonriente de Dita.

El Mono palmoteó para llamar la atención de la mesera, que seguía en parloteo con la otra. Ella lo vio, se llevó la mano a la frente y soltó una carcajada. Caminó rápido con la copa bamboleándose sobre la bandeja. Qué vergüenza con usted, se excusó con el Mono. Él le dijo, cámbieme este billete, que necesito hacer una llamada. Ella descargó la bandeja en la mesa y, de un bolsillo del delantal, sacó una moneda de veinte. Se la dio al Mono y le dijo coqueta, tenga, me la queda debiendo. El Mono se bebió el aguardiente de un sorbo, arrugó la cara y se levantó. Antes de llegar al teléfono le pidió otro aguardiente a la mesera.

Los seres iban a donde el Espíritu quería, y las ruedas iban allá porque el Espíritu que estaba en los seres estaba también en las ruedas, leyó Twiggy mientras intentaba escuchar a los parientes por encima de sus propias palabras. De cuando en cuando levantaba la mirada y se cruzaba con la de Dita, que seguía en la misma posición desde que se sentó. *Por encima de los seres se veía como una plataforma de cristal resplandeciente.* Perdón, la interrumpió Dita, ¿no le han ofrecido nada?, le preguntó con su acento alemán que nunca pudo endulzar. Twiggy negó con la cabeza. ¡Hugo!, llamó Dita, y el paje apareció al segundo. Un vasito de agua está bien, dijo Twiggy. Dita le hizo una seña a él para que fuera y otra a ella, para que continuara. Twiggy no encontró el punto donde había dejado la lectura; entonces retomó donde cayó el dedo: *La luz que lo rodeaba tenía el aspecto del arco...*

El teléfono timbró y los petrificó a todos, incluida ella, que ni siquiera pudo sostener la biblia y se le deslizó entre las piernas hasta el suelo. Dita se dio vuelta para mirar a los parientes, que también se habían dado vuelta, atentos al teléfono. El oficial de la policía se puso de pie y les hizo una seña para que se quedaran quietos y en silencio. Se paró junto al teléfono negro que tenía conectado a dos grabadoras. El aparato parecía timbrar cada vez con más volumen. Cada uno lo sintió vibrar en los huesos, y todos lo miraban como si fuera a hacer algo diferente a timbrar.

Twiggy pasó del calor al frío y con cada timbrazo creía que se iba a desmadejar. Esto no es lo mío, pensó cada vez. Vio a Dita, que parecía contenerse para no hablar, y a los parientes, que parecían listos para un ataque, y al oficial, que, indolente, miraba el teléfono a la altura de sus rodillas. Finalmente dejó de sonar y todos volvieron a tomar aire. ¿Y si de pronto no era él?, preguntó alguien en la mesa. Sea quien sea, dijo el oficial, debe saber que no es prudente llamar aquí. Dita soltó un sollozo y se abrazó a Twiggy, que aprovechó para quitarle el prendedor. Los parientes se pusieron de pie y uno de ellos le dijo, tiene que ser así, Dita, lo sentimos. Ella no respondió y salió caminando rápido del salón. Señores, dijo otro pariente, pero el oficial lo calló y miró de reojo a Twiggy, que seguía fosilizada en el salón colonial. Todos volvieron a mirarla y ella les sonrió. Entendió el mensaje y salió tratando de recordar el trayecto hasta la puerta principal. Hugo nunca llegó con el agua.

—Esto no es lo mío, Mono.

—¿Y entonces?

—¿Qué?

—¿Qué pasó? —preguntó el Mono.

—Ya te conté todo —dijo Twiggy.

—No me jodás.

—Es que hablaban muy pasito y de cosas que yo no entendía.

—Pero algo te tuvo que llamar la atención, alguna frase. Si estaba el policía ese era porque estaban hablando de nosotros, ¿o no?

—Pues sí —dijo Twiggy—, sí decían cosas como de actuar, algo del gobernador y no sé qué de la recompensa.

—¿No sé qué? ¿Vos creés que a mí me sirve un «no sé qué»?

—Comé mierda, Mono —dijo Twiggy y se tomó un aguardiente. Luego se quedó pensativa y dijo—: Hablaron de un belga.

—¿Belga o verga?

—Belga. Me parece que dijeron que la otra semana llegaba el belga.

El Mono se sobó la cara, preocupado. Se mordió el labio de arriba y después prendió un cigarrillo.

—¿Será un investigador extranjero?

Twiggy se encogió de hombros.

—Te importa un culo, ¿no cierto? —la increpó el Mono.

—Me voy —dijo ella, y mientras se levantaba dejó un envuelto muy pequeño sobre la mesa.

—Te quedás —le ordenó el Mono, y ella se sentó—. ¿Qué es eso? —le preguntó señalando el paquetico con la boca.

—¿No querías una prueba, pues? Agradecé que no me quedé con ella.

Se miraron con ira. El Mono rodó el asiento hacia atrás, ruidosamente, y se levantó. Se rascó la cabeza y caminó con las manos en los bolsillos hasta la rocola, que en ese instante cambiaba de un disco a otro. Oyó que Twiggy rugió como una fiera desde la mesa, y la vio despelucada guardando el postizo de cola de caballo en la cartera. El Mono se acercó.

—¿Ahora qué te pasa? —le preguntó.

—Nada —respondió ella, y escurrió la copa de aguardiente en la boca—. El pelo largo tampoco es lo mío —dijo.

20.

Enrico Arcuri puso sobre la mesa de trabajo las fotografías de varios castillos para que don Diego eligiera el que más le gustara. Eran castillos alemanes, austriacos, italianos y solo dos franceses. Ninguno del valle del Loira y ninguno del tamaño del de Chambord. Necesito darme una idea, dijo Arcuri, un poco del estilo y del tamaño. Estos no, dijo don Diego, y apartó las fotos de los más grandes. Son monumentales, pero hay que ser realistas y adaptarnos al terreno. Que se presta para hacer algo importante, aclaró el arquitecto, podemos aprovechar la inclinación y trabajar en diferentes niveles.

—Debería conocerlo —dijo don Diego.

—¿Qué?

—El terreno. Debería ir conmigo a Medellín.

Arcuri abrió la boca para decir algo pero lanzó una carcajada, más de incredulidad que de gracia. No existe la mínima posibilidad, dijo, de que yo me monte en un avión. ¿Problemas de salud?, preguntó don Diego. Sí, dijo Arcuri, el miedo es un problema de salud, y un problema grave. Don Diego sonrió.

—También se puede ir en barco.

—¿Llegan barcos a su ciudad?

Don Diego negó con la cabeza. Olvídelo, dijo Enrico Arcuri, lo haremos como lo hemos hablado: yo aquí y sus arquitectos allá. Don Diego abrió los brazos en señal de rendición y Arcuri se puso a buscar algo

entre un arrume de planos enrollados. ¿Y qué me dice
de las fotos?, preguntó. Don Diego miró otra vez los
castillos sobre la mesa y se detuvo en uno en particu-
lar: el castillo de La Rochefoucauld. Levantó la foto y
se paró junto a la ventana para observarla con más luz.

—Aquí está —dijo Arcuri, desde su desorden.

Extendió el plano sobre la mesa y pisó las cuatro esquinas con cuadernos.

—Este es su terreno.

—Y este, el castillo que me gusta.

Don Diego se acercó y le mostró la foto.

—La Rochefoucauld —dijo el arquitecto—.
Lo conozco muy bien.

—¿Tiene algo que ver con el escritor? —preguntó don Diego.

—Mucho, sobre todo con sus sobrinos y con
todos los Rochefoucauld que sobrevivieron a Richelieu.

—Ah, Richelieu —dijo don Diego.

—Ah, demonio —dijo Arcuri.

El arquitecto tomó la foto del castillo y la puso
sobre el plano topográfico.

—Pues aquí ya tenemos algo —dijo—. ¿Lo
quiere con río o sin río?

Don Diego soltó una risotada.

—Apenas hay un arroyo muy cerca del lindero
—respondió—. ¿Le sirve?

Cyrine asomó la cabeza detrás de la puerta y se
disculpó por la interrupción. Aquí está el señor Baumann, dijo en francés. El arquitecto pidió permiso y
la acompañó. Don Diego no esperaba encontrarse con
Mirko, y lo que parecía una coincidencia resultó ser
una cita muy bien planeada.

Los tres salieron a tomar algo en el café Kranzler, que desde su reconstrucción presentaba en las tardes una orquesta de cámara. Para don Diego no había mayor placer que tomar café, y una tajada de torta, con música clásica en vivo. Mirko y Arcuri pidieron ginebra. Don Diego permaneció muy callado, atento al repertorio. En una pausa de la orquesta, Mirko le dijo:

—Queremos invitarte a ser parte de nuestro proyecto.

—Vamos a reunificar Alemania —dijo Arcuri, sin rodeos.

—¿Ustedes dos? —les preguntó don Diego.

—No bromees, por favor —dijo Mirko.

—Somos muchos, miles, todos civiles, franceses como yo, italianos, ingleses y, por supuesto, una gran cantidad de alemanes —le explicó Arcuri.

—Y ahora quieren incluir a un colombiano —comentó don Diego.

—Necesitamos el apoyo de todos. El partido está maniatado por la persecución...

—¿Qué partido? —preguntó don Diego.

Mirko y Arcuri se miraron. La orquesta empezó a tocar de nuevo. Las bases nacionalsocialistas están intactas, continuó Arcuri, pero don Diego lo interrumpió con un gesto. Es Mozart, les dijo en voz baja. Diego, las ideas no murieron, intentó decir Mirko, pero don Diego lo calló con un gesto enérgico. Cerró los ojos y Mirko y el arquitecto vieron cómo se dejaba llevar por un andante.

A las ocho esperó a Dita en la puerta de la residencia para ir a cenar. Ella bajó elegante y perfumada, pero no traía su cartera ni su abrigo.

—¿No estás lista?

—Sí —dijo Dita—. Sube, por favor.

Ella lo besó en el ascensor. Le dio un beso largo y húmedo como el que, días antes, le había dado en el cine. Él se frenó en la puerta del apartamento. Era la primera vez que subía y ella lo entró de la mano.

El ambiente olía a comida en preparación, a algo que llevaba mucha pimienta. En la radiola sonaba una cantante alemana de voz aguda, a la que don Diego no reconoció.

—¿No sabes quién es? —preguntó Dita.

Don Diego negó.

—Es Rosita Serrano.

—La chilena a la que Hitler amó.

Dita le puso un dedo en la boca. Suena por ti, dijo, canta un par de canciones en español. Dame tu saco. Puedo esperar así, dijo él. Dame el saco, insistió Dita. Don Diego miró de reojo a los cuartos.

—¿Y tus compañeras?

—No están —respondió Dita mientras colgaba el saco de don Diego en el armario de visitas. Se paró frente a él y en voz baja le dijo—: Hoy no van a estar —y le dio otro beso, con más seguridad, más saliva y con cierto afán.

Un rato después, don Diego vio una mancorna suya tirada en la alfombra. Quiso levantarse y recogerla pero sintió vergüenza de su desnudez. Dita, a su lado, parecía dormida. En la sala, Rosita Serrano terminaba de cantar *La paloma*. En la mesa de noche había dos copas de champaña medio llenas. Don Diego quería tomar agua, ponerse la ropa y mojarse la cara. Dita, sin abrir los ojos, le recostó la cabeza en su hombro, le puso una mano sobre el pecho y la otra la deslizó bajo las cobijas y la dejó sobre el miembro flácido de don Diego. Ella sonrió. Él se sintió tan confuso como hacía un rato, cuando ella metió la mano por entre su pantalón. Algo así solo se lo había hecho una rumana o alguna egipcia en el burdel de Las Turcas. Nunca lo imaginó de una alemana bien educada, hija de un pastor de la Iglesia. Dita soltó lo que tenía en la mano y la deslizó hasta la cintura. Él seguía incómodo. No estaba acostumbrado a las caricias ni a hacerle la siesta al sexo. Quería moverse, pero el brazo de ella en su barriga lo tenía inmovilizado.

—Te quiero —susurró Dita—, pero no me quiero casar.

—¿Qué?

Don Diego se incorporó. Ella abrió los ojos y recostó la cabeza en la almohada.

—Te quiero mucho —repitió ella—. No tengo una sola duda de que eres el hombre con el que deseo pasar el resto de mi vida, pero no me quiero casar.

Él, con los ojos inquietos, desquiciados, buscó la ropa y solo vio el pantalón a medio camino entre el cuarto y la sala. ¿Qué estás diciendo, Dita? Estás ebria. No, dijo ella, es una decisión de hace mucho tiempo que no tiene que ver contigo. Eso no lo dice una mujer, dijo él con los ojos puestos en el pantalón. Eso no lo puede decir una mujer como tú, dijo otra vez. Déjame explicártelo, pidió Dita. No, ¿cómo puedes decir algo así después de lo que acabamos de hacer?, dijo él. Quiero irme contigo a América, quiero tener hijos contigo, pero no quiero intermediarios en mis sentimientos.

—¡Cállate!

—Diego, por favor.

—¡Que te calles!

—No, Diego, vas a oírme.

Él levantó las cobijas de un golpe, se sentó en el borde de la cama y se agarró la cabeza con las manos.

—El amor —dijo ella— no es algo que uno pueda formalizar...

—¡Ya, Dita! —gritó él y, desnudo pero con medias, caminó rápido hasta la puerta, recogió su pantalón y siguió derecho hasta la sala, donde había quedado el resto de su ropa.

Ella fue al baño y descolgó la bata. Mientras se la anudaba, buscó las pantuflas bajo el lavamanos. No las encontró. Se sentó en el sanitario y orinó. Apoyó los codos en las rodillas y hundió la cara en las manos. Cuando terminó, gritó:

—¡Eres un testarudo!

Se limpió y gritó otra vez:

—¡Eres un pobre macho latino! ¿Qué te cuesta escucharme? ¿Eh?

Dita vació el sanitario y se miró en el espejo. Tenía el pelo revuelto y la rabia había aclarado sus ojos azules. Intentó retocar el peinado con las manos, pero no insistió y salió.

—Diego —lo llamó desde el cuarto.

Fue a la sala y no lo encontró. Diego, dijo otra vez, y miró hacia los otros cuartos. Entró a la cocina y tampoco lo vio. Abrió la puerta del apartamento y gritó hacia abajo, al vacío de las escaleras:

—¡Diego!

Regresó a la sala y se sentó. Algo sonaba y no sabía qué era. Un siseo. Fue hasta la radiola y encontró el disco de Rosita Serrano girando, con la aguja al final. Lo apagó y volvió al cuarto. Se echó en la cama

donde antes se había revolcado con él. Agarró una almohada y la abrazó, se dio media vuelta y vio las copas
de champaña. Y sobre la alfombra vio la mancorna de
don Diego, reluciente y sola, como una estrella.

21

—No —dijo el Mono, y repitió—: No, no y no.

—No jodás —dijo Carlitos.

—Todos lo sabían, ¿o no? —les preguntó el Mono y ninguno contestó—. Lo sabían y también estábamos preparados para esperar más, ¿o no? Hablamos hasta de seis meses y apenas llevamos uno.

—Sí, Mono, pero es que hay mucha presión —dijo el Pelirrojo.

Afuera caía una tormenta que parecía que iba a levantar el techo de la cabaña. Por los vidrios rotos se colaban ráfagas de viento y agua. El Mono no dejaba prender la chimenea y el frío traspasaba los muros de tapia.

—¿Hablaste con el Tombo? —le preguntó Carlitos.

—Con él hablo todos los días —dijo el Mono.

—Pero ¿te contó?

—Me contó ¿qué, Carlitos? Dejá el misterio.

—Pues de lo que está pasando en la policía.

—Yo sé, perfectamente, qué está pasando en la policía. ¿Y qué? ¿Es algo distinto a lo que suponíamos que iba a pasar? Miren, a la policía ya antes la hemos tenido más cerca, nos hemos echado plomo con ellos, y ahora nos pasan un helicóptero por encima y ustedes se cagan del susto.

Todos estaban en la sala, sentados en el piso sobre un colchón viejo y en un sofá al que se le asomaban los resortes oxidados.

—No es por el helicóptero, Mono.

—¿Qué? No te oí.

—Que no es por el helicóptero —repitió Maleza, un poco más fuerte—. Nos están buscando hasta en las alcantarillas, están ofreciendo recompensas, trajeron más soldados y más policías...

—Están buscando a nadie —lo interrumpió el Mono—. Están detrás de los que se llevaron al señor, pero no saben quiénes son, no tienen nombres, no hay fotos, ni siquiera tienen una pista. Están buscando a unos desconocidos.

—Esos desconocidos somos nosotros, Mono.

Un trueno sacudió la cabaña y las luces titilaron. El Cejón soltó un gemido que se perdió en el estruendo. Había perdido varios kilos y tenía las cejas más encrespadas y frondosas, como dos gusanos negros sobre la frente. También le habían aparecido unas ojeras profundas que le entristecían los ojos.

—Y tienen el Jeep —dijo el Pelirrojo.

—El Jeep lo dejamos —dijo el Mono y se puso de pie—. A ver, no entiendo. Todo esto lo hablamos antes, mil veces. Todo lo que me están diciendo lo vimos punto por punto. Díganme algo que no me sepa.

—¿Y si no pagan?

—Van a pagar. ¿Qué más?

—¿Y si les rebajás un poquito?

—No les voy a rebajar. ¿Qué más?

—A mí no me preocupan ni el ejército ni los tombos —dijo Caranga, que no había hablado.

El Mono lo señaló, muy orgulloso, y dijo:

—Así se habla, Caranga.

—Lo que me preocupa —continuó Caranga— es que nos estamos quedando sin plata.

—No entiendo —dijo el Pelirrojo.

—¿Y lo del Banco Comercial? ¿No era todo para esto? —preguntó Maleza.

—Claro que sí —dijo el Mono.

—Twiggy dice que quedan cincuenta mil pesos —contó Caranga.

—Imposible —dijo el Pelirrojo.

—Twiggy no sabe nada —enfatizó el Mono—. Esa plata la guardo yo y la estoy cuidando para que nos dure. Tenemos muchos gastos, pero yo eso lo manejo.

Los hombres se miraron y al Mono no le gustó:

—¿Qué? —los retó.

—Yo estoy necesitando plata —dijo Caranga—. En mi casa tienen necesidades. Vos sabés.

—Cada uno va a tener su plata —levantó la voz el Mono.

—¿Cuándo? —le reclamó Caranga.

El Mono caminó despacio detrás de ellos, cercándolos con sus pasos y su ira.

—Manada de desagradecidos —les dijo—. Estoy a punto de volverlos ricos y me salen con reclamos de limosneros.

Todos voltearon la cabeza, menos Caranga, que miró al Mono directo a los ojos.

—¿Qué hacés cuando no estás aquí? —le preguntó.

—¿Qué hago? —el Mono se le acercó—. ¿Qué creés que hago? ¿Rascarme las güevas?

—Por eso te lo pregunto —dijo Caranga y se levantó—, porque no sabemos qué hacés por fuera.

—Hago —le respondió el Mono y le apuntó con el dedo— algo que vos no conocés, lo que ninguno de ustedes tiene ni puta idea: inteligencia.

—Ah —dijo Caranga, pausado—, hacés inteligencia. ¿Y cómo se hace eso?

—Pues con inteligencia —dijo el Mono, y bajó el brazo, sin quitarle la mirada a Caranga. Otro trueno los hizo saltar de nuevo. El Mono sonrió—. ¿Alguna otra queja, señoritas? —les preguntó.

—Dejá ir al Cejón —dijo el Pelirrojo.

—No.

—Está muy alterado desde lo del helicóptero. Necesita descansar.

—Por eso mismo no se puede ir —explicó el Mono—. Con lo alterado que está, va y la caga. Es mejor que siga acá.

El Cejón tiritaba de frío, cabizbajo y abrazado a sí mismo. El Mono lo miró y les dijo, denle algo para dormir. ¿Qué?, ¿pastillas? No, una bebida, alguna yerba. Pero si nos tenés prohibidas las yerbas, Mono. Vos sabés a qué me refiero, Maleza, no te hagás el pendejo. Luego tres golpes secos en una puerta cerraron el tema.

—¿Y ahora qué? —dijo Carlitos.

—Andá —le dijo Caranga—. Tendrá ganas de mear.

Don Diego le dio otras dos palmadas a la puerta. Carlitos se levantó pero el Mono lo detuvo.

—Tranquilo. Yo lo atiendo —dijo, y salió hacia el fondo del corredor.

—Buenas tardes, don Diego. ¿Qué me opina del aguacero?

El viejo ni lo miró. Esperó a que el Mono se apartara de la puerta y cruzó frente a él para ir al baño.

El Mono se quedó afuera. Necesito que conversemos, le dijo. Adentro se oyó el chorro interrumpido y lánguido. Luego un canto: *Ese pájaro azul es el cariño que yo siento por ti, mas no te asombres, fue mi anhelo más grande cuando niño.* El Mono abrió la puerta y sorprendió a don Diego, que se dio vuelta para abrocharse el pantalón.

—¿En qué habíamos quedado? —le reclamó don Diego.

—Quería ver qué lo pone tan contento como para que cante mientras orina.

Don Diego se enjuagó las manos y se encorvó para echarse agua en la cara. Se secó con la manga de la camisa y le dijo al Mono:

—¿Qué le cuesta traerme una toalla y un jabón?

—Cuesta lo mismo que escribirle una nota a su familia.

—Entonces cuesta mucho —dijo don Diego y regresó al catre. Se quitó los zapatos y se arropó con las cobijas.

—Quería contarle —dijo el Mono— que estuvimos por el castillo —don Diego lo miró—. Yo no entré —aclaró el Mono—, qué tal que me hubieran reconocido la voz, pero uno de los muchachos sí entró hasta la pura sala, la que tiene un cuadro de unos curas tomando trago.

La cara de don Diego se contrajo. El Mono se refería a una pintura renacentista que tenía colgada en el salón colonial. Ustedes son tan cobardes que no son capaces de acercarse por allá, dijo don Diego. Créame, doctor, no tenía otra opción, necesito saber qué está pasando. Pues no está pasando nada, dijo don Diego, ni va a pasar. No lo creo, alegó el Mono, allá estaban sus familiares con un mayor de la policía, el mayor Salcedo, según pude averiguar, y están listos para negociar. ¿Hablaron con su bandolero?, preguntó don Diego, incrédulo. No propiamente, respondió el Mono, y por favor no hable así de los muchachos. Acercó un butaco al catre y se sentó.

—Con la que sí habló fue con doña Dita.

—Mentiras —dijo don Diego, y en esas cayó un rayo tan cerca que en la cabaña se fue la luz. El cuarto quedó negro como un cajón.

El Mono tanteó el camino hacia la puerta. Al pasillo todavía llegaba la luz gris de la tarde.

—¡Tráiganme una vela! —gritó, y se quedó quieto en el vano.

—Dita nunca hablará con uno de ustedes —dijo don Diego, desde la oscuridad.

—Pues ya lo hizo y fue muy amable. Hasta su paje le llevó agua.

—Mentiras.

—Ella tenía un saco crema y un pantalón de cuadros cafés y azules.

Carlitos llegó con una vela y el Mono lo miró con ganas de matarlo.

—Decime, ¿para qué me sirve una vela apagada?

Carlitos corrió de vuelta a la cocina.

—Y tenía un prendedor de plata, en forma de llave —continuó el Mono.

Don Diego apretó los ojos y quedó perdido en la oscuridad de la oscuridad. Se aferró a la cobija y repitió bajito, es mentira. Cuando volvió a abrirlos, vio la cara del Mono alumbrada por una vela y marcada por las sombras de la llama. Se veía macabro. Avanzó despacio, protegiendo la luz con la mano, y puso la vela en el piso. Volvió a acomodarse en el butaco y le preguntó:

—¿Quién es el belga?

—¿Cuál belga?

—El que va a llegar a su casa.

Don Diego masculló algo y el Mono le preguntó qué decía, pero solo eran ruidos de viejo.

—¿Quién es? —insistió el Mono, y don Diego siguió callado.

La luz se debilitó como si la vela se hubiera quedado sin pabilo. El Mono la inclinó un poco para quitarle esperma.

—Déjeme decirle una cosa —añadió—. La situación, su situación, ya es lo suficientemente complicada como para que metan a policías extranjeros.

—Tengo nacionalidad alemana —dijo don Diego—. Soy un ciudadano europeo. Esta atrocidad también va contra ellos.

—A mí no me van a asustar con gente que hable raro. Mis balas le entran a todo el mundo —dijo el Mono.

—Y las de ellos también —lo desafió don Diego—. Usted no es cuerpo glorioso.

—Entonces, sí es un policía.

Don Diego le respondió con una leve sonrisa. Luego miró en el techo el bombillo apagado y dijo:

—Qué descanso.

—¿Qué?

—La oscuridad.

—Ah —dijo el Mono—, más temprano que tarde vuelve la luz.

Levantó la vela del piso y se puso de pie. Aquí le dejo la prueba para que después no diga que no somos capaces de entrar a su castillo, dijo, y buscó con la mano debajo de la ruana. Sacó un envuelto de papel y se lo extendió a don Diego.

—Lo tomamos prestado durante la visita —dijo el Mono—. Por favor, se lo devuelve a doña Dita apenas usted regrese, ¿sí?

Don Diego lo recibió tembloroso y lo desenvolvió. El prendedor brilló con la pobre luz de la vela. La agitación hizo que se le escurriera entre los dedos y cayó al piso. El sonido del metal apenas se oyó por el golpeteo de la lluvia en el techo. Don Diego se agachó afanado a buscarlo, pero el Mono sopló fuerte la vela y el cuarto volvió a quedar negro.

—Feliz tarde, don Diego.

22.

La mujer a la que apuñalaron frente a Isolda, la que tenía el pecho abierto y ojos de sálvame, entró varias noches al cuarto mientras la niña dormía y antes de caer moribunda sobre la cama la despertaba de su pesadilla. Los gritos de pavor llenaban el castillo y sacaban a Dita y a don Diego de sus respectivos cuartos. Y a Hedda, a Hugo y a las criadas. Hasta Guzmán los oía en su casa de jardinero. Algunos aseguraron haberlos escuchado a lo lejos, y como no sabían la historia de la puta acuchillada dijeron que Isolda se había enloquecido por el encierro. Otros decían que la habían trastornado los silbidos que venían de los potreros vecinos. Lo cierto es que ahora los gritos provienen de un mal recuerdo.

—Váyanse todos a dormir —le dijo don Diego a su gente durante las primeras despertadas, en las que todos salían en bata a ponerse a sus órdenes.

Solo se quedaban él y Dita, y Hedda algunas veces, hasta una noche en la que también subió a los gritos, fuera de sí, contagiada por los alaridos de Isolda. Don Diego tuvo que sacudirla y, con un regaño, la envió de nuevo a la cama. Luego le dijo a Dita:

—Que Isolda siga durmiendo contigo mientras se le pasa.

Isolda ha hablado muy poco después del episodio de la muerta. Para colmo de males, don Diego ha prohibido que le mencionen el tema. Dita piensa lo contrario: la niña debe decir lo que siente, a lo mejor está confundida y no entiende qué fue lo que sucedió. Don Diego alega que solo está impresionada y que se le pasará con el tiempo. Dita, entonces, la animó para que pintara con la intención de que en los dibujos le salieran a flote los miedos. Pero Isolda apenas trazó unas primeras líneas, unos rayones sin forma que arrugaba y tiraba a la papelera antes de convertirlos en algo. Nada que ver con las ilustraciones coloridas que hace de los cuentos clásicos que Dita le lee. Mucho menos con los dibujos que hace de los almirajes, y que tiene pegados en las paredes del cuarto. Dita solo le dijo:

—Si tienes algo para decirme, no dudes en contármelo.

Pero no ha dicho nada durante las últimas semanas. Ni una palabra más sobre el tema. Y los sobresaltos nocturnos han ido desapareciendo, al menos los relacionados con las pesadillas.

Nosotros seguimos alimentando las fantasías, ya no con la niña que correteaba por los jardines sino con la que crece espigada gracias a sus genes alemanes. Sin embargo, nos cuesta crecer. Todavía somos bandidos con espadas de palo, pistoleros con los dedos, expedicionarios de lotes baldíos y espías que huimos al menor ruido. Nos sentimos importantes porque los nombres de nuestros papás aparecen en el directorio telefónico y gozamos con las fotos de gente en pelota que aparecen en las revistas que hablan de Woodstock. Los adultos siguen hablando de la guerra de Vietnam y comentan, alarmados, que las cosas van muy mal. Yo les pregunto por qué tenemos que preocuparnos por una guerra que no es nuestra, y mi papá me dice que todas las guerras del mundo son nuestras.

Isolda ha vuelto al jardín, aunque ya no persigue ardillas ni saluda a los aviones que vuelan sobre ella. Se encierra en La Tarantela a jugar juegos nuevos con las muñecas. Ahora ellas son el público al que le canta *Yesterday* con los ojos cerrados y la mano en el pecho.

También regresa al bosque luego de no ir por un tiempo. Entra confiada y canturrea, como siempre. Algunos rayos de sol atraviesan las ramas. Ella se sienta sobre una raíz gruesa y para de cantar. Entonces oye las chicharras, los zancudos, las polillas y los grillos, los escarabajos, las ranas en el humedal, los gorgojos en la madera y las mariposas negras que aletean en lo alto. Después los oye a ellos entre los arbustos, excitados y felices de verla después de su ausencia. Ve los cuernos, como pirulíes, asomados entre las hojas. Se acercan y la rodean.

—Hola, hola, hola a todos —saluda a los almirajes y estira las manos para que se las laman.

Hedda mira la hora y calcula que Isolda tiene que regresar y lavarse para la cena. Esa noche, don Diego va a homenajear a la pianista española Alicia de Larrocha, que está de visita en Medellín para interpretar dos conciertos. Hedda aprovecha que la niña juega en el jardín y se arregla primero. Se baña, se perfuma, se aplica crema para las picaduras de chinches y lucha con su pelo para templarlo en una moña. De salida se cruza con Hugo y él le entrega un sobre. Carta de Alemania, le dice, y ella se llena de incertidumbre. Toma el sobre y lo palpa: es delgado. Le da las gracias a Hugo y vuelve a encerrarse en el cuarto.

Dita también se arregla. Rocío, su peluquera, vino para peinarla. Le pasa el cepillo para darle los últimos toques y le pregunta:

—¿Y quiénes vienen?

—La pianista, el director de la sinfónica, dos primos de Diego, la maestra Uribe y monseñor López.

—¿Viene monseñor?

—Ajá.

—Tan bello —comenta la peluquera, y rocía una nube de laca sobre el pelo de Dita.

En la biblioteca, don Diego se toma un whisky con Rudesindo, que llegó temprano.

—Pues eso te cuento —dice Rudesindo.

—Pues ahí no hay novedad —dice don Diego.

—Sí, pero está de boca en boca.

—Son puros chismes, Rude.

—Algo habrá de cierto.

—Ni un ápice.

Los dos levantan los vasos y beben. ¿Y qué estás leyendo ahora?, pregunta don Diego. Me matas si te lo cuento, dice Rudesindo. ¿Peor que Brecht?, pregunta don Diego. Hombre, responde Rudesindo, a Brecht hay que leerlo con otros ojos. Confiesa, insiste don Diego, ¿a qué rufián estás leyendo?

—Gonzalo Arango.

—¡No!

—Es interesante.

—Rude, por tipos como ese el país está como está. Mira la cantidad de aviones que han secuestrado a Cuba.

—Gonzalo Arango no es comunista, si hasta apoyó a Lleras Restrepo.

—Espera —lo interrumpe don Diego y levanta la mano para pedir silencio—. Me pareció oír un grito.

Los dos se ponen de pie y salen de la biblioteca. En el pasillo se encuentran con Dita, que ya está arreglada para la cena. La peluquera viene detrás con su neceser de trabajo.

—¿Oíste? —pregunta Dita.

—¿Fue la niña? ¿Dónde está la niña? —pregunta Diego, angustiado.

—Creo que fue Hedda.

Bajan las escaleras. Dita y Rocío por un brazo, y don Diego y Rudesindo por el otro. Se encuentran con Hugo, que les dice, es Hedda. Dita se les adelanta y toca la puerta del cuarto. La llama un par de veces, pero Hedda no responde.

—¿Está bien, Hedda?

—Sí —dice desde adentro.

—¿Qué pasa? ¿Por qué gritó?

—No me pasa nada —insiste Hedda.

Dita golpea otra vez.

—Déjeme entrar.

Hedda entreabre la puerta y asoma la cara abotagada. Tiene los ojos hinchados y el pelo se le soltó de la moña.

—¿Puedo pasar? —pregunta Dita.

Hedda asiente, sin dejar de mirar a los hombres.

—Volvamos arriba —le dice don Diego a Rudesindo.

—Yo me despido —dice Rocío.

Dita cierra la puerta y en ese instante suena el pito de la limusina. Llegaron las maestras, dice don

Diego, y pregunta, pero ¿dónde está Isolda? Hugo levanta los hombros y dice, debe de estar en el cuarto. Hágala llamar, por favor. Acompáñame a recibirlas, Rude. Yo me despido, dice otra vez la peluquera. Sí, sí, niña, salga por la puerta de servicio, por favor, que ya llegaron los invitados, dice don Diego. ¿Y será que monseñor se demora?, pregunta Rocío, pero don Diego no le responde. Va detrás de Hugo, hacia la puerta. En el camino se encuentra con una criada y le dice, vaya usted y dígale a Isolda que baje, por favor.

Alicia de Larrocha llega acompañada por la maestra Uribe. Diez minutos después llega el director de la orquesta sinfónica con otro invitado. Como monseñor López no llega, Rudesindo le comenta en la oreja a don Diego, seguro que el Volkswagen no le sube esta loma.

En los pasillos hay un revuelo de bandejas con bebidas y pasabocas. De vez en cuando se cuela un lamento de Hedda. Dita sigue encerrada con ella en el cuarto y don Diego ya está molesto. Ni ella ni Isolda aparecen para acompañarlo a atender a la visita.

—¿Qué pasa con Isolda? —le pregunta a Hugo.

—No está —le responde.

—¿Cómo que no está? ¿Dónde anda?

—Sigue en el jardín.

Don Diego pide permiso y va al cuarto de Hedda. Toca la puerta y Dita le abre. ¿Qué pasa? Ya salgo. ¿Dónde está Isolda? Debe de estar en su cuarto. No, me dicen que sigue en el jardín, ¿qué le pasa a Hedda? No es nada, tiene problemas personales. Ya llegaron los invitados, Dita. ¿Ya llegó monseñor? Todavía no, pero los otros ya están aquí, ven rápido. Dame un minuto, le dice Dita y cierra la puerta. Don Diego escu-

cha afuera el pito del Volkswagen de monseñor. También afuera, Guzmán y dos criadas llaman a Isolda, a
los gritos.

—Niños, niños, tengo que irme —les dice Isolda a los almirajes.

Las chicharras suben sus chirridos, los búhos
su ulular, las ranas croan estridentes y las luciérnagas
hacen una fila hasta la salida para mostrarle el camino. Los almirajes, entristecidos, vuelven a sus madrigueras entre el follaje.

Monseñor llegó con un joven a quien presentó
como el auxiliar contable del seminario mayor. Un
muchacho alto, apuesto y de ojos grandes. No es cura,
pero sonríe y junta las manos como si lo fuera. No estaba invitado y don Diego le susurra a Hugo que ponga un puesto más en la mesa.

Dita por fin aparece y se roba los saludos y las
venias que tendrían que haber sido para monseñor.

—Discúlpenme, por favor, se me presentó un
asunto inesperado. De todas maneras, Diego siempre
atiende mejor que yo —dice Dita y, con un gesto, le
pregunta a don Diego por Isolda. Él frunce la boca.

—Benditos sean esta reunión y todos los que
participan en ella —dice monseñor, muy jovialmen-
te—. Y gracias a los anfitriones por tan maravillosa
invitación.

Todos levantan las copas y brindan. Dita se extraña cuando ve que Rocío, la peluquera, asoma la cabeza desde el pasillo. Rocío se siente descubierta y se
vuelve a esconder. Voy a llamar a Isolda, se excusa
Dita. Don Diego propone que, para entrar en calor, la
maestra De Larrocha interprete algo en el piano. Pa-
semos al salón de música, dice.

Dita sube las escaleras. Suena el timbre de la puerta, pero ella no se detiene y sigue hasta el cuarto de Isolda. ¿Quién será?, pregunta don Diego, y repasa a cada uno de los invitados, por si falta alguno. Hugo abre la puerta y bajo su brazo, como una ráfaga, entra Isolda y corre a la sala. Todos están de pie, listos para pasar al salón del piano.

—Isolda —se oye a Dita, que la llama desde arriba.

Los invitados están con la sonrisa congelada y don Diego, con la mandíbula suelta. Hola, pa, dice Isolda. El silencio de la casa se agrieta con los pasos de Dita, que otra vez baja las escaleras.

—Qué ternura —dice monseñor para romper el suspenso.

La apariencia de Isolda es más extravagante que tierna. Tiene el vestido sucio de tierra, los cordones sueltos y, sobre los hombros, briznas de hierba. En la cabeza lleva una diadema trenzada con su propio pelo, adornada con margaritas y hojas de laurel, y de la diadema hacia atrás le brotan siete mechones crespos, decorados con pistilos de sanjoaquines.

—Qué original —comenta monseñor—. ¿Quién te lo hizo?

Antes de que Isolda mencione a los almirajes, Dita la toma de la mano y le ordena, ven conmigo, ya. Y la jala, pero la mirada de Isolda ya está enganchada a los ojos inquietos del auxiliar contable del seminario mayor.

23.

El muchacho salió desnudo del cuarto y corrió al baño a enjuagarse la boca. Hizo buches, cogió una crema dental que encontró en el gabinete y se lavó los dientes con el dedo. Le sonrió al espejo y se pasó las manos mojadas por el pecho. Volvió al cuarto y encontró al Mono Riascos desparramado sobre la cama y con las piernas abiertas. Seguía abrazado a la falda roja.

—Ay, muchacho —exclamó el Mono cuando lo sintió entrar.

El muchacho se tendió a su lado y prendió un cigarrillo. El Mono le robó una fumada. ¿Sabés qué he estado pensando?, preguntó, y el muchacho le respondió, no soy adivino, Mono. Pues que cuando termine todo esto, dijo, nos vamos a ir del país, nos volamos para Estados Unidos. ¿Y qué es «todo esto»?, preguntó el muchacho y empezó a botar aros de humo. Vos sabés, dijo el Mono, el negocio en el que estoy metido. Ah, dijo el muchacho, más concentrado en los aros que en lo que le decían.

—No quiero volver a este país —dijo el Mono.

—De qué te quejás —comentó el muchacho—, si te ha ido lo más de bien.

—Hay mucha plata en juego y es mejor irse antes de que se enreden las cosas.

El muchacho tomó un cenicero de la mesa de noche, que ya tenía algunas colillas, y lo puso sobre su abdomen. El Mono vio que el cenicero subía y bajaba despacio, con la respiración del muchacho.

—Y cuando decís irnos, ¿quiere decir irnos del todo?

—Ajá.

—¿Y mi moto?

—La vendés. Allá te compro una mejor.

El muchacho lo miró rápidamente. El Mono le quitó otra vez el cigarrillo y fumó. Yo no sé, dijo el muchacho, tal vez podemos ir de vacaciones, yo aquí vivo muy contento. ¿Y quién te dice que allá no?, preguntó el Mono. Nadie, respondió el muchacho, por eso mejor me quedo. No seás aguafiestas, dijo el Mono, y le puso una mano encima, junto al cenicero. El muchacho volvió a mirarlo rápidamente.

—Ya se debe haber terminado la película —comentó el Mono, mirando el reloj.

—¿A cuál la mandaste?

—No me acuerdo. A una de Clint Eastwood.

—Ese man es un duro —dijo el muchacho y preguntó—: ¿Y a ella sí le gusta eso?

El Mono hizo un ruido con la boca y luego se rio.

—Cualquier cosa que la distraiga —dijo—. La pobre no sale de acá. A duras penas va a misa.

—Ella no me quiere.

—Yo sé.

—¿Qué te dice?

—Nada. Simplemente, no le gustás.

El muchacho aplastó la colilla en el cenicero.

—Con tal que te guste a vos.

El Mono bajó un poco más la mano, hasta donde le nacía el vello al muchacho.

—Vos sabés —dijo.

El muchacho hizo un movimiento brusco para sentarse y el cenicero se fue de lado y se regó sobre la sábana.

—Maldita sea —dijo el Mono.

—Qué güeva yo —dijo el muchacho.

Se puso de pie y el Mono trató de recoger las cenizas. Ahora quién se aguanta la cantaleta de doña Lida, dijo. Vos, le respondió el muchacho, y recogió los calzoncillos del piso. Se vistió mientras el Mono sacudía la cama.

—Necesito plata para gasolina, Mono.

—¿Cómo así? Hace tres días te di.

—Esa moto es muy tragona. Además, tengo un paseo a Santa Fe de Antioquia.

—¿Qué? ¿Quiénes?

Se oyó un ruido abajo, en la puerta de la calle. El Mono se puso un dedo en la boca. Mi mamá, susurró. Se vistió a la carrera y le dijo al muchacho al oído, no vas a salir todavía. Yo te aviso. Salió del cuarto y cerró la puerta.

—¡Mono! Me asustó —dijo Lida, afuera—. Pensé que no estaba. ¿Dónde dejó el carro?

El muchacho se sentó en la cama y escuchó:

—¿Y usted por qué llegó tan rápido? ¿A qué horas se acabó la película?

—Me salí. Qué cosa tan violenta, Mono. Bala y bala y pura bala no más. ¿Usted por qué me manda a ver esas cosas? ¿Ya se tomó el algo o quiere que se lo prepare?

—Estaba echándome una siesta.

—Espere, me cambio los zapatos y le preparo alguito.

El Mono volvió al cuarto y le dijo al muchacho, yo te aviso, no vas a salir. Cerró de nuevo, se quedó quieto al pie de la puerta y esperó a que su mamá pasara a la cocina.

—¿Qué hace ahí parado, mijo? Venga para acá.

Cuando la sintió moviendo ollas, bajó con el muchacho las escaleras y dijo en voz alta:

—Voy un minuto al garaje, mamá.

Abajo, el muchacho le reclamó la plata. No jodás, dijo el Mono, pero sacó la billetera y le dio unos pesos. ¿Y lo del paseo?, preguntó el muchacho, con esto no llego ni a Sopetrán. El Mono abrió la puerta oxidada del garaje.

—Mono —lo llamó Lida desde la cocina.

El muchacho le extendió la mano abierta. El Mono le dio lo que le quedaba en la billetera y lo apuró para que sacara la moto sin prenderla. El muchacho llamó con el dedo al Mono. ¿Qué querés?, le preguntó el Mono, muy tenso. El muchacho le pegó la boca a la oreja y le dijo, estás muy viejo para seguir viviendo con tu mamá.

—¡Mono!

El muchacho empujó la moto hasta la calle y el Mono cerró apresurado. Mono, lo volvió a llamar Lida, parada arriba en las escaleras. Mono, ¿por qué no contesta? Él iba a responder pero lo aturdió el ruido de la moto. Mucho hijueputa, murmuró el Mono, que no entendía por qué la Bultaco sonaba cada vez más fuerte.

—¿Quién llegó? —le preguntó Lida—. ¿El muchacho ese?

—Algún pelado de la calle —dijo él mientras subía.

—Usted está muy raro, Mono. ¿Qué le pasa?

—Nada.

El Mono se sentó a la mesita auxiliar y ella se puso a batir el chocolate. Dígame una cosa, Mono, ¿usted está fumando mariguana con ese muchacho? Mamá, por Dios. Usted está muy raro y se la pasa en la calle, a veces ni viene a dormir, nadie sabe en qué anda. No voy a hablar de eso, mamá. Pues no hable si no quiere, pero a mí sí me tiene que oír, a su hermana ya le llegaron con cuentos suyos. Aj, se quejó el Mono, y se levantó.

—También se ha vuelto muy grosero. ¿Para dónde va? Esto ya va a estar. ¡Mono!

Él se encerró en el cuarto y se tiró bocabajo en la cama revuelta, con la cara hundida en la almohada. Las sábanas olían al muchacho y había pavesas regadas por todas partes. Aunque la cama era pequeña, el Mono sintió que no la podía abarcar.

—¡Mono, Mono!

Por primera vez desde que empezó todo, tuvo ganas de llorar.

24.

La fonda se llamaba La Esquina y quedaba en el Parque Obrero. En diagonal estaba la biblioteca que don Diego le había donado al municipio de Itagüí. La fonda se convirtió en el centro de operaciones del Mono Riascos. Mi oficina, la llamaba, y allá se reunía con sus compinches, como si fueran simples parroquianos bebedores de cerveza.

El Mono se camuflaba con cachucha y gafas. Prefería una mesa del fondo desde donde divisaba las entradas y salidas de don Diego y su familia a la biblioteca. En ella extendía papeles y mapas para rayar rutas, cruces y vías. A sus hombres los intranquilizaba hablar de esos temas en un lugar tan público.

—Decime, Cejón, ¿adónde busca uno las ratas?

—En las ratoneras.

—Y en los huecos, en las cuevas —continuó el Mono—, en las madrigueras, en las alcantarillas, dentro de la basura. Por allá es por donde rondan los gatos, ¿o no?

Sus hombres se miraron poco convencidos. Él se reía del miedo de ellos aunque también los confrontaba cuando los veía acobardados. La sangre fría del Mono los hacía sentirse menos, pero esa humillación era, precisamente, la que los fortalecía cuando él gritaba, como en las películas, ¡nadie se mueva, esto es un atraco!

—Si nos ven aquí juntos —dijo el Mono—, como mucho van a pensar que somos maricas.

Se rio y al instante se puso serio.

—Ahí llegaron —les dijo el Mono en voz baja, y señaló al frente con la boca—. No miren todos al tiempo.

La limusina Packard se parqueó frente a la biblioteca y Gerardo se bajó rápido a abrir la puerta de atrás, de donde salieron Isolda y Dita. Don Diego se bajó por la otra puerta. El Mono miró su reloj y dijo, el margen de tiempo es, más o menos, de media hora. Hoy llegaron antes. Maleza, Caranga y el Pelirrojo miraron con disimulo.

—Que no miren todos al tiempo —les repitió el Mono.

—¿Quiénes vinieron? —preguntó Caranga.

—Los tres. A veces la señora no los acompaña.

—¿Siempre viene la niña? —preguntó el Pelirrojo.

—Siempre.

—¿Puedo mirar? —preguntó el Cejón.

—De a uno —dijo el Mono.

La limusina les cubrió un poco la entrada a la biblioteca. Alcanzaron a ver que los esperaban dos mujeres. Don Diego entró de último. Gerardo se quedó afuera, junto al carro.

—Cuando el señor llega con libros se demoran una hora, más o menos. Si viene manivacío, no se tardan más de cuarenta minutos.

—¿El chofer está armado?

—No sé —dijo el Mono.

—¿Y si lo está?

—Peor para él.

—¿Y qué hacen allá adentro? —preguntó el Cejón.

—No sé, pero podés ir a averiguar.

El Pelirrojo se rio. Es en serio, Cejón, andá a averiguar, dijo el Mono. El Cejón empezó a subir y a bajar las cejas. Aprovechemos tu curiosidad y de una vez salimos de la duda. Pero ¿cómo me voy a meter allá, Mono? ¿Por qué no? Es una biblioteca pública, andá y te ponés a leer un rato, que además te conviene con lo bruto que sos. El Cejón miró a sus compañeros, buscando que alguno lo apoyara.

—Eso se llama hacer inteligencia, Cejón —dijo Maleza y soltó una carcajada.

—¿Lo estás diciendo en serio? —le preguntó el Cejón al Mono. Los otros trataban de contener la risa. El Cejón titubeó—: Pero... ¿y qué leo?

—Preguntá si tienen los poemas de Julio Flórez. Son muy hermosos.

El Cejón se rio para tratar de convertir la situación en un chiste, pero nadie lo acompañó.

—Listo, te fuiste ya —dijo el Mono y le chasqueó los dedos en la cara.

El Cejón se levantó despacio y los demás miraron hacia otro lado.

—De salida, le decís a la mesera que venga, por favor —le pidió el Mono.

Lo vieron alejarse, con pasos lentos, y señalarle la mesa a la mesera. Cruzó el parque y antes de llegar a la esquina volteó a mirar a la fonda. Tal vez tenía la esperanza de que le hicieran una señal para que se devolviera. Atravesó la calle, pasó junto a Gerardo, que estaba recostado en la limusina, y entró a la biblioteca como si llegara a su propio velorio.

—Bueno, a lo que vinimos —dijo el Mono—. ¿Qué pasó con el otro hombre?

—Está firme —dijo Caranga.

—¿De confiar?

—Cien por ciento.

—¿Quién es?

—Carlos.

—Carlos ¿qué?

Caranga hizo un gesto de no saber. Ah, pero cómo se nota que lo conocés mucho, dijo el Mono. Todo el mundo lo conoce como Carlitos, dijo Caranga. Pues traémelo y lo entrevisto, y de paso le pregunto el apellido a Carlitos, dijo el Mono.

—Mono —dijo el Pelirrojo.

—Señor.

—Ahora que los vi entrar a la biblioteca, me quedé pensando...

El Pelirrojo se detuvo y el Mono esperó a que terminara lo que iba a decir.

—Pues cuando vi a la señora, me quedé pensando...

—Estás pensando mucho, Pelirrojo.

—Mono, cuidar a una niña tiene muchas complicaciones. Se enferman muy fácil, les da mamitis y se vuelven insoportables. No sé, son mucho más frágiles y se nos puede enredar la vida.

—¿Qué me querés decir?

—Pues que mejor nos deberíamos llevar a la señora.

—¿Me necesitan? —la mesera los sorprendió confundidos con la propuesta del Pelirrojo.

¿Hay chorizos?, balbuceó el Mono. ¿Cuántos quiere?, preguntó la mesera. Unos seis, dijo el Mono. ¿Unos seis o seis?, preguntó ella. Seis. Y cuatro cervezas más. Él esperó a que ella se fuera y luego apretó el puño sobre la mesa, sin golpearla.

—Mirá, Pelirrojo güevón, no vamos a cambiar los planes faltando una semana, oís.

—No hay que cambiar nada —dijo el Pelirrojo—, únicamente nos llevamos a la señora en vez de a la niña.

—¿Qué te dolería más? —le preguntó el Mono—, ¿que se te llevaran a tu mujer o a tu hija?

—Pues obvio, Mono, pero...

—Pero mejor te callás —interrumpió el Mono y les preguntó a todos—: ¿Alguien más tiene alguna güevonada para decir?

Ni respondieron ni se miraron, apenas se acomodaron en los taburetes. Al fondo, en medio del parloteo, de la música de carrilera y del ruido de vasos y botellas, les pareció oír el estallido de los chorizos en el aceite. El Mono sacó del bolsillo unos papeles doblados. Pasó la mano sobre la mesa para verificar que estuviera seca. Desdobló las hojas y dijo, pongan mucha atención, las cosas las vamos a hacer de la siguiente manera.

25.

Febrero era un mes para morirse en Berlín. Las temperaturas bajaban como si el invierno echara raíces para quedarse. El frío intenso y prolongado acentuaba el cansancio de tantos meses helados a cuestas, y hacía eterna la espera de la primavera. Los vientos aumentaban la irascibilidad en las calles y la gente revivía la creencia que tuvieron en la guerra: el invierno ha sido siempre el principal aliado de los enemigos. Para ratificarlo, los berlineses de la posguerra recordaban, como una de sus peores épocas, aquel invierno durante el bloqueo del 48.

Para don Diego, los meses fríos no eran parte de un ciclo sino la posibilidad de romper con la rutinaria tibieza de Medellín. Le gustaban los días azules y helados para caminar y pensar. Y en las últimas dos semanas había caminado y pensado mucho sobre su situación sentimental con Dita. Se tragó solo su confusión porque ni siquiera quiso contarle a Mirko de la propuesta de ella para vivir juntos sin casarse. Tal vez Mirko se habría burlado de su ingenuidad en plena mitad del siglo XX, o habría sacado su discurso nacional-socialista para criticarla por salirse del orden. Don Diego incluso presentía que Mirko nunca lo miraba de igual a igual. No podía evitar sentirse aludido cuando lo oía perorar de la «higiene racial», y sabía que Latinoamérica era parte de su mapa discriminatorio. Si eran amigos, era porque don Diego parecía y se comportaba como europeo, y compartían el gusto por la música y la buena vida. El caso es que ni Mirko sabía de la procesión que cargaba don Diego por dentro.

Mientras tanto, Dita iba tranquila a sus talleres de arte, hecha a la idea de que don Diego había huido, espantado para siempre. Ya le había hablado de él a su familia, pero no alcanzaron a conocerlo. De haberlo hecho, tal vez don Diego entendería los pensamientos liberales de Dita, muy afines a los de su padre.

Después de mucho pensarlo, don Diego volvió a buscarla. La esperó una tarde junto al portón del edificio, a diez grados bajo cero, sin anunciarle la visita. Ella casi no lo reconoce por lo arropado. Sube, por Dios, le dijo, ¿por qué no llamaste antes? Tenía que pasar por donde Arcuri y cuando salí tuve el impulso de venir. Ah, un impulso, dijo ella. Dita, llevo una hora congelándome, uno no espera tanto por un impulso, dijo don Diego, y la siguió, escaleras arriba, hasta el apartamento.

Dita prendió el calentador de gas y le sirvió un coñac. Él, todavía con guantes, abrigo, bufanda y sombrero, le tomó la mano y le dijo:

—No voy a subestimarte al intentar que cambies de opinión. Es posible que estemos cometiendo un error, pero estaremos juntos para asumir lo que pase.

—No es un error —reiteró Dita, y él la calló con un dedo en la boca.

—No justifiques nada.

Sacó del bolsillo de su abrigo un regalo pequeño, envuelto en papel dorado, y se lo entregó. Ella lo desempacó con cuidado y entre el papel asomó una cajita aterciopelada.

—Sería raro darte un anillo si no vamos a casarnos.

Dita abrió la caja. Adentro había un prendedor de plata con incrustaciones de diamantes y en forma de llave.

—Esta es la llave que nos abre y nos encierra para siempre —le dijo don Diego—. Guárdala tú, que eres más cuidadosa.

Dita insertó el prendedor en su camisa, pero no pudo abrocharlo.

—Ayúdame —le pidió a don Diego.

—No puedo. Sigo con los dedos entumecidos.

Ella le retiró el guante de cuero y metió la mano de él entre las suyas. La acercó a su boca y la sopló con aire tibio, sin dejar de mirarlo a los ojos. Le masajeó los dedos fríos y, después, los rozó, uno a uno, con cinco besos.

Bajo la supervisión de los hermanos Rodríguez, se empezó con la remoción de tierra en el lote donde se construiría el castillo. Don Diego les había enviado los planos con todas las recomendaciones de Enrico Arcuri. Los arquitectos Rodríguez tenían la tarea de adaptarlos al terreno, a los gustos y a las necesidades de don Diego. Este Arcuri, les dijo él, diseñó hasta un foso para fieras. Y por favor, que mi biblioteca quede en lo más alto, ojalá en una de las torres. Arcuri, dijo don Diego, la puso abajo porque no conoce la vista de la loma.

H. M. Rodríguez e Hijos era la firma de arquitectos con más prestigio en Medellín. Había construido las quintas más importantes y el imponente edificio donde quedaba la farmacia Pasteur. Los hijos, sin embargo, recién habían llegado de Estados Unidos con la modernidad en sus venas y se rieron a carcajadas cuando desenrollaron los planos que les envió don Diego desde Berlín. Pues tráguense la risa, les dijo el padre, y prepárense a construir el último castillo en estas tierras.

Empezaron por replantear el soporte del edificio. No lo harían en arcos de crucería, sino en muros de ladrillo macizo con entrepisos de concreto armado. Incorporarían más elementos de tendencia *déco,* vitrales de colores para aprovechar el sol en sus extremos, una piscina con terminaciones geométricas, cambiarían el cemento en los techos por maderas finas machihembradas y, por supuesto, pondrían jardines en lugar del foso que circundaba el castillo.

—¿Qué piensa ese Arcuri? ¿Que aquí vivimos en plena barbarie?

De un momento a otro, la estrecha loma de los Balsos quedó invadida de camiones que subían y bajaban con tierra, arena y materiales. Don Diego llamaba desde Europa y daba órdenes: hay que hacer un repostero, un cuarto para las ropas, otro para planchar y otro para la leña, ah, y aparte, una casa para el jardinero, que esa se le pasó a Arcuri. Y la biblioteca en una de las torres, no se les olvide.

Él, mientras tanto, hacía planes con Dita para regresar a Colombia. Visitaban tiendas de decoración, galerías de arte y anticuarios. Llenaron baúles con lámparas, telas, pinturas, porcelanas y vajillas. Pero un día don Diego sintió que Berlín le quedaba pequeño y le propuso a Dita:

—Vámonos a París.

—¿De compras?

—De compras, de fiesta, de vida, de paso, de lo que sea.

Don Diego andaba eufórico desde que se reconcilió con ella, y aunque nadie en Colombia sabía de sus planes de regreso, y acompañado, nunca antes se había sentido tan feliz de volver.

—Vamos primero a Herscheid, todavía no conoces a mi familia.

A don Diego se le bajó el entusiasmo.

—¿Ya saben que fue idea tuya? —le preguntó.

—¿El viaje?

—No. Lo otro.

—Ah.

Dita parecía concentrada en envolver un ánfora en una espuma. Ni siquiera miró a don Diego.

—No pensarás darles la noticia delante de mí —dijo él.

Ella le sonrió. Levantó el ánfora y le dijo:

—Ayúdame con esto, por favor.

En el tren, don Diego iba nervioso aunque el paisaje no podía ser más plácido. Dita miraba las montañas por la ventana. Este no era un viaje como el que hacía cada tres meses para visitarlos. Y tal vez fuera el último. Casi no habló durante el trayecto. A veces parecía sonreír y otras, él notó que se le encharcaban los ojos.

—Todo parece sacado de un cuento —dijo él para distraerla.

—Es un cuento —dijo Dita.

Aún quedaban zonas extensas cubiertas de nieve, y en otras ya se asomaba el verde intenso de las praderas.

—Mira el cielo —le dijo él.

Ella lo miró con un gesto de cielo gris, sin reparar en la limpieza. Tal vez don Diego era el único en ese tren que podía mirar hacia arriba sin recordarlo cargado de aviones de guerra.

La familia los recibió con amabilidad y mucha comida. Solo estaban Arnold y Constanza. Annemarie seguía en Colonia, adonde se había ido a estudiar en el 49. Al principio solo hablaron del paisaje y don Diego lo comparó con algunos sitios de Colombia. Después de almorzar, Dita le dijo que iba a hablar con sus padres. Don Diego quiso salir corriendo. Les dijo que caminaría un poco para conocer. Los dejó ahí, en la mesa, sonrientes como los pastores.

Los Rodríguez les daban vueltas a los planos intentando descifrar los rayones de Arcuri. No hay garaje, dijo uno, a este hombre se le olvidó trazar un garaje. Y necesitará dos como mínimo, dijo el otro. Don Diego quiere que le manden fotos, dijo el padre. ¿De qué? Pues será del hueco, que es lo único que hay. Pues mándenle fotos del hueco y un plano actualizado con los garajes. Cuando el padre se iba, los dos hermanos rezongaban, esto no es siquiera medieval, ni gótico, ¿esto qué es? Esto es de todo, como todos los castillos, que son de todo un poco.

Don Diego regresó de su caminata y encontró a Dita y a Arnold en la sala, frente a la chimenea, callados, mirando el fuego. A Constanza la sintió en la cocina, lavando los platos. Arnold tenía los ojos enrojecidos. Don Diego pensó que podría ser por el humo que flotaba en el salón. Dita lo llamó con la mano y lo invitó a sentarse a su lado.

—¿Quieres café?

Él le respondió que no, aterrorizado ante la posibilidad de quedarse a solas con Arnold, que seguía callado con la mirada puesta en el fuego. La leña ardiendo y el chorro en el lavadero eran los únicos ruidos en muchos kilómetros a la redonda.

—Es muy bonito todo allá afuera —dijo don Diego, por poner algún tema. Dita asintió con la cabeza y Arnold ni siquiera parpadeó.

Una chispa saltó de la chimenea y cayó sobre el tapete de oveja. Ups, exclamó Dita, y Arnold la aplastó con el pie. Don Diego quería comentar algo más, pero no sabía qué. El chorro de agua dejó de sonar en la cocina y luego siguió un ruido de platos.

Muy al rato, después de un silencio eterno, Arnold dijo, sin dejar de mirar la chimenea:

—No se vayan sin ver mi cultivo de puerros.

26.

El Cejón armó una bronca tremenda y anunció que se iba a pie para Medellín. Arrancó a caminar con pasos largos y se tropezaba con las piedras. Maleza y Caranga lo llamaron varias veces desde la cabaña pero el Cejón no les hizo caso. Cuando llegó a la portada, Caranga sacó el revólver, echó un tiro al aire y el Cejón se frenó.

—El próximo te lo pego en la cabeza —le advirtió Caranga.

—No seás bruto —le dijo Maleza—. ¿Cómo se te ocurre disparar?

Carlitos salió asustado, con la pistola en la mano.

—¿Qué pasó?

—Vayan por él —ordenó Caranga.

—¿Por qué disparaste? —preguntó Carlitos.

—Vayan por él, carajo. Ese tipo es más peligroso que una bala perdida.

Maleza y Carlitos caminaron hasta la portada. El Cejón salió en carrera cuando los vio acercarse.

—¡Agárrenlo! —les gritó Caranga.

Los otros dos corrieron detrás y el Cejón se caía y se paraba y se volvía a caer. Lo alcanzaron y el Cejón se botó a una zanja y empezó a patalear. Maleza se quitó la correa del pantalón, la giró en el aire y le soltó varios latigazos. Carlitos logró inmovilizarlo y con la misma correa le ataron las manos.

Don Diego pegó la oreja a los tablones de la ventana apenas oyó el tiro. Lo único que entendió fue cuando gritaron «agárrenlo». Una hora antes los había oído discutir. Pensó que sería un alegato cualquiera. Hasta llegó a creer que habían venido a rescatarlo y por eso el tiro, aunque al rato oyó que abrieron el candado y luego la puerta. Caranga empujó al Cejón, todavía maniatado, adentro del cuarto.

—Ahora son dos —dijo Caranga y los encerró.

El Cejón lloró tirado en el piso. Don Diego se sentó en el catre. El Cejón se levantó furioso y le dio dos patadas a la puerta, tambaleó y volvió a caer al suelo. Se arrastró hasta la pared y se recostó. Lloró un rato más hasta que don Diego se le acercó y le desató las manos. Apenas pudo hablar, el Cejón le dijo:

—Están escondidos en los rastrojos. Llevan varios días ahí. Son más de cien.

—¿Quiénes? —preguntó don Diego.

—Los soldados. Son más de cien. Se bajaron en el cerro del lado por las cuerdas del helicóptero. Se han ido acercando. Nos van a matar a todos. A usted también.

—¿Se mueven? ¿Los ha visto acercarse?

El Cejón asintió y otra vez se puso a llorar. Nos van a atacar y ellos no me creen. Don Diego tomó un vaso de la mesita de noche para darle agua. Estaba vacío. Cálmese, hombre, le dijo al Cejón. Fue a la puerta y la golpeó dos veces. Abran, gritó hacia afuera. Tengo tres hijos, dijo el Cejón, entre gemidos. Don Diego golpeó de nuevo pero nadie apareció. Se paró frente al Cejón y le preguntó:

—¿Está seguro de que son soldados?

En Medellín había empezado a llover con fuerza. Un aguacero se vino desde el sur y el río crecía en su canalización. El cielo se cerró y se oscureció más pronto. Dita no oyó el pito de la limusina, ni el timbre de la puerta, ni a los parientes cuando entraron. Hugo fue a llamarla al cuarto y la encontró tendida en la cama, arropada con un manto de cachemira. La esperan abajo, le dijo Hugo. ¿A qué horas llegaron?, preguntó ella, despistada. Acaban de llegar. ¿Con este aguacero? Hugo salió y ella se arregló un poco frente al tocador.

Todos se pusieron de pie cuando Dita entró al salón. Le llamó la atención la estatura del belga. Les sacaba más de una cabeza a los demás. Se lo presentaron: Marcel Vandernoot, dijo él, y la saludó en francés.

Ella nunca estuvo de acuerdo con traerlo. No creía en esas cosas. Los parientes insistieron en que había que agotar todos los recursos, pero lo que menos le gustaba era que tenía que hospedarlo en el castillo. Así lo había exigido él para garantizar su trabajo. Ella se tranquilizó cuando vio entrar a Guzmán con una maleta pequeña. Le indicó que la subiera y a los señores les preguntó si querían tomar algo.

En Santa Elena todavía no llovía aunque el cielo estaba encapotado. Los muchachos sintieron cerca el motor de una moto y se alertaron. El ruido no les sonó familiar. Todavía quedaba algo de luz y Maleza salió a mirar. En la portada se cruzó con el Mono, que subía a pie.

—¿Esa era la moto de Twiggy? —preguntó Maleza.

—¿Qué fue lo del tiro? ¿Quién disparó? —preguntó el Mono.

—¿Cómo supiste?

—¿Quién disparó, maldita sea?

—Caranga.

El Mono entró agitado a la cabaña. Carlitos y Caranga jugaban a las cartas, Maleza había dejado el naipe bocabajo sobre la mesa. El Cejón se nos iba a volar, dijo Maleza, pero ya el Mono estaba enfrentando a Caranga. ¿Qué hiciste, gran güevón? Se iba a ir, Mono. ¿Y no se te ocurrió algo mejor que dispararle? No le disparé. Ah, dijo el Mono, qué maravilla. Oyó unas patadas contra la puerta del cuarto donde tenían encerrado a don Diego. Es él, dijo Maleza. ¿Don Diego? No, el Cejón. Qué hijueputas tan brutos, les dijo el Mono y salió hacia el cuarto.

—¿Vos le contaste? —le preguntó Caranga a Maleza.

—Ni me saludó —dijo Maleza—. Lo primero que hizo fue preguntar por el tiro.

—¿Quién lo trajo? ¿De quién era esa moto? —preguntó Carlitos.

—Yo le pregunté lo mismo y no me contestó.

Oyeron un grito y luego el Mono llamó a Caranga desde el pasillo. Tenía al Cejón agarrado del cuello y lo empujó hacia delante. Metelo en otro cuarto, le dijo. El Cejón sangraba por la boca y tenía la mirada perdida.

—Qué vergüenza con usted, don Diego —dijo el Mono, y cerró la puerta a sus espaldas apenas entró.

En el castillo, Marcel Vandernoot se excusó de cenar con Dita y los parientes, dijo que después de semejante vuelo quería descansar y limpiarse un poco.

—Venga, le muestro el baño —le dijo Dita.

—Me refiero a limpiarme —aclaró Marcel, y giró las palmas de las manos junto a las sienes.

—Ah —exclamó uno de los parientes.

—Entonces venga y le enseño el cuarto —dijo Dita y añadió—: Haré que le suban algunas frutas por si le da hambre más tarde.

—Y un vaso de leche, por favor.

Subieron al segundo piso y ella le explicó:

—El cuarto de huéspedes lo tiene ocupado la policía. Está lleno de aparatos y de cables. Esta casa es rara: tenemos muchos salones y pocas habitaciones.

Cruzaron el pasillo y ella se detuvo frente a una puerta cerrada.

—Es el de mi hija —dijo y abrió con delicadeza.

El cuarto era impecable. La cama de dosel estaba tendida y sobre ella había dos animales de peluche; sobre el nochero, un arreglo de flores. Dita cerró las cortinas. Puede usar el lado derecho del armario, veo que no trajo mucha ropa, ¿se va a quedar poco? Marcel observaba embelesado los dibujos pegados, como cenefa, en las paredes. Cada cartón era una pintura colorida y delicada donde unos conejos con un cuerno en la frente hacían alguna gracia, entre flores y arbustos.

—¿Qué son? —preguntó Marcel.

—Almirajes.

—¿Quién los hizo?

—Isolda.

Marcel giró despacio para repasarlos. Ahí está el baño, dijo Dita y le mostró una puerta. Hay toallas y jabón, si necesita algo más puede pedírselo a Hugo. Ya lo conoce. Sí, dijo Marcel, cerró los ojos y respiró profundo. Dita lo miró extrañada. Él inspiró de nuevo, alzó los brazos y los bajó despacio, como si aplastara aire sobre su cabeza. Luego abrió los ojos y sonrió.

—La energía es maravillosa —dijo.

—Descanse —dijo ella.

Dita se detuvo a punto de salir. Una cosa más, señor Vandernoot, el reloj va a sonar todos los días a las seis y media de la mañana. Marcel lo buscó con la mirada. Ahí, le dijo ella, sobre la mesa de noche. No lo desconecte, solo apriete el botón para silenciarlo. Pero no lo necesito, dijo él. No importa, dijo Dita, déjelo así, a Diego le gusta que suene. Ya digo que le suban su vaso de leche.

El Mono paseó en redondo por el cuarto. Se detuvo frente a la pared y con el dedo siguió el trayecto de una grieta.

—A ella no la habría traído acá —dijo pausado—. Le hubiera conseguido una casa bonita, con un cuarto acogedor, sin humedades, un baño limpio, y hasta le habría puesto un televisor para que se entretuviera.

—¿Y también le habría dejado siempre la luz prendida? —preguntó don Diego.

—No me ha entendido, doctor. Le estoy diciendo que con ella todo hubiera sido distinto. ¿Cómo la iba a tratar igual que a usted si a ella la quise desde siempre? —el Mono se recostó en la pared, pensativo—. Nunca había hecho cuentas, pero me pasé diez años esperándola.

Don Diego también se puso de pie y arqueó la espalda un poco hacia atrás.

—Fíjese —le dijo— que aquí, en estas condiciones, he comprobado, precisamente, que la vida es sabia.

—¿Lo dice porque aquí está usted y no ella?

—Entre otras cosas, sí —dijo don Diego.

Caminó en círculos, como si pisara los pasos que había dejado el Mono. Y lo miraba con sorna cuando pasaba frente a él.

—No le están saliendo las cosas, ¿verdad? —le preguntó don Diego.

—Todo va bien.

—¿Y el balazo de hace un rato?

—Gajes del oficio.

—¿Afinando puntería? —dijo don Diego y se rio otra vez, con más ganas.

—La puntería la tengo buena, doctor —respondió el Mono—. Espero no tener que demostrárselo.

—Me haría un favor si lo hiciera —don Diego se paró frente al Mono, apenas a un paso de distancia—. No tendría que apuntar —le dijo y se puso la mano sobre el corazón—. Solo tendría que poner su arma acá, y ya.

—Y ya —repitió el Mono.

Don Diego le alcanzó a sentir el tufo aguardentoso, le detalló los ojos irritados y las ojeras que los sostenían. También le sintió la respiración más pesada, como la de él.

—Creo que los dos llegamos tarde a esto —le dijo don Diego—. Yo como su víctima y usted como mi victimario —hizo una pausa y añadió—: Por donde se le mire, usted saldrá perdiendo y yo ganando.

—No, don Diego, si mucho habré perdido mi tiempo. A mí un muerto más o uno menos no me cambia la vida.

—¿A ese punto ha llegado?

El Mono lo miró con arrogancia y le dijo:

—Ay, don Diego. Qué poco sabe usted de la vida.

Afuera sonó el llanto del Cejón, que suplicaba algo incomprensible. Los otros también le gritaron para callarlo.

—Discúlpeme, pero parece que me necesitan —dijo el Mono.

—Apágueme la luz, por favor —le pidió don Diego.

El Mono caminó de espaldas hacia la puerta. Y apenas iba a salir, le dijo:

—¿Por qué no cierra los ojos?

Echó el candado y se quedó mirando el interruptor en el pasillo. De pronto oyó el ruido de un vidrio roto. Pensó que venía del cuarto donde habían encerrado al Cejón, pero confirmó su sospecha cuando miró la ranura oscura en la puerta. Don Diego había quebrado el bombillo.

27.

Las nubes lentas cruzan el valle y cambian de color según la hora. Las tardes pueden llegar a tener los naranjados más extravagantes. Son nubes esponjosas que flotan en manada bajo un azul intenso mientras nosotros, echados en la hierba, jugamos a adivinar formas. Más por ocio que por placer, mientras nos fumamos un cigarrillo robado.

Ya no saltamos quebradas ni hacemos represas en la canalización de la loma. Seguimos montando en bicicleta aunque oímos otra música y hablamos de otros temas. Nos está cambiando la voz y hablamos de películas eróticas que no hemos visto. Odiamos las peluquerías. Queremos el pelo largo como los que siguen siendo hippies. Ahora miramos a las niñas con otros ojos. Entre todas, la que nos sigue llamando la atención es la del castillo.

A mí no me gusta tanto porque sea princesa sino porque es rara. Canta en voz alta en la casa de muñecas, baila sola en el jardín envuelta en un velo y se mete en el bosque durante horas. La gente dice que su rareza no es más que soledad.

Dita la lleva a medirse una ropa donde la costurera, algo inusual porque siempre es ella la que va al castillo, pero entre una vuelta y otra, Dita ha decidido que irán a probarse los vestidos. En las telas Isolda también es distinta. Tiene que probarse tres y, como ya no es tan niña, prefiere cambiarse en el vestidor. Y ahí adentro, colgada de un gancho, olvidada por la costurera, hay una minifalda roja.

Isolda la ve cuando se mide el primer vestido. Es de un rojo refulgente. Solo la mira. Luego entra con el segundo vestido y se atreve a tocarla: es de tela gruesa, con una cremallera en un costado. Cuando sale del vestidor para que la costurera le haga los ajustes, ya está tan enajenada que ni siquiera oye los comentarios de su mamá. Se ve en el espejo con su vestido de colores pastel, plisado hasta la rodilla, con moños en la cintura, bordados en el pecho y mangas rematadas en macramé. Isolda mira de reojo la falda y siente un frío bajo la piel.

—Isolda, Isolda.

—¿Qué? —responde distraída.

—Respóndeme, por favor.

—¿Qué?

—¿Quieres el moño adelante o atrás?

Se mira de nuevo en el espejo y no le gusta lo que ve. No es únicamente el vestido. Son los zapatos, las medias, el peinado y hasta su palidez.

—Isolda.

—No quiero moño —dice.

Dita y la costurera se miran. ¿Se puede?, pregunta Dita, y la costurera asiente. Ahora pruébate este. La costurera le entrega el tercer vestido y ella entra al probador, corre la cortina y se desnuda. Se siente liviana cuando el vestido rueda por los pies hasta el suelo. Se mira de frente en el espejo y se toca los dos bultos que le han empezado a crecer en el pecho. Ve a un lado su uniforme de princesa, lila y esponjado como un ponqué, y al otro lado la minifalda indecente que le hace guiños desde el perchero.

—Isolda.

Se pone el vestido lila y sale sin terminar de abrocharlo. ¿Qué te pasa?, le pregunta Dita. Nada, dice Isolda, muy seca, mientras le hacen los ajustes con alfileres. ¿Te gusta?, le pregunta Dita. Isolda levanta los hombros. ¿Qué?, le pregunta su mamá. Parece de muñeca, dice Isolda. ¿Y eso qué quiere decir? Que me veo como una muñeca. ¿Y eso es malo? Es aburrido, dice Isolda.

—Ya está —dice la costurera—. Ya te puedes cambiar.

Isolda toma su ropa y se encierra en el vestidor. Afuera oye a su mamá y a la costurera hablando de detalles y terminados. Ella se quita el vestido lila, toma la minifalda y se la pone. A cada centímetro que le sube por las piernas le crece la emoción. Cierra la cremallera a un lado y la falda le flota en la cintura. Es dos tallas más grande. Se la ajusta con las manos y se mira en el espejo. Sonríe encantada. Temblorosa, se remanga la falda en la cintura, para ajustarla mejor, y encima se pone el vestido con el que llegó.

—Nos vamos, Isolda.

Se mira de perfil para ver si se le nota. La cintura se le ve un poco gruesa y ella tira del vestido hacia los lados, para aplanarla. De pronto, Dita abre la cortina y le pregunta:

—¿Cuál es la demora?

A Isolda le retumba el corazón.

—¿Lista? —insiste su mamá.

Isolda asiente y, antes de salir, se repasa en el espejo de arriba abajo.

En el carro no habla ni media palabra. Le suda todo el cuerpo. Durante todo el trayecto mira hacia afuera con ganas de bajar la ventanilla para que le entre aire.

Apenas llegan al castillo, Isolda salta de la limusina. Corre a su cuarto, escaleras arriba. Se encierra con seguro y se baja la minifalda sin quitarse el vestido. La extiende sobre la cama y la aplancha con la mano. La pega a su cara, la huele, la detalla por dentro y por fuera. Se acuesta sobre el cubrelecho abrazada a la falda, cierra los ojos y sueña.

28.

Las cortinas estaban cerradas, las luces apagadas, y en el centro había una lamparita de cristal con una vela negra encendida que Marcel había traído desde Bélgica. Debajo de la lámpara tenía extendido un mapa de Medellín. La llama alumbraba el gesto de incredulidad de los que integraban el grupo. Además de Rudesindo, había otros cuatro: dos parientes, el mayor Salcedo y Dita, que no quería participar, pero el belga se lo exigió para garantizar el resultado.

—Ahora quiero que se tomen de la mano —les dijo Marcel Vandernoot. Hablaba en francés y Rudesindo traducía—. Ni muy fuerte ni muy suelto, apenas lo necesario para conectar las energías. Inspiren por la nariz y espiren por la boca. Y cierren los ojos, por favor.

Afuera se oía el viento que cruzaba entre las ramas, los pájaros que seguían alborotados a mediodía y los murmullos de los policías que rodeaban el castillo. El mayor Salcedo les había pedido silencio, pero también que estuvieran atentos a cualquier orden. De repente, Marcel podía dar con la ubicación. En realidad, nadie sabía qué esperar, pero en la familia habían decidido combinar esfuerzos y conocían, de buena fuente, el talento de Vandernoot para encontrar objetos y personas perdidas.

—Una cosa es un perdido y otra, muy distinta, lo de Diego —les alegó Dita en su momento.

—Para el caso es lo mismo —le respondieron.

A ella el cansancio la había vencido para alegar.

—Han pasado tantas cosas —dijo—. Hagan lo que quieran.

El día anterior, Marcel se la pasó encerrado en los espacios que frecuentaba don Diego. Primero fue a su cuarto. Tocó y sobó todos sus objetos personales. Se miró en el espejo en el que don Diego se miraba, repasó sobre su cara la brocha de afeitar, el peine sobre el pelo, se untó de su colonia y hasta se sentó en el inodoro donde don Diego lidiaba con el estreñimiento. Luego se vistió con ropa de él y se echó en su cama.

En la tarde se encerró en la biblioteca y hojeó libros y revistas extranjeras. Prendió el radio en el que don Diego escuchaba los programas de la Deutsche Welle que emitían desde Bonn, y también los de Radio Exterior de España. Hurgó en la colección de discos y oyó fragmentos de sus óperas favoritas. Vio desde la ventana el mismo Medellín que don Diego miraba pensativo. Vio el humo de las fábricas, el río, los gallinazos, el aeropuerto y las montañas altas y verdes que ahogaban el horizonte.

En la noche se sentó a cenar en el puesto de don Diego. Dita lo vio y se regresó a su cuarto. Pidió que a ella le subieran la comida. Antes de irse a dormir, Marcel la buscó y le preguntó si había algún inconveniente en que él durmiera en la cama de don Diego.

—Hay todos los inconvenientes —respondió ella—. Antes agradezca que le cedí el cuarto de mi hija —dijo y le cerró la puerta en la cara.

Al otro día, antes de la sesión, ella se le quejó de nuevo a Rudesindo. Se pone la ropa de Diego, todo lo toca, todo lo mueve, entra a todas partes. Es su trabajo, dijo Rudesindo, ya se te olvidará esto cuando encuentre a Diego. Pero si el que parece perdido es él, alegó Dita, deambula por toda la casa, se mete a todos los rincones. Rudesindo la convenció: había traído a Marcel desde muy lejos como para no dejarlo trabajar a su manera. Dita se aguantó y ahí estaba, entonces, sentada alrededor de la vela y tomada de la mano con los demás, en espera de otra instrucción de Marcel.

—Espíritu de Diego —dijo Marcel en la mesa, y antes de que Rudesindo pudiera traducir, Dita se soltó de las manos y se paró, furiosa.

—¿Cuál espíritu? —preguntó.

Marcel abrió los ojos. Los otros también se soltaron.

—¿Cuál espíritu? —volvió a preguntar Dita.

—Necesito saber si su esposo sigue con nosotros —dijo Marcel.

—¿Vino a buscar a un muerto o a un vivo?

—Dita —intervino Rudesindo.

—¿Qué está pasando? —preguntó uno de los parientes, que no entendía francés.

Dita corrió la silla hacia atrás y pidió permiso. ¿Qué pasa?, preguntó otra vez el pariente. Está muy nerviosa, y no es para menos, explicó Rudesindo. Rompió el círculo, le dijo Marcel. Rudesindo no entendió. Necesitamos a otro, le aclaró Marcel. No hay nadie más, dijo Rudesindo. ¿Qué pasa?, preguntó el pariente. Necesitamos a otro. ¿Por qué? Por algo de un círculo, dijo Rudesindo, molesto. ¿Esto sí será serio?, preguntó el otro pariente. *Alors,* dijo Marcel. Un pariente codeó al otro, cuidado que este entiende todo. No hay nadie más, le dijo Rudesindo a Marcel, pero justo cruzó frente a ellos Hugo, que andaba recogiendo la platería para limpiarla. ¿Cualquiera sirve?, le preguntó Rudesindo a Marcel. Mientras quiera hacerlo..., respondió.

Twiggy bailaba frente al Mono, que seguía en la cama, comiéndose las uñas. Se contoneaba en zigzag con los brazos en alto y cantaba con el radio, *un rayo de sol, oh, oh, oh*. Provocaba al Mono con sus ojos engrandecidos a punta de pestañas postizas, lo miraba con apetito mientras flexionaba las rodillas y se acariciaba los muslos, *me trajo tu amor, oh, oh, oh*. Dio un giro y dos pasos hacia la puerta y amagó con cerrarla. Que no la cerrés, le dijo el Mono, en un tono fuerte. Twiggy cambió el gesto y siguió bailando de espaldas al Mono, sin dejar de menear sus nalgas forradas en un vestidito amarillo.

—Vení, quedate quieta —le dijo el Mono.

—Qué pereza vos que no bailás —le dijo Twiggy.

—¿Y vos creés que estamos como para bailes?

Twiggy se acercó sacudiendo los hombros, abrió un poco las piernas y el vestido se le subió. El Mono alcanzó a ver que no llevaba nada debajo. Ella le tomó la mano y se la apretó entre los muslos, siempre bailando. Agarrámela a ver si sos tan macho, le dijo Twiggy. Se agachó y besó al Mono en la boca, le metió la lengua y le mordió los labios. Ella abrió los ojos y se encontró con los de él, muy abiertos.

—¿Por qué no los cerrás? —le preguntó Twiggy.

—Me gusta ver todo —dijo él.

—¿No será que te da miedo?

—¿Miedo? ¿De qué?

—De lo que se siente.

—Oigan a esta.

Twiggy volvió a chuparle la boca y deslizó la mano para agarrarle el bulto. No encontró nada duro y apretó con fuerza. El Mono gritó.

—¿Qué pasa, Mono? —preguntó Lida desde la cocina.

Twiggy resopló, se puso de pie y siguió bailando.

—Bájele a la música, que está muy dura —volvió a gritar Lida.

El Mono le obedeció y Twiggy se cruzó de brazos. No te pongás así, monita. Entonces ¿qué?, ¿me pongo a bailar con los alaridos de tu mamá? No te quejés, vas a tener plata y tiempo para bailar toda la vida. No volviste a mi casa, Mono. Vos sabés lo que está pasando, le dijo él. Pensé que me habías hecho venir para estar conmigo, dijo ella.

—Me tiene cabezón lo del detective ese que trajeron.

—¿Cuál detective?

—El francés ese.

—Ah, el belga —dijo ella—. Pues cualquiera sabe para qué lo trajeron: para buscar al viejito.

—Shhh —la calló el Mono.

—Pues cerrá esa puerta para que al menos podamos hablar tranquilos.

—Ya —dijo el Mono, muy ofuscado.

Los dos tomaron aire y evitaron mirarse durante unos segundos.

—Yo allá no vuelvo a entrar —dijo Twiggy—, si fue para eso que me llamaste.

—No te llamé para eso.

—¿Entonces?

—El Tombo dice que el hombre no ha salido a la calle desde que llegó, que a duras penas lo han visto caminar un rato por los jardines. Y también dizque entra y sale mucha gente.

Twiggy se sentó en una esquina de la cama y le agarró un pie al Mono. ¿Por qué no terminás esto por las buenas?, le dijo. ¿Soltarlo? Twiggy asintió. No, monita, eso no se puede. Ella le hizo cosquillas en la planta y él encogió la pierna. Todo lo que tenía se lo invertí a este negocio, dijo el Mono, si me salgo ahora, quedo sin nada. Y además, ¿con qué respeto me van a tratar los muchachos? Ellos también están cansados, dijo ella.

—Mijo, ¿quiere tomar algo? —le preguntó Lida, parada junto a la puerta.

—Ay, mamá, me asustó —dijo el Mono, y le preguntó a Twiggy—: ¿Vos querés tomar algo?

—Le pregunté a usted, Mono —dijo Lida.

—No, Monito, muchas gracias —dijo Twiggy y recostó la cabeza sobre las piernas del Mono. Lida miró a Twiggy entre las piernas y abrió los ojos muy redondos.

—Por ahora nada, mamá. Muchas gracias —dijo el Mono.

Apenas Lida salió, el Mono le dijo a Twiggy, ese belga está estorbando, hay que tumbarlo. No hagás más bobadas, dijo ella y, sobre el pantalón, le mordió el bulto. El Mono brincó hacia un lado. Ella gateó sobre la cama hasta quedar al lado de él y le dio otro beso. Los muchachos se están quejando por plata, dijo ella. Yo sé, dijo él, además vos les contaste que no quedaba mucha. Porque me la montaron, se defendió Twiggy, dijeron que yo me la estaba gastando. Hay muchos gastos, dijo el Mono. ¿Qué gastos?, preguntó ella, lo único que se necesita allá arriba es mercado. Y las armas y las municiones, agregó el Mono. Eso estaba presupuestado. Sí, pero también me ha tocado pagarle a mucha gente por fuera. ¿A quién?, preguntó ella.

—¡Mono! —llamó Lida desde la cocina.

Vos me dijiste que no te querías meter en esto, así que no preguntés tanto, dijo el Mono. Vos sos el que me está metiendo, dijo Twiggy, tengo todo el derecho a preguntar.

—¡Mono, venga un momento!

No te estoy metiendo, dijo el Mono, lo único que te he pedido es que hagás lo que siempre has hecho. Sí, dijo ella, pero querés que lo haga para lo tuyo.

—¡Mono, hágame el favor!

—Ya voy, mamá.

Cómo jode, dijo Twiggy. No, monita, le advirtió el Mono, jalándole al respetico, acordate que es mi mamá. Se levantó de la cama y salió. Entró a la cocina y encontró a Lida recostada en el poyo, de brazos cruzados y con cara de fiera.

—¿Qué pasó? —preguntó él.

—Mono.

Lida tomó aire por la nariz, con fuerza, y meneó la cabeza.

—¿Qué pasa, mamá?

—Mono —dijo Lida—, esa mujer no se puso calzones.

—¿Qué?

—No me diga que no se ha dado cuenta. Yo le vi todo.

—Pues yo no la he mirado por ahí.

—Sáqueme a esa muchacha ya de aquí, Mono.

—Mamá.

—Esta casa se respeta.

—Es mi novia.

—Pues la atiende en otra parte. Sáquela y que por aquí no vuelva.

El Mono salió en reversa, sin dejar de mirarla. Volvió al cuarto y le dijo a Twiggy, vámonos para otro lado. Manda a decir tu mamá, dijo Twiggy. No me jodás vos que con ella tengo, dijo el Mono. Twiggy se levantó, se compuso el vestido y agarró su bolso. Y antes de salir, le dijo:

—Mono, ¿vos no estás muy viejo como para seguir viviendo con tu mamá?

Está vivo, dijo Marcel Vandernoot. Rudesindo lo tradujo y todos soltaron una exclamación de alivio. Pero ¿está seguro?, ¿cómo lo sabe?, dijo otro pariente. Eso no se lo voy a preguntar, dijo Rudesindo, si lo dice es porque lo sabe y punto. ¿Y puede decirnos dónde está?, preguntó el mayor Salcedo, y Rudesindo, a su vez, se lo preguntó a Marcel. Hoy visité los umbrales del Más Allá, dijo, busqué su alma, no su cuerpo. Bueno, al menos ya descartamos lo peor, dijo Rudesindo. ¿Puedo ir a contarle a la señora?, preguntó Hugo, que estaba sentado entre dos parientes. Voy yo, dijo uno de ellos y se puso de pie. Puede irse, Hugo, dijo Rudesindo. Necesito descansar, dijo Marcel y también se levantó.

De paso para el cuarto, Marcel vio al otro pariente, que golpeaba con suavidad en la puerta de Dita. Ábreme, por favor, abre que Diego está vivo. Él y Marcel se cruzaron la mirada. El pariente hizo un gesto resignado y Marcel siguió hasta su cuarto.

Dita miraba por la ventana abierta sin importarle los golpes en la puerta ni el entusiasmo del pariente. Frente a ella estaba el bosque donde se la pasaba Isolda en sus recreos. Lo vio más despoblado y silencioso. Pensó que si no estuvieran los policías le habría gustado subir, como lo hacía antes de que se llevaran a don Diego. Él nunca se animó a acompañarla. Ella iba hasta donde comenzaba la espesura y ahí se detenía. Algo, que no sabía, le impedía entrar. Se preguntaba en qué lugar de ese bosque estaría la entrada al mundo íntimo de su hija. Siempre que fue, Dita regresaba con algún pelo pegado en su ropa: una hebra larga y dorada que no podía ser sino de Isolda.

Se lo comentó a don Diego y él dijo que era pura casualidad, negaba que pudiera ser de ella. ¿Quién por acá tiene el pelo así?, le reclamaba Dita, y metía cada pelo que encontraba en un joyero bajo llave.

El mismo bosque la regresó de sus recuerdos. De un momento a otro, todo el follaje se agitó con fuerza y Dita miró hacia arriba para ver si venía una tormenta, pero el cielo estaba claro y el resto del jardín, quieto. El bosque crujió, se meció, y de los árboles volaron hojas secas hacia la ventana de ella. Las ramas se extendieron hacia Dita, como si la llamaran, y el viento encajonado le sonó a lamento.

29.

Dejaron Alemania y se fueron seis meses de compras a París. También a gozar la vida, a vivir ahora que se puede, como decía don Diego desde los veinticinco años, cuando le pidió a su papá la herencia en vida. Ya había ajustado otro tanto diciendo lo mismo y viviendo como se lo propuso. Pero hasta París cansa y cuando creyeron que ya tenían lo elemental para aperar el castillo, que seguía en construcción, decidieron viajar a Colombia.

Abordaron un barco de la naviera Norddeutscher Lloyd con sus baúles de ropa y treinta guacales de todos los tamaños. Dita prefirió el barco al avión para desprenderse lentamente de lo suyo.

—El aire irá cambiando poco a poco, y el cielo y el clima —le dijo a don Diego—. Un avión no te da tiempo de saborear la nostalgia, te lleva muy rápido y cuando llegas tienes que ocuparte de tu nueva vida. En cambio el barco... Tienes todo el tiempo del día para los recuerdos, para extrañar. Puedes sentir la distancia en la estela del barco, en los colores del agua. Todo el mar es uno solo. Hasta puedo llorar recostada en la baranda, sabiendo que esas aguas son el mismo mar del Norte.

—Podrías arrepentirte en el trayecto —la interrumpió don Diego.

—No —dijo segura.

—Me gusta lo del barco —dijo él—. Así como lo cuentas, se parece más a las películas.

Dita le sonrió. No todo será pérdida, también iré ganando, le dijo. Iré dejando el frío para habituarme al trópico. Nadie puede acostumbrarse al trópico, le alegó don Diego. Creo que ni siquiera puedes imaginártelo, menos mal que solo estaremos de paso, después en Medellín encontrarás un clima más amable. Está bien, dijo ella, entonces que el viaje sirva para acostumbrarme más a ti.

Llegó el día de partir y abordaron muy abrigados por el invierno europeo. Se sorprendieron de que todavía tanta gente prefiriera viajar a América en un transatlántico. Ya se pronosticaba el fin de esa ruta. Sin embargo, aún mantenían las comodidades y los lujos que venían ofreciendo durante décadas.

—Espero que este viaje también nos apacigüe los nervios —le dijo don Diego a Dita cuando se acomodaron en un camarote de primera clase.

—Si ese comentario es por mí, olvídalo. Lo que menos tengo es miedo —le dijo ella.

—Tú eres mi responsabilidad, Dita.

Ella se rio.

—Vas a ver que será al revés —le dijo—. Tú serás mi responsabilidad el día que menos te des cuenta.

Mientras dejaban el Mediterráneo, él pudo disimular su desasosiego, pero cuando cruzaron Gibraltar, don Diego se ubicó en la proa y miró hacia delante la inmensidad del Atlántico, que se fundía en una tarde gris. Estaba solo. Dita prefirió quedarse atrás, con la mayoría de los pasajeros, para mirar la tierra que dejaba. El barco se despidió con un bocinazo largo y ronco. Don Diego sintió que le esperaba una vida tan incierta como la de Dita. Aferrado a la baranda y mecido por olas más altas, se sintió, por primera vez en su vida, un hombre maduro. Pensó que tal vez ya no estaba en edad para seguir con los sobresaltos de la juventud. En la página que acababa de pasar habían quedado las ligerezas, los excesos, los tragos y las mujeres de más. Pero lo que realmente lo abrumaba era la paradoja de abandonar la soltería y seguir soltero.

Esa noche se lo comentó a Dita, en el comedor, después de tres copas de champaña.

—Van a querer ver las fotos de la boda.

Dita siguió comiendo callada. El mar estaba embravecido desde temprano y los meseros tambaleaban con las bandejas. Don Diego insistió:

—Y las invitaciones, las tarjetas, van a querer oír la historia.

Una sacudida del barco hizo que el pianista se equivocara de teclas. Ella miró a los pasajeros de las mesas que tenía cerca. Les sonrió a los que también la miraron.

—Me vas a obligar a mentir, Dita.

—¿Y por qué no puedes decir la verdad? —preguntó ella.

—Porque lo normal es que seas mi esposa.

—Lo soy.

—No lo eres.

—¿Ah, no? —le reclamó ella y lo miró, decidida, a los ojos.

Él la evitó y miró su plato, que apenas había probado.

—Tú sabes a lo que me refiero —le dijo él.

Algunos pasajeros se retiraron sin esperar a que les ofrecieran café y postre.

—Sírveme otra copa —le pidió ella—, que si voy a marearme, prefiero que sea por el champán.

Don Diego sirvió para los dos.

—Me estás faltando a una promesa —dijo Dita.

—¿Cuál de todas las que te he hecho?

—No volver a hablar del tema.

Un mesero perdió el equilibrio y cayó al piso, con bandeja y todo. El estruendo los asustó. El pianista dejó de tocar. Dita vació la copa entera en su boca y dijo:

—No te preocupes, las otras me las has cumplido.

Los ojos le brillaron y le tomó la mano a don Diego.

—Mejor vámonos para el camarote —dijo Dita—. Aquí va a empezar a caerse todo.

Antes de irse, ella miró la botella en la cubeta y, como todavía quedaba media, la agarró del cuello y se la llevó.

Caminaron agarrados uno del otro, apoyados en los pasamanos y en las paredes. Dita se quitó los zapatos al llegar al camarote y él se echó en la cama. ¿Estás bien?, le preguntó ella. Por Dios, le contestó don Diego, he cruzado este océano desde los catorce años, y me han tocado tormentas peores. No comiste nada, dijo ella y empezó a desvestirse. Él todavía no se acostumbraba a una desnudez tan a la mano en una mujer de bien. Nunca se lo dijo, pero prefería que ella se cambiara en el baño y saliera con su bata de dormir. Él no era capaz de desnudarse frente a ella, siempre salía en piyama. Otra cosa era que lo desvistiera después.

Ella no se vistió, sino que dio tumbos desnuda por el camarote. ¿Qué buscas?, le preguntó él. Dita alcanzó a llegar hasta un sillón donde había dejado la botella. Esto, dijo, y bebió del pico.

—Dita.

—¿Qué?

Don Diego no pudo responder. Lo que veía le había disparado el recuerdo de cada puta que tuvo. Ella zigzagueó hasta la cama y se acostó junto a él. Estás pálido, le dijo ella, ¿seguro que estás bien? Don Diego asintió y ella lo abrazó. Él seguía de saco y corbatín. Dita agarró otra vez la botella y bebió. ¿Quieres?, le ofreció. Espérate, traigo dos copas, dijo él. Intentó levantarse pero el barco se ladeó y lo tumbó a la cama, sobre ella. Dita se rio a las carcajadas. No te burles. Ella le agarró la mano y se la besó. Ven, le dijo ella, quédate aquí. Entonces levantó la botella y, desde lo alto, dejó caer un chorrito de champaña sobre su ombligo. Don Diego la miró aturdido.

—La copa soy yo —dijo Dita.

Él le quitó la botella y la puso en la mesa de noche.

—Bebe —le dijo ella.

Don Diego le miró el charco de champaña en el ombligo, intentó inclinarse pero sintió una arcada. Corrió al baño, bamboleándose, tiró la puerta y vomitó.

Por fin los vientos tibios soplaron por las terrazas del barco y los pasajeros pasaron más tiempo tendidos en las asoleadoras. Guardaron en las maletas la ropa de lana y pesada del invierno. Ya podían dormir con las ventanas abiertas, aunque poco después tuvieron que cerrarlas para prender el aire acondicionado. Dita se sintió muy bien con el cambio de clima, pero don Diego se quejaba. Ella imaginó que el calor era igual en todas partes del mundo. El del Caribe, sin embargo, le pareció distinto.

—La diferencia son los olores —dijo él—. El calor levanta de todo.

—No te pones la ropa adecuada —le dijo Dita.

—Ninguna ropa de verano es adecuada —renegó don Diego—. Es deslucida, no viste bien.

El barco hizo una escala en Santo Domingo, donde Dita se enfrentó, por primera vez, con una nueva civilización.

—Hay algo distinto además de los olores —dijo Dita.

—¿Qué?

—Me parece que todo.

Nada de lo que vio se le pareció a algo que ya conociera. Ni siquiera los carros, que eran más coloridos, descapotados, largos y amplios. Ni los baños, ni las camas, ni la ropa ni la gente. La parada fue muy corta para que terminara de sorprenderse con el nuevo mundo.

—Y eso que no has llegado a Barranquilla —le dijo don Diego.

—¿Es mejor?

Él hizo un gesto que Dita no supo si era de burla o molestia.

—Es Barranquilla —dijo don Diego, sin agregar nada más.

El aire acondicionado no enfriaba mucho y don Diego dormía incómodo. Ella estaba acostumbrada a las noches calurosas de los veranos europeos, pero tampoco dormía bien en el barco. No se quejaba y se ponía a mirar el mar oscuro por la ventana, tomándose el resto de vino que siempre rescataba de la cena.

Una noche, desconcertada, despertó a don Diego. Mira, le dijo señalando la ventana. ¿Qué pasa?, preguntó él. Afuera, dijo ella. Don Diego se incorporó y tanteó las gafas en la oscuridad. No se ve nada, dijo, el vidrio está empañado. Detrás del vidrio, le aclaró Dita, y él al fin vio las hebras blancas que atravesaban la ventana.

—Es el viento —le dijo él, y volvió a acostarse.

Miles de hilos blancos, muy finos, oscilaban de lado a lado sobre el cielo esclarecido por la luna. Dita no se atrevió a limpiar el empañamiento por miedo a borrar el efecto. Incrédula, le preguntó otra vez, ¿el viento? Don Diego rezongó intentando atrapar el sueño. No sabía que el viento podía verse, dijo Dita y volteó a mirar a don Diego, pero él ya se había cubierto la cara con la sábana. Ella se acomodó en el sillón frente al vidrio para seguir mirando, hasta que le llegó el sueño y se quedó dormida.

Dos días después, en medio de un calor infernal, bajo un sol que distorsionaba el horizonte, llegaron a Puerto Colombia. Varios negros en canoa rodearon el barco y decenas de niños se botaron al mar, sonrientes y en pelota. La bandera, con los tres colores desteñidos, apenas se movía por la falta de brisa. En pocos segundos Dita entendió por qué don Diego no había comentado nada cuando mencionó Barranquilla. Con horror y fascinación miró a su paso chozas, tierra, arena, desorden y pobreza. Por no ofender, se abstuvo de preguntarle a don Diego si así sería el paisaje de Medellín. Él, a punto de derretirse, se ocupaba de los guacales que seguirían su trayecto por el río, y del equipaje que iría con ellos en el avión.

Dita esperó sentada bajo un ventilador ruidoso, muerta de la sed. Don Diego le había advertido que no aceptara nada de beber. Entre el gentío y la bulla se la carcomía por dentro la duda de si había cometido un grave error.

30.

Mientras abría el candado, el Mono dijo en voz alta, este viejo me va a hacer caso a las buenas o a las malas. Abrió la puerta de un golpe y el resplandor de afuera enceguecíó a don Diego. A contraluz, no pudo verle al Mono la cara de furia que traía. Venga conmigo, doctor, dijo el Mono y lo agarró del brazo. Don Diego intentó soltarse pero el Mono lo levantó a la brava.

—Venga conmigo, carajo —le repitió entre dientes.

A don Diego se le enredaron las piernas en la cobija y se fue de bruces. El Mono alcanzó a agarrarlo antes de que cayera al piso.

—Me está lastimando —le dijo don Diego.

Sin dejar de arrastrarlo, el Mono le respondió:

—Ya me mamé de usted.

En el pasillo se cruzaron con Carlitos, que tenía un plátano en la mano, y en la sala los esperaban Maleza y Caranga.

—¿Qué está pasando? —preguntó don Diego—. ¿Para dónde me lleva?

—Para allí no más —dijo el Mono y lo empujó hacia la puerta de la cabaña.

Don Diego se cubrió los ojos con el brazo para protegerse de la luz.

—Suélteme. Yo puedo caminar solo.

—Pero si ni puede ver, don Diego. De pronto se me cae.

Luego el Mono llamó a los otros:

—Listo, Caranga, vengan todos.

La tarde estaba fría como todas las tardes en Santa Elena. No había sol y venteaba fuerte, como siempre en agosto. En cualquier momento podría largarse a llover por horas. Ya el pasto estaba húmedo, como si hubiera llovido el día anterior. El Mono salió con don Diego, sin soltarlo del brazo, y se alejaron a pocos pasos de la cabaña. Don Diego abrió los ojos, muy despacio. Le dolían con la luz. Miró alrededor y reconoció el paisaje, encerrado en árboles, que había visto unas semanas antes.

—¿Qué hora es? —preguntó.

—Hora de tomarle su foto —le respondió el Mono y le hizo un gesto a Caranga para que se acercara. Don Diego lo vio venir con la misma cámara con la que, la otra vez, Twiggy intentó tomarle la foto.

—Primero muerto —dijo y se arrodilló en la tierra.

—Pues muerto y todo se la tomamos —dijo el Mono, y agarró una piedra del suelo. Le dijo a Caranga—: Tomala como sea.

Don Diego se acurrucó en el suelo y se tapó la cara.

—Dale, empezá —ordenó el Mono.

Caranga comenzó a tomar fotos.

—Se está tapando —dijo—. Así no sirve, podría ser cualquiera.

—Esperá —dijo el Mono, y llamó a Carlitos y a Maleza—. Quítenle la ropa —les dijo.

Los otros tres se miraron. El Mono jugó con la piedra, se la arrojaba de una mano a otra. ¿No me oyeron?, les dijo. ¿Toda?, preguntó Maleza. Toda. Entonces se acercaron con precaución y don Diego, viejo y todo, los recibió a patadas. Dejá la cámara, Caranga, y ayudalos. Maleza logró agarrarle las piernas y Carlitos le inmovilizó los brazos. Don Diego gruñía y maldecía. Caranga le desabrochó los pantalones y se los bajó hasta las rodillas. Luego se le sentó sobre los muslos para que Maleza terminara de quitárselos. Don Diego se dio vuelta para zafarse, pero cuando se vio en sus calzoncillos lánguidos y sucios, con la piel floja que apenas le forraba los huesos, no aguantó y se puso a llorar descontrolado. Caranga y los otros miraron al Mono como preguntándole qué hacemos.

—Sigan —les respondió con un bufido.

Volvieron a agarrarlo para sacarle la chaqueta y el suéter. Carlitos empezó a desabotonarle la camisa y el Mono le gritó:

—Sin maricadas, Carlitos.

El Mono se acercó a don Diego y de un tirón hizo que saltaran todos los botones. Ustedes quítenle la camiseta y los calzoncillos, les ordenó. Los otros ya ni miraban al Mono. Don Diego lloraba. Miserables, les dijo, cobardes, malditos.

—¿Las medias también? —preguntó Carlitos.

El Mono resopló y caminó con pasos largos alrededor de don Diego, como una fiera que busca el lado para hincarle el diente a su presa. Iba y venía sin dejar de mirarlo, amasando la piedra entre las manos.

—No, déjenselas —dijo.

Caranga recogió la cámara y Maleza y Carlitos agarraron a don Diego. Lo estiraron de las manos y los tobillos hasta que don Diego suplicó. Mátenme, les dijo ya cansado del forcejeo, del llanto, de la humillación y del frío. Caranga disparó varias fotos desde distintos ángulos. Don Diego no dejó de apretar los ojos ni de mover la cabeza de lado a lado. Solo se quedó quieto cuando oyó que Caranga dijo, se acabó el rollo, Mono. Entonces se sorprendió tanto como ellos con los gritos que se oían en toda la montaña. Estaban tan perturbados que se demoraron en entender que quien gritaba era el Cejón, encerrado en otro cuarto. El Mono se agarró la cabeza y se revolcó el pelo. Levantó el brazo en el que tenía la piedra y se la arrojó a don Diego, pero falló y la piedra rebotó en el pasto. Iracundo, soltó un bramido, corrió hasta don Diego y le mandó una patada en las costillas. Don Diego quedó sin aire, doblado y con la boca abierta. El Mono abrió los brazos y le gritó al viento, vida hijueputa la mía.

31.

Isolda sale al jardín con la minifalda roja. Lleva una blusa blanca anudada arriba del ombligo y unos zapatos de tacón alto de su mamá. Camina sobre el piso adoquinado como un potro recién nacido. Abre los brazos para mantener el equilibrio. Está sonriente y feliz de haberse librado de sus vestidos de muñeca antigua.

La institutriz la llama desde adentro con alaridos en alemán, pero Isolda no le hace caso. Trata de caminar más rápido, apoyada al muro y muerta de la risa.

Nosotros fuimos al castillo a bajar corozos de las palmas. Cuando los señores no están, el jardinero nos deja cogerlos de las palmas de adentro. Y si están, pues los tumbamos desde el otro lado con un palo. Y a correr, que todavía es lo que más nos gusta hacer. Huir de peligros que no significan ninguna amenaza, perseguidos por nadie, simplemente correr hasta llegar al punto donde supuestamente estamos a salvo. Nos reímos sin aire, desmadejados, chocamos las manos y celebramos el botín.

—*Isolde, komm sofort herein!* —grita Hedda apoyada en la baranda del porche. Tiene el pelo revolcado y parece recién levantada. Hace mucho que no salía del castillo y ahora se ve más vieja y acabada. Y no lleva tanta ropa como antes para protegerse del sol. Tiene una camisa de botones mal puesta y unos pantalones arriba del tobillo, pasados de moda.

—¡Guzmán! —lo llama Hedda.

A él lo vimos al otro lado del castillo, por donde pelechan las orquídeas.

Isolda ya va por la esquina, pegada al muro para que Hedda no la vea. Cruza por el pasto y los tacones se le entierran en la hierba. Nos parece que en cualquier momento va a caerse pero llega a la casa de muñecas y se encierra, como siempre.

Hedda baja hasta la mitad de las escaleras y con una mano se tapa la cara del sol. Se detiene, dice algo en alemán y luego regresa al porche. Entra al castillo y tira el portón con fuerza.

Nosotros seguimos intentando bajar los racimos de corozos con una vara larga de guadua. Ya tenemos suficientes, pero queremos más. Nos subimos en hombros, aunque lo que ganamos en altura lo perdemos en estabilidad. Mientras más enredo, más risa nos da. De pronto nos sorprende una música a todo volumen. No es como la que suena normalmente en el castillo. Esta es tropical, de parranda, más parecida a la que Guzmán pone bajito en su radio mientras jardinea. La canción se corta. Isolda sale de la casa de muñecas con la misma vestimenta pero con la cara muy maquillada. Da unos pasos hacia los arbustos donde estamos escondidos. Ella abre los brazos y dice en voz alta:

—Señoras y señores, bienvenidos al show más original del continente. Desde las termas de Caracalla, pasando por el teatro Lido de París, ahora, finalmente en Medellín, ¡el gran show de Isolda!

Termina el anuncio y vuelve a entrar a la casita. Nos miramos perplejos. ¿Nos hablaba a nosotros? Corramos, dice alguno, pero nadie, ni siquiera el que lo dijo, se mueve de donde está.

Isolda vuelve a salir, descalza y con un tocadiscos portátil, de esos que están muy de moda. Y otra vez camina hacia nosotros. Nos miramos y creemos que, ahora sí, debemos salir corriendo.

—Atención, por favor —dice ella—. *Your attention, please. Darf ich um Ihre Aufmerksamkeit bitten. Votre attention s'il vous plaît.*

Pone el tocadiscos en el suelo y, con el mismo volumen de antes, suena la canción que habíamos oído hace un momento. El jardín se llena de música caliente e Isolda empieza a moverse con los ojos cerrados. Voltea las manos, dobla las rodillas y balancea la cabeza. Menea tímidamente la cadera, pero cuando suenan las trompetas suelta los pies, abre los ojos, sube los brazos, sacude el pelo y arranca a contonearse sin freno.

Alguno de nosotros se ríe pero ella no lo oye, o se hace la que no lo ha oído. Boquiabiertos, la vemos subir y bajar, contorsionarse y zarandear los hombros. Se envuelve en ella misma y el pelo la sigue en espiral. Gira con naturalidad, como si el viento la ayudara a desenvolverse, y da dos pasos a un lado, otros dos al lado contrario, luego adelante, después atrás, metida en su baile, meneando siempre su minifalda roja.

Sin darnos cuenta vamos saliendo de los arbustos. Isolda sigue girando. Gira y gira, sacude los hombros y los brazos hasta que termina la canción. Agitada, se agacha y levanta la aguja del tocadiscos. Se pone de pie, muy derecha, y se acomoda la minifalda, que se le había escurrido un poco. Parece que espera un aplauso, pero ninguno de nosotros se atreve. Nos miramos sin saber qué hacer. A alguno se le escapa, otra vez, una risa y ella baja la cabeza, achantada. El pelo le cubre parte de la cara.

—¡Corran! —dice uno de nosotros.

Algunos salen en carrera y los que quedamos no entendemos por qué se fueron. Isolda levanta la mirada, todavía jadeando por el cansancio, separa su pelo y se lo echa hacia atrás. De los tres que estamos solo me mira a mí. A los ojos. Y antes de que yo pueda entender qué me dice con su mirada, detrás de ella aparece Guzmán con un machete en alto y grita, ¡fuera, lárguense, fuera de aquí! A pesar de que nos conoce, cubre a Isolda como un escudo, volea el machete al aire y grita otra vez, ¡váyanse de aquí, culicagados! La toma del brazo y la escolta hasta el castillo. Mientras se la lleva, Isolda no deja de mirarme.

32.

—Parecía una putica del barrio Lovaina. No me mire así, que si la hubiera visto me habría dado la razón. Para mí la culpa la tuvo la loca que la cuidaba, mejor dicho, la que la descuidaba, porque esa mujer se la pasaba encerrada en el cuarto o haciendo otras cosas que después le contaré. Más bien imagínese lo que sentí cuando la vi con esa faldita y en esos movimientos, mostrándoseles a los muchachitos que la fisgoneaban. Yo, que la conocí desde chiquita y que siempre la vi como una princesa de cuento. Muy fuerte, don Diego, muy fuerte que se les mostrara a ellos y no a mí, después de tanto sacrificio, de tanta agua y tanto frío que aguanté por mirarla.

Don Diego tiritaba en el catre. El cuarto estaba oscuro, alumbrado solamente por la linterna que el Mono movía en todas las direcciones. A veces le ponía el chorro de luz a don Diego en la cara y él apretaba los ojos.

—Ellos pudieron verla más cerquita. Yo me deslicé hasta la punta de la rama pero empezó a torcerse y hasta ahí llegué. De todas maneras pude ver cuando alzó los brazos y se le levantó la blusa. Le vi la cintura y el ombligo. Qué piel tan blanca, doctor.

El Mono puso la luz de la linterna bajo su barbilla y se quedó quieto mirando al frente. Luego cambió el tono y recitó:

—*Los redondos capullos de su seno, brotes de grana y de nevado armiño, violentaban el raso del corpiño que sujetaba su contorno heleno.*

Volvió a alumbrar a don Diego para ver qué cara tenía, pero de nuevo lo encontró con los ojos cerrados. El Mono se rio.

—Usted debe tener algo de negro en su sangre, doctor, porque Isolda, a pesar de lo blanca, de lo alemana, se movía como... —el Mono dudó—. ¿Cómo se lo digo para no volver a ofenderlo?

—Me duele el cuello —dijo don Diego, y el Mono le puso otra vez la luz en la cara—. No moleste con eso, hombre.

—¿Culpa de quién? Usted se puso muy violento, doctor.

—Es la falta del Artisel —dijo don Diego—. Hace mucho que no lo tomo.

—Pero ¿cómo hacemos, don Diego? En cada farmacia hay un policía para ver quién llega preguntando por esa cosa. Le puedo ofrecer un Mejoral, con mucho gusto.

—Mejor deme un tiro.

—También se lo voy a dar, pero téngame paciencia.

El Mono siguió jugando con la luz por todo el cuarto. La movía en círculos sobre el bombillo roto o hacía ochos en el techo.

—Me impresionó mucho verla así —continuó el Mono—, pero tengo que reconocer que a partir de esa tarde me cambió la vida.

—No quiero hablar más de eso.

—Pero si soy yo el que está hablando.

—Pues pare ya. Yo sé lo que pasó, no tiene que repetírmelo.

—No, don Diego, usted no estuvo ahí. No alcanzó a verla en esa facha. Cuando usted llegó al castillo ya se la habían vestido de princesa. Ah, eso es precisamente lo que iba a contarle —el Mono apagó la linterna y continuó—: Esa tarde, Isolda cambió para mí. Se convirtió en mujercita, en una muchacha común y corriente. No hubo noche que no pensara en ella con su faldita roja, mostrando los muslos, dándose vuelta para menear las nalgas. ¿Usted sabe lo que significa eso para alguien como yo? ¿Que Isolda empezara a estar más cerca de mí que de usted?

—¡Ya! —lo interrumpió don Diego.

El Mono prendió la linterna y vio que el viejo sudaba y chasqueaba los dientes. Se le acercó y le puso la mano sobre la frente. Cogió un vaso de agua que había en la mesa y se lo pasó.

—Tome, don Diego. Me parece que le sentó mal la salida.

Lo ayudó a incorporarse y le puso el vaso en los labios. Don Diego apenas probó el agua.

—¿Qué hora es? —preguntó don Diego, arrebujado.

—Van a ser las seis y media.

—¿De la mañana?

—De la tarde.

El Mono regresó a la silla. Alumbró la pared y la luz de la linterna titiló y se puso más débil.

Como era domingo, Hugo, el paje, estaba de descanso y Dita bajó a encender las luces. Prendió las del vestíbulo principal y las del jardín de atrás. El salón colonial ya estaba iluminado porque ahí se mantenía el detective del DAS, junto al teléfono. Fue al salón de música y prendió la lámpara del techo. Se asustó al ver a Marcel Vandernoot sentado en una poltrona, y a él también lo sorprendió la luz.

—¿Qué hace aquí? —preguntó Dita.

—Nada —dijo él y se acomodó.

—Pensé que había salido. Debería conocer. No se ha movido de aquí ni un solo día.

—No vine de turismo —dijo Marcel. Se levantó, puso las manos en la cintura y estiró el cuerpo hacia atrás—. Con salir un rato a los jardines, tengo.

Dita se acercó a la ventana y dijo, si no estuvieran ellos lo disfrutaría más. Antes me encantaba salir a caminar. Muy pronto volverá a hacerlo, dijo Marcel. ¿Es una predicción?, preguntó ella. Marcel volvió a sentarse en la poltrona y le dijo, es cuestión de tiempo. Dita caminó hasta la otra ventana y afuera vio a dos policías que charlaban recostados en un árbol. Estoy harta del tiempo, dijo, lo que trae se lo lleva sin misericordia. Trae el amor, lo gasta y se lo lleva. Se lleva la memoria, los recuerdos, se va con tus fuerzas. También trae el dolor y, si se aguanta, queda una herida con la que toca vivir hasta que el maldito tiempo decida llevárselo a uno. Y no por las buenas, sino que nos deja alguna enfermedad para que conozcamos la eternidad antes de irnos. Dita se quedó en silencio y se sentó en otra poltrona, frente a Marcel. Él la miraba fijamente. El tiempo es el infierno, dijo ella. Marcel negó con la cabeza y dijo, se refiere a él como si fuera un tercero, como si no fuera parte suya. El tiempo somos nosotros, señora. Estamos hechos de tiempo. Dita suspiró y se sobó los brazos con desasosiego. No entiendo la vida, Marcel, todo esto, y lo que nos pasó con Isolda, me ha hecho pensar que mis años felices fueron apenas un ensayo de algo que, finalmente, no funcionó. Miró a Marcel, atenta a un comentario. No sé, dijo ella, tal vez esperaba mucho más de la vida. Es lo que esperamos todos, dijo él. Ella se recostó, echó la cabeza hacia atrás y tomó aire con fuerza.

—A Diego lo van a matar —dijo.

—Yo soy el que tendría que decir eso —dijo Marcel—. Mi oficio también es predecir.

—Pues lo trajeron en vano. Yo podría haberles dicho lo que va a pasar.

—Mi trabajo es ayudar a encontrarlo.

—Muerto.

—Todavía está vivo.

Dita le preguntó, ¿qué le hace falta para encontrarlo? No ha sido fácil establecer un diálogo con sus cosas, le respondió Marcel, es como si se negaran a hablarme de él. En toda la casa predomina otra energía, hay mucha fuerza en las cosas de ella. ¿De Isolda?, lo interrumpió Dita. Marcel se pasó la mano por la cara, fatigado. No hay un solo objeto de esta casa que no exprese algo de ella. A Dita se le aguaron los ojos y preguntó, ¿qué dicen? No hablan, aclaró Marcel, solo transmiten una energía muy limpia, brillante, como cuando usted abre una ventana para refrescar un cuarto.

—¿La siente? —preguntó Dita, con la voz quebrada.

—¿Usted no? —preguntó Marcel y ella bajó la cabeza.

En el jardín, entre las chicharras que chirriaban al comienzo de la noche, sonó un radioteléfono de algún policía. Dita se paró frente al reloj Meissen y de un cajón sacó una llave pequeña. Abrió con cuidado la puerta dorada y redonda, bordeada de rosas de porcelana, rojas, amarillas y azules, e insertó la llave en el agujero para darle cuerda. La giró varias veces, delicadamente, mientras miraba las agujas brillantes del reloj a punto de dar las siete.

33

El vendedor le ajustó la correa y el muchacho levantó el brazo para detallar el reloj, luego miró al Mono y le preguntó, ¿qué te parece? El Mono le tomó la muñeca y la acercó hacia él. Está bonito, dijo, muy clásico. El muchacho alejó el brazo e inclinó la cabeza para ambos lados. No sé, dijo. El vendedor los observaba callado. ¿Qué no sabés?, preguntó el Mono, es fino, bonito y caro, ¿qué más querés? No sé, dijo otra vez el muchacho, hay algo que no me gusta. Tengo más para mostrarles, dijo el vendedor. El Mono se rascó la cabeza. De pronto algo más moderno, sugirió el muchacho. El vendedor se agachó y sacó otra bandeja llena de relojes. El muchacho sonrió.

—Acordate que estoy de afán —le dijo el Mono.

—Ya, Mono, no jodás tanto.

El vendedor miró al muchacho y después, fijamente, al Mono, que soltó una risa fingida y dijo, estos muchachos ya no respetan ni a los tíos. Ah, perdón, tío, dijo el muchacho, sin dejar de tocar los relojes de la bandeja. Luego opinó:

—Siguen siendo muy de señor.

—Pues vos ya sos todo un señor —dijo el Mono—. ¿Acaso no te estás graduando?

—Sí, tío —dijo el muchacho y puso un reloj sobre su muñeca—. No sé, no sé —añadió.

—Ave María —dijo el Mono y se alejó del mostrador.

El muchacho levantó la cabeza y repasó lo que había en la vitrina del fondo. Aguzó la mirada y señaló un reloj que estaba exhibido en un pedestal de terciopelo, destacado por un chorro de luz.

—¿Ese de allá qué marca es?

—Seiko —dijo el vendedor—. Un Seiko Astron.

—¿Puedo verlo?

—Es de cuarzo.

—¡Guauu! —dijo el muchacho y le brillaron los ojos. El Mono se acercó de nuevo al mostrador.

El vendedor sacó un llavero de su bolsillo y abrió la cerradura de la vitrina. Acordate de lo que te dije, le susurró el Mono al muchacho, entre dientes. El muchacho le chasqueó la lengua con desagrado. El vendedor puso el Seiko sobre una tela oscura y el muchacho lo acarició con el dedo.

—¿Cuánto vale? —preguntó el Mono.

—Mil pesos —dijo el vendedor.

—Ni de riesgos —dijo el Mono.

—¿Puedo probármelo? —le preguntó el muchacho al vendedor, ya con el brazo extendido.

—Es más costoso porque el mecanismo es de cuarzo —le explicó el vendedor, y le ajustó la correa.

—¿Cómo así?

—Es electrónico. Tiene una pieza de cuarzo que da los impulsos para medir el tiempo. No es necesario darle cuerda.

—Olvidate —dijo el Mono—. Si es por la cuerda, yo se la doy todos los días.

—Pero este es de cuarzo, Mono.

—Tío.

—Es de cuarzo, tío —repitió el muchacho, y le suplicó con las manos juntas.

El Mono sacudió la cabeza y volvió a rascarse el pelo. No, no, ahora no se puede, quitate eso ya. Pero tío. ¡Ya! El Mono lo traspasó con la mirada y el muchacho, de mala gana, se desabrochó el reloj y se lo devolvió al vendedor. No lo guarde, le dijo, espere un momentico. Agarró al Mono del hombro y lo sacó de la relojería.

El vendedor los vio discutir a través de la vitrina. Manoteaban y se interrumpían, muy cerca el uno del otro. Sin dejar de mirarlos, el vendedor guardó las bandejas. Luego vio que el muchacho se pegó a la oreja del Mono y le puso una mano en el hombro. El Mono escuchó callado y cuando el muchacho terminó de hablar, los dos se quedaron mirándose un rato. El muchacho volvió a entrar a la relojería, muy sonriente.

—Empáquemelo —le dijo al vendedor.

Salieron del centro a toda velocidad por entre carros que se movían despacio en las calles estrechas. El solo ruido de la Bultaco les abría espacio. El muchacho se arremangó la camisa para mostrar el reloj y en un ataque de euforia, levantó el brazo empuñado y gritó:

—¡Gracias, tío!

Atrás, y menos alegre, el Mono le dijo:

—En los líos que me metés, muchacho.

Subieron hasta el parque Boston y el muchacho se detuvo en una esquina para comprar cigarrillos.

Por otro costado del parque pasaron Carevaca, la Ombligona y Twiggy, que venían de desmantelar una casa en el barrio Buenos Aires. Twiggy estaba contando unos dólares y la Ombligona le dio un codazo.

—¿Qué pasó? —le reclamó Twiggy, molesta.

—¿Aquel no es el Mono? —preguntó la Ombligona.

—¿Cuál? ¿Dónde?

—Allá.

Señaló al Mono, que seguía trepado en la moto, mientras el muchacho, a su lado, prendía un cigarrillo.

—¿Y ese quién es? —preguntó Twiggy.

—El Mono.

—No, güevona, el otro.

—¿Paramos o sigo para la bodega? —preguntó Carevaca.

—Vamos donde él un momentico —dijo Twiggy.

—Tremenda moto —dijo la Ombligona.

Carevaca giró para buscar la otra esquina, pero ya el Mono y el muchacho iban arrancando.

—Pitales, pitales —le dijo Twiggy a Carevaca.

Los bocinazos se perdieron en el ruido de la moto, y el Mono y el muchacho desaparecieron entre los carros.

—¿Quién era ese? —insistió Twiggy.

—Bonito sí estaba —comentó la Ombligona.

—¿Qué sabés vos de hombres? —le reclamó Twiggy, mortificada.

La Ombligona le mandó otro codazo y Carevaca le preguntó si seguían para la bodega.

—Para la bodega —dijo Twiggy, sin dejar de mirar la calle por donde se había ido la moto.

El Mono y el muchacho bajaron por La Playa y cuando pasaron por las obras del edificio Coltejer, justo en la esquina, vieron un tumulto de gente y luces de patrullas. Cuidado, dijo el Mono, y el muchacho le preguntó, ¿me desvío? Pará, le ordenó el Mono. Se ubicaron a una cuadra del incidente y el Mono atajó a un hombre que venía.

—¿Qué pasó allá? —le preguntó.

—Un atraco —dijo el hombre.

—¿En qué lugar?

—Ahí, en un revelado de fotos —el hombre les señaló y siguió su camino.

—¿Hubo muertos?

—Parece que sí —respondió el hombre, ya de lejos.

El Mono se quedó mirando un rato y luego susurró, Caranga. ¿Qué?, preguntó el muchacho. El Mono le pidió que siguieran despacio. Más despacio, dijo el Mono cuando pasaron junto al corrillo de gente que fisgoneaba hacia adentro del local. Las luces de las patrullas, y un presentimiento, le helaron la sangre al Mono.

—Acelerá —le dijo al muchacho—. Llevame a Santa Elena, que necesito averiguar algo.

34.

La mesa de juntas era una de las más grandes que se hubieran fabricado en Medellín, hecha bajo pedido para la textilera más importante de Colombia. Veinte personas podían trabajar en ella cómodamente, nueve a cada lado y dos en las cabeceras. Era de roble macizo, lustrosa como un charol, con amplias sillas de cuero. Siempre, la pregunta de rigor era cómo la habían subido hasta la sala de juntas y de cuántos hombres se había necesitado. Parte de la respuesta era que los carpinteros la habían terminado adentro.

Esa mañana, muy repantigados en las sillas y tomando café recién hecho, los hermanos y primos de don Diego hablaban de la esposa alemana que aún no le conocían, a pesar de llevar cuatro meses instalados en la hacienda La Carola, en las afueras de Medellín. Don Diego era estrictamente puntual, pero quiso revisar las obras del castillo antes de ir a la junta y se retrasó. La demora la aprovecharon los parientes para hacer comentarios suspicaces sobre la extranjera desconocida. Entre ellos estaba Rudesindo, que trató de justificar el misterio de Dita.

—Se debe estar aclimatando. No es fácil pasar de Alemania al trópico.

—Pero si allá los veranos son más bravos que este clima —comentó un primo.

—¿Será la altura?

—Bah, si aquí no es tan alto.

—Yo lo he visitado dos veces y ella no sale diz-que porque está maluca.

—Pero si en otro lado le preguntás por ella, te dice que está muy bien.

—A lo mejor le parecemos muy indios.

—Hombre, si se casó con Diego debería suponer que la familia es como él, ¿o no?

—¿Y si no es tan aristócrata como se dice?

—¿Cómo así?

El que lo dijo torció la boca para sembrar la duda. Luego dijo, señores, Diego es un gran tipo, pero para nadie es un secreto que le gustan el trago y las mujeres. Querés decir que la alemana puede ser... El que lo dijo asintió con una mueca de picardía. Hombre, dijo Rudesindo, Diego no iba a escoger una mujer de esas para casarse. Y menos para que sea la madre de sus hijos, aclaró un primo. ¿Cómo así?, preguntó otro, ¿la alemana está embarazada? No, pero en algún momento lo estará. A mí, más que el asunto de la señora, me preocupa el castillo que está haciendo, dijo un hermano. Hombre, ese ya es un tema de otro calibre.

—Buenos días, señores —saludó don Diego.

Los parientes se enderezaron electrizados. Hubo uno que hasta se ahogó con el café.

—Disculpen la demora. Tuve unos inconvenientes en la obra.

—Siéntate, hombre. ¿Te ofrecieron algo de tomar?

—Ya, gracias —dijo don Diego, se acomodó en su silla y preguntó—: ¿Y de qué hablaban?

—Pues de lo que habla todo el mundo —dijo Rudesindo—. De la salida de Rojas Pinilla.

—¿Cuál salida? Eso es una farsa —dijo uno—. Dejó montados a sus militares de confianza.

—Pero es temporal —aclaró otro.

—Ja. De ahí tocará sacarlos a bala.

—No creo. Lo del Frente Nacional ya no tiene reversa.

La empleada le trajo café a don Diego y volvió a llenar los pocillos de los demás.

—Bueno —dijo Rudesindo y abrió una carpeta—. ¿Empezamos?

Don Diego rebautizó La Carola, su finca de Itagüí, y en homenaje a Dita la llamó Ditaires. Era una casona antigua con cuartos amplios, rodeada de jardines, frutales y potreros, con un bosque de pomos en la parte trasera y cultivos de verduras, maíz, yuca y plátano. Necesitó de algunas reformas y mejoras, pero Dita tomó de buen ánimo las tareas. Se alegró de retomar su vida campesina. No creas que fuera de esto Medellín puede ofrecerte mucho, le dijo don Diego. Aquí no pasa nada, insistió él, que tampoco salía tanto. Ella, entonces, se dedicó a los corrales, a cada vaca le puso un nombre, ella misma cogía las frutas para los jugos y los huevos para el desayuno. Y aprovechaba para aprender español con las criadas y los obreros que hacían la remodelación. También aprendió con ellos a abonar las matas con boñiga, a moler maíz para las arepas y a batir con cucharón, y hasta el cansancio, la leche para el arequipe.

La mitad de los baúles que llegaron de Europa, con la dotación para el castillo, permanecieron cerrados. Solo sacaron algunos enseres que no se conseguían en Medellín, y que no eran pocos. De todas maneras, don Diego ya tenía muebles finos, decorados y obras de arte de su vida de soltero. En muy poco tiempo Ditaires se convirtió en una casa elegante, aunque muy pocos tuvieron el privilegio de visitarla.

—Aquí se nota la mano de una mujer —le dijo alguna vez un familiar a don Diego. Pero la mujer nunca aparecía, estaba indispuesta o lejos, en un potrero de la finca, atendiendo el parto de un ternero.

En las tardes leían, escuchaban música o las noticias de Europa en el radio. A veces salían a pasear en el carro. Vamos a dar una vuelta, le decía don Diego a Dita, movido más por la culpa que por las ganas de salir. Le mostraba la ciudad desde la ventanilla del carro. Allá está la gobernación, esa es la catedral metropolitana, este es el teatro Junín, aquel es el almacén de paños de Juan B. Restrepo, ese es el hospital San Vicente de Paúl, que fundó papá, y ese letrero que ves allá arriba en la montaña, el que dice Coltejer, lo hicieron instalar mis hermanos dizque para crear presencia. A mí me parece, opinó don Diego, que se tiraron la montaña.

Hubo tardes en las que Dita salía sola con Gerardo y se bajaba del carro, y se iba a mirar las tiendas de los pasajes comerciales. Compraba canastos en los mercados, paseaba por Junín y entraba al Astor a tomarse un jugo de mandarina. A don Diego le disgustaba que saliera sola y le advertía de los rateros que había en el centro.

—No he visto ninguno —le dijo Dita.

—Pues ese es el peligro, precisamente, que no se ven, es como si salieran de las alcantarillas.

Don Diego masculló algo, mirando hacia el techo. Ella notó que él estaba de mal genio.

—¿Qué te pasa? —le preguntó ella.

Don Diego pensó antes de responderle.

—Es el castillo.

—Ah.

—En realidad no es el castillo. Es Arcuri, que no aparece. No contesta las llamadas ni responde los telegramas. Hace más de tres semanas que no sé nada de él —dijo don Diego—, y los muchachos estos, los Rodríguez, tienen dudas y lo necesitan.

—Bueno —dijo Dita—, ya aparecerá.

—¿Y mientras tanto?

—Habrá más cosas para hacer, supongo.

Don Diego frunció la boca y se paró a buscar un disco. Dita le dijo, creo que voy a necesitar un médico. Él se dio vuelta y, preocupado, le preguntó, ¿te sientes mal? Todavía no, dijo ella. Él la miró con desconcierto. Ella puso las manos sobre el abdomen y a don Diego le saltó el disco de la funda. ¿Estás segura?, preguntó él y ella asintió sonriente. El disco rodó por el suelo y giró varias veces antes de caer frente a los pies de Dita. En la etiqueta redonda ella vio el sello de la Deutsche Grammophon y leyó que decía: *Tristán e Isolda, primer acto.*

35.

—¿Qué pasó, Tombo? Contame todo.

El Mono tenía una barba de varios días, los ojos rojos por el trasnocho, el pelo revuelto de tanto restregarlo, y la lengua pesada por la mariguana y el aguardiente. Había subido trago a la cabaña y, por primera vez, lo compartía con los muchachos.

—Primero contame —aclaró el Mono— por qué Caranga cambió de planes.

—Por güevón —dijo el Pelirrojo y el Mono levantó la mano para callarlo.

—Por qué —le preguntó el Mono al Tombo— si habíamos quedado en una cosa, salió con otra.

El Tombo tenía puesto su pantalón de policía y una camiseta clara sudada y percudida. Meneó la cabeza y dijo, no sé, Mono, no tengo idea. El Mono se recostó en el sillón roto y metió los brazos bajo la ruana. Contame pues, dijo. ¿Puedo?, preguntó el Tombo, y señaló la copa de aguardiente. El Mono asintió.

—Ustedes también —les dijo a los otros.

El Tombo devolvió la copa vacía a la mesa y le contó al Mono que Caranga no había buscado un fotógrafo callejero para que le revelara el rollo, como se había planeado. Seguramente, dijo, como ya era por la tardecita, a lo mejor no encontró a ninguno y por eso se metió a ese laboratorio de revelado. Le contó lo que testificó el administrador, que cuando Caranga entró, solo quedaba un cliente, ya iban a ser las cinco y esta-

ban a punto de cerrar, y Caranga esperó a que el cliente se fuera y entonces encañonó al administrador, lo
obligó a bajar la reja y lo hizo entrar al laboratorio, donde había dos muchachas que gritaron cuando los vieron. El administrador tembló, con las manos en alto,
y le suplicó a Caranga, tengo una esposa, cuatro niños
chiquitos, el menor tiene tres años, hay tres que ya van
al colegio, vivo en una casa arrendada, se van a quedar
en la calle si a mí me pasa algo. Caranga lo calló con
una cachetada y las dos muchachas volvieron a gritar.
El Mono sacó una mano de la ruana y se estregó la cara. El Tombo paró de contar.

—Dale, seguí —dijo el Mono.

Entonces que Caranga, muy exaltado, los arrin-
conó a todos y les dijo que le tenían que revelar ese rollo,
y lo mostró en alto para que todos lo vieran. El administrador y las muchachas se miraron descompuestos. Caranga les advirtió, lo necesito para ya, a ver, muévanse,
que estoy muy berraco, les gritó. También gritó el Cejón
en el cuarto donde lo tenían encerrado y el Mono le ordenó a Maleza que fuera a callarlo. Le hizo una seña al
Tombo para que esperara. Al momento se oyó un golpe
seco, un quejido ahogado y después un silencio. El Mono
le indicó al Tombo que continuara.

—Pues dizque el administrador le dijo que el revelado se le demoraba porque tenían la máquina llena
de negativos y que, como era automática, tenían que
esperar a que terminara. Y que ahí fue cuando Caranga se puso como un loco, y le preguntó que cuál máquina, que dónde estaba la máquina y que le importaba un culo la máquina.

—¿Vos sabés si había tomado? —le preguntó el
Mono.

El Tombo le dijo que no y los demás también negaron con la cabeza.

—O a lo mejor se tomó algo antes para envalentonarse —agregó el Tombo.

—Seguí.

Le contó que Caranga se había ofuscado con el cuento de la máquina, que había preguntado cuál máquina, que dónde estaba la máquina... Eso ya lo contaste, lo volvió a interrumpir el Mono. Ah, dijo el Tombo, y miró hacia el techo para retomar el hilo. Ah, sí, dijo luego, y le contó que el administrador le señaló a Caranga una máquina enorme, con luces y botones, y que Caranga se paró frente a ella y la miró un rato. Luego preguntó, ¿todo esto tan grande para revelar esto tan chiquito? El administrador, ya más calmado, le explicó, es que revela varios rollos al tiempo. Yo pensé que eso se hacía a mano, le dijo Caranga, y el administrador le respondió, hombre, estamos en 1971. Y que Caranga se dio vuelta y otra vez puso cara de malvado y le dijo, pues le saca todo lo que tiene adentro y me revela esto ya. Y como tenía la cabeza caliente, no vio que tras él apareció otra empleada que alcanzó a entender los ojos que le hicieron las otras para que fuera y buscara ayuda, y desapareció sin que Caranga se diera cuenta. Dicho y hecho, la otra empleada llamó al 04. El administrador intentó explicarle a Caranga que, por más que se afanara, la máquina no iba a tener listo el negativo antes de dos horas. Verdad o mentira, el administrador también se estaba dando tiempo para que pasara algo y que, confiando en Dios, la otra empleada llamara a la policía.

—Y los llamó —dijo el Mono, respirando duro por la nariz.

—Estaban muy cerquita, Mono. No se demoraron más de cinco minutos. Llegaron, alzaron la reja
y se cruzaron varios tiros con Caranga.

—¿Se defendió?

—Los atacó. Dice el administrador que apenas
oyeron la reja, Caranga se puso como un papel. Les
preguntó a ellos quién había llegado. Las muchachas
se pusieron a llorar y el administrador le dijo que debía ser algún cliente.

El Mono levantó el brazo para callarlo. ¿Qué
pasó?, preguntó el Tombo. Viene una moto, dijo el Mono. Todos pusieron atención al ruido. Es la Lambretta
de Twiggy, dijo el Pelirrojo. ¿Y esa a qué viene?, preguntó el Mono. Por vos, dijo el Pelirrojo. O ya supo lo de
Caranga, dijo Carlitos. Servime un aguardiente, le ordenó el Mono y Carlitos le llenó la copa. Ustedes también, dijo el Mono. ¿Sigo con la historia?, preguntó el
Tombo. No, esperá, que apenas entre esta nos vuelve
a interrumpir.

Twiggy tenía puesto un vestido de trapecio,
muy corto, y una chaqueta negra de cuero. Traía botas a la rodilla y medias de lana hasta la mitad del muslo.
Buenas, dijo, y no pareció sorprendida por encontrar-
los tomando aguardiente. Se paró frente al Mono, muy
seria, y le dijo:

—Necesito hablar con vos.

—¿Ya supiste? —le preguntó él.

—Quiero que me lo contés con tus propias palabras —dijo ella.

—Pues sentate que el Tombo nos lo está contando a todos.

—Contando ¿qué? —preguntó.

—Pues lo de Caranga.

Twiggy sacudió la cabeza, confundida.

—Mataron a Caranga.

—¿Qué?

—Y no vamos a repetirte la historia —dijo el Pelirrojo.

—Dale, Tombo, seguí —dijo el Mono.

Twiggy se sentó y puso el bolso sobre sus muslos. El Pelirrojo le miró las piernas. Pues ya lo dijo Maleza, continuó el Tombo, a Caranga lo mataron cuando se enfrentó con la ley. No hablés así, Tombo, lo interrumpió el Mono, no digás «la ley» en ese tonito. El Tombo carraspeó y siguió. Entonces Caranga se asomó pensando que a lo mejor sí era un cliente el que había llegado, pero cuando vio a los policías, volvió a entrarse, agarró a una de las muchachas y salió disparando, con ella como escudo. Creyó que los policías no iban a poner en peligro la vida de la mujer, pero le salió al paso un agente endiablado y, sin importarle las súplicas de la muchacha, ni que Caranga estuviera protegido por ella, levantó el brazo y pum, le dio un pepazo en toda la frente.

Se quedaron callados, sin siquiera mirarse. El Mono se sobó otra vez la cara y se restregó los ojos. Servime otro, Carlitos, le ordenó. No entiendo nada, dijo Twiggy. No entendiste ¿qué?, mataron a Caranga, dijo el Mono, ¿qué es lo que te parece difícil de entender? Sí, ya sé, dijo ella, pero no entiendo nada, y le dijo a Carlitos, servime uno a mí también.

—¿Supiste quién le disparó? —le preguntó el Mono al Tombo.

—Un cabo muy alzado.

—Que se llama...

El Mono esperó la respuesta. El Tombo evitó mirarlo.

—Que se llama... —insistió el Mono.

—Mi cabo Tivaquichá.

El Mono le dio varios golpecitos a la mesa con la copa de aguardiente, sin quitarle la mirada al Tombo.

—Alcides Tivaquichá —dijo el Tombo.

—Ah —dijo el Mono, y sorbió lo poco que le quedaba en la copa—. Cuando todo esto termine, Tombo, acordame que tengo un asunto pendiente con el señor Alcides Tivaquichá.

En esas sonaron los palmotazos en la puerta al fondo del pasillo. Lo que faltaba, dijo Maleza. ¡Baño!, gritó don Diego desde el cuartucho. Andá, le ordenó el Mono a Maleza y le advirtió, no le contés nada.

Se quedaron mudos, vencidos por el aturdimiento, cada uno con los ojos puestos en un punto cualquiera. Hasta que el Mono preguntó:

—¿Y ahora qué va a pasar con esas putas fotos?

—Pues las irán a publicar —dijo el Pelirrojo—. ¿No es eso lo que querías acaso?

Carlitos se fue para la cocina, el Tombo se sirvió otro trago sin que el Mono lo autorizara, el Pelirrojo dio vueltas por la sala, y al fondo solo se oía el canturreo de don Diego mientras orinaba. *Ese pájaro azul es el cariño que yo siento por ti...*

Twiggy se sentó junto al Mono y le dijo en voz baja:

—Mono, necesito que hablemos.

—¿Qué fue? ¿Qué pasó? —le preguntó irritado.

Twiggy se pegó más a él.

—¿Quién era ese muchacho? —le preguntó.

—¿Cuál muchacho?

—Con el que andabas en una moto.

—¿Quién? ¿Moto?

—Yo te vi, Mono.

Él escondió los brazos bajo la ruana y le dijo, ah, la moto, ya se me había olvidado. ¿Quién es, Mono? Un vecinito del barrio, ese día se me varó el Dodge y él me subió hasta la casa. Twiggy lo miró cruzado y luego le dijo:

—Mirame, Mono.

—¿Qué pasa?

—Nadie que viva por tu barrio tiene una moto de esas.

Ella achinó los ojos y sacó un poco el mentón.

—Mono, acordate que las mentiras son para siempre.

—¿De qué me estás hablando? ¿Cuál mentira? —le preguntó él y se levantó como disparado. Llamó a Carlitos y a Maleza, los reunió a todos y les dijo—: Ya tenemos dos hombres menos, ahora nos toca trabajar más, y tener más cuidado.

—Mono, hacenos caso —dijo el Pelirrojo—. Esto está muy demorado y se puede complicar.

El Mono, que ya tambaleaba por los aguardientes, le dio la espalda y se quedó mirando a Twiggy.

—Vení, monita —le dijo—. Agarrá esa botella y vámonos para allí —se apretó las bolas y remató—: Ya que estás acá, no te voy a hacer perder la venida.

36.

Aunque solo la vimos nosotros, todos terminaron por enterarse del show que nos hizo Isolda con la minifalda roja. Alguno se lo habrá comentado a una hermana, y ella a la mamá, y la mamá a la vecina, y así se habrá regado la historia que yo quería guardar con tanto celo. Nadie mencionó, de todas maneras, los segundos eternos que Isolda se quedó mirándome. De eso no le hablé a nadie, aunque sí me habría gustado que se hubiera sabido. Mi timidez no me da para ufanarme de una mirada.

También volvieron a insinuar que Isolda estaba loca por el encierro, que había heredado los genes atrevidos de su mamá alemana, que se había vuelto hippie, que a nadie se le hacía raro luego de los peinados con los que aparecía a veces. Yo la he defendido lo más que he podido, sin que se me note que a partir de aquella mirada, mi vida es distinta.

Todas las tardes voy hasta el lindero por si sale de nuevo y la espero hasta las seis a ver si ella sube al bosque. Pero ni siquiera la he vuelto a ver asomada a la ventana. A veces me silban de algún lado y me emociono porque creo que es una seña de ella, pero el silbido se pierde entre los árboles y cambia de un lugar a otro.

Adentro también pasan cosas. Don Diego se enteró del show y le dio una furia que nadie le había visto antes. La ira recayó, principalmente, sobre Hedda, que tenía que estar siempre pendiente de la niña. La institutriz acusó a Isolda de desobedecerla, se me escapa a cada rato, don Diego, yo la busco pero usted sabe que yo no puedo salir a ese sol, dijo Hedda, enjuagada en lágrimas. Los niños hacen esas cosas, la defendió Dita. Las niñas no se exhiben así, insistió don Diego, a quien lo que más le dolía era que Isolda hubiera bailado así para unos extraños. Y les dijo a todos, con la voz muy en alto, como nunca antes lo habían oído hablar, que Isolda no volvería a salir hasta nueva orden. Ella lo escuchó todo callada, con la cabeza baja, y cuando él le decía, mírame cuando te hablo, ella lo miraba y luego volvía a inclinar la cara al piso, dejando una estela azul en el corto recorrido que hacían sus ojos.

—Estoy pensando —le dice don Diego a Dita— que deberíamos enviar a Isolda al extranjero.

—¿No te estás pasando?

—No es por lo que hizo —le explica él—. Es por todo. Aquí la juventud se está volviendo loca, no los entiendo, esas fachas, esos pelos. ¿Ya supiste lo del festival ese de música rock? —le pregunta.

—La juventud está así en todas partes —comenta Dita—. Mira lo que pasó en Francia.

—Sí, pero podría irse al campo con tu familia. O tal vez a Estados Unidos para que aprenda bien inglés.

Dita se pasea incómoda por la sala. Mueve un par de cosas sobre una mesa, más por hacer algo que por acomodarlas.

—Es nuestra única hija —dice—. No me imagino cómo podríamos estar sin ella.

—Podemos visitarla —dice don Diego—, pasar juntos temporadas largas.

Dita desliza un portarretrato a la derecha y luego lo regresa a donde estaba. Suspira hondo. Mira a don Diego y le dice:

—Lo que tú quieras.

El festival al que se refería don Diego es uno del que todo el mundo habla y que se está montando al sur de Medellín, en Ancón. Los periódicos dicen que es el «Woodstock colombiano» y los avisos anuncian tres días de amor y paz, con bandas como Los Monsters, Los Flippers, La Banda del Marciano, Carne Dura y otras tres que suenan por ahí.

Muchos afirman, entre ellos el arzobispo Botero, que el Festival de Ancón es lo peor que le ha pasado a Medellín. Otros prefieren verificarlo con sus propios ojos, entre ellos mi familia y yo, que tenemos plan para ir y ver cuál es el barullo.

—Dizque hay gente en pelota —dice mamá.

—Gente en pelota hay hasta en los museos —dice papá.

—Pero estos dizque hacen cosas.

—¿Qué cosas? —pregunta papá.

Mamá le abre los ojos para advertirlo de algo.

—Pichan —responde mi hermano, y papá y mamá gritan su nombre al tiempo. Él se acomoda feliz en el asiento delantero del carro.

La fila de curiosos es larga y el tráfico está pesado. Desde lejos se oye el estruendo del rock y, poco a poco, se empieza a ver el reguero de gente. Aparecen desperdigados en la montaña, como cabras. Hay otros abajo, junto al río, y otros que saltan frente a la tarima con las bandas. Todo pasa sobre un pantanero porque en estos días no ha parado de llover. En las fotos que vimos de Woodstock, todos también estaban empantanados.

Hay carpas, hay fogatas, muchas camionetas pickup, gente que trata de entrar cruzando el río, gente que duerme, que baila, una multitud de pie y también muchos sentados. Me parece ver que hay una mujer desnuda. Mi hermano me mira con cara de malicia, pero la mujer se da vuelta y nos damos cuenta de que tiene un bikini. Él saca la cabeza por la ventanilla y aspira fuerte por la nariz. No huele a nada, dice. Ahora dizque fuman hongos, comenta mamá. Los hongos no se fuman, mamá. ¿Qué esperabas oler?, le pregunta papá a mi hermano, pero él no le contesta. Que levante la mano la que allá abajo tenga brasieres, dice mamá. Me quiero bajar, dice mi hermano. Cómo no, dice papá, y propone que mejor sigamos hasta La Estrella a comer obleas con arequipe.

—Al alcalde le va a costar su puesto haber alcahueteado ese festival —le dice don Diego a Rudesindo.

—Hombre, no es para tanto. Allá están tranquilos.

—Sí, claro, tranquilos fumando mariguana y acostándose unos con otros. Bonito ejemplo.

Sin embargo, lo que llena la paciencia de don Diego y lo obliga a adelantar sus determinaciones sale de su propia casa, por la puerta trasera y a medianoche.

A Dita le gusta dejar abierta la ventana del cuarto, sobre todo cuando en el día ha hecho calor. Como ya es tarde, se acerca a cerrarla y ve una mancha blanca que atraviesa el jardín. La sombra se pierde en el follaje y le parece oír la voz de Hedda. Baja al cuarto de ella para cerciorarse de que esté bien. Toca varias veces, la llama, pero Hedda no responde. Dita abre la puerta, que está sin seguro. No hay nadie en el cuarto. Piensa en llamar a Hugo, pero mira la hora y asume que está dormido. Va a la cocina y encuentra la puerta de servicio entreabierta. Se asoma al jardín y vuelve a llamar a Hedda. No le responde y Dita se adentra un poco más.

—Hedda, ¿está bien? —pregunta por si la oye.

Sigue el recorrido de la sombra que vio desde su ventana y llega hasta la casa del jardinero.

—Guzmán —lo llama para que la ayude a buscarla.

Él tiene música puesta en el radio y no oye a Dita. Ella se acerca un poco más y escucha adentro, para su sorpresa, la voz de Hedda. La intuición la hace empujar la puerta y los encuentra desnudos, gimiendo sobre un sofá.

A Guzmán lo despiden al día siguiente, sin que pueda siquiera dar una explicación. Y una semana después, Hedda viaja a Alemania casi con las mismas cosas con que llegó diez años antes. Sin institutriz, don Diego toma la decisión que viene considerando desde hace un tiempo.

Hugo y Gerardo bajan las maletas y las acomodan en la limusina. Los ayuda el nuevo jardinero. Yo espero a que salgan, pero nadie se asoma. Al mucho rato sale Dita al porche y llama a Isolda. Gerardo y el jardinero comienzan a buscarla por el jardín. Hugo la llama por otro lado. No sé en qué momento habrá salido porque yo no la he visto desde que llegué. Dita vuelve a salir y le pide a Gerardo que vaya al bosque a ver si la encuentra. Yo corro hacia arriba, por el lindero, para llegar primero que ellos.

Subo hasta donde termina la cerca y me encuentro unos matorrales muy espesos alrededor del bosque. Logro entrar pero no sé hacia dónde ir. Busco el centro, o lo que creo que es el centro del bosque. Avanzo y veo una senda. De pronto aparece ella, viene de más arriba, corriendo entre los árboles. Se asusta cuando me ve. Mejor dicho, nos asustamos los dos. Tal vez yo más porque no la reconozco. Tiene su vestido de viaje y los zapatos de charol sucios de tierra. Tiene la misma mirada que cruzó conmigo cuando nos bailó, la misma tristeza, pero trae el pelo corto, así como el mío, y desordenado, como si se lo hubieran cortado a tijeretazos. Sobre los hombros le quedan mechones largos que el viento se lleva. Me mira mientras toma aire para reponerse. Hola, le digo por decir cualquier cosa. Camina hacia mí, decidida, me agarra la cara duro con las dos manos y me estampa un beso rápido en la boca. Luego corre bosque abajo, hacia donde vienen las voces que la llaman, apúrate, Isolda, que nos va a dejar el avión.

Me parece que la siguen unos conejos entre los arbustos.

37.

—La vi salir muchas veces por la puerta de servicio. Salía tarde, cuando su señora ya estaba encerrada en el cuarto y usted en la biblioteca, con su música —dijo el Mono—. Las primeras noches pensé que era ella, pero esta caminaba con torpeza, se tropezaba y el pelo era un amasijo que no me dejaba distinguirle la cara. Y descarté que era la niña porque no subió al bosque sino que se fue derecho a la casita del jardinero y se quedó rondando por ahí. Hasta que se decidió a entrar y se demoró en salir.

El Mono sacó media botella de aguardiente debajo de la ruana y bebió un trago pequeño. Hizo un gesto amargo y dejó la botella en el piso, junto a la vela.

—La segunda vez —continuó— me pudo la curiosidad y di la vuelta por detrás del lote para quedar más cerca. Que hubiera ido en una ocasión, vaya y venga, pero volver tan tarde ya me parecía muy sospechoso. Aquí donde me ve, doctor, yo soy muy ingenuo y pues había pensado que la visita anterior..., no sé, no fue lo mismo que me imaginé la segunda vez. No se molestaron en cerrar la ventana y pude ver, patentico, cómo el jardinero se comía a la profesora de su niña.

Don Diego tosió y trató de incorporarse en el catre. Afuera llovía. El Mono esperó a que se acomodara, pero don Diego volvió a tenderse y se cubrió la cara para seguir tosiendo.

—Qué ociosidad la de su jardinero. Comerse a semejante ogro —el Mono soltó una carcajada y levantó la botella—. Aunque para ser justos, a mí me parece que fue ella la que se le metió. Y uno, como hombre, tiene que cumplir, ¿o no?

Volvió a echarse otro trago y esta vez lo saboreó. Por el suelo entró una ráfaga que hizo temblar la llama de la vela. Don Diego seguía cubierto hasta la coronilla.

—Dígame una cosa, don Diego —le preguntó el Mono—. ¿Fue por eso que usted se llevó a la niña? ¿Por la loca esa?

El Mono se quedó mirando el bulto en el catre. Al rato, don Diego volvió a toser.

—Yo pensé que iba a volver, como las otras veces. Aunque me pareció raro que cargaran tantas maletas, y más raro cuando la vi salir casi calva del bosque.

El Mono levantó la botella para beber pero se detuvo.

—¿Quién podía entender semejante cosa? —se quejó—. Su pelo, Dios mío.

Murmuró algo, como si tratara de atrapar el verso en la memoria, y dijo, *El gran manto de oro, el dúctil manto onduloso y fragante de su pelo, rodó, a manera de dorado velo, sobre la pedrería de su llanto.* Don Diego se destapó la cara: estaba sudando. Intentó sentarse y lo agarró un nuevo ataque de tos.

—¿Quiere un trago? —le ofreció el Mono. Don Diego manoteó. El Mono insistió—: Dígame, ¿fue por eso que se la llevó?

—Agua —murmuró don Diego.

—Me tocó cambiar los planes. Todo estaba listo para traerme a su niña pero me tocó decirles a los muchachos, hay que esperar a que vuelvan, uno o dos meses, qué sé yo. Y ahí fue donde tuvimos que hacer lo del banco, porque, usted me dirá, don Diego, ¿de qué más íbamos a vivir durante ese tiempo?

—Quiero agua.

—No me joda, don Diego, si hace quince minutos entró al baño.

—No quiero ir al baño. Quiero agua.

El Mono se levantó de mala gana, tomó el vaso de la mesita y salió. En la sala vio a Maleza, tendido en el sofá, completamente dormido. El Mono se le acercó, echó hacia atrás la pierna para mandarle una patada pero se frenó. Oyó a don Diego ahogado en la tos. Fue a la cocina, llenó el vaso y regresó.

—Yo seguí yendo, de todas maneras —dijo—. Aparte de planear lo del banco, no tenía más que hacer. Y por tanto desocupe fue que me dio esa idea loca de entrar. Tantos años fisgoneando desde afuera, mirando todo a través de las ventanas. Pero desde tan lejos. Que ahí fue cuando me dije que ya era hora de entrar. Me lo merecía.

Don Diego lo miró con rabia mientras se bogaba el agua.

—No había nadie. Hasta el jardinero había salido —continuó el Mono—. Entré por atrás, por donde salía Isolda al bosque, y por donde también salía la loca para que se la comieran —el Mono se rio—. Fue más fácil de lo que pensé. Caminé los salones, toqué las vajillas, cogí las cucharitas..., pero lo que de verdad quería era subir, ir al cuarto de ella, ver su ropa, acariciarle las sábanas, olerle la toalla con la que se secaba el cuerpo. Me moría por hacer todo eso, doctor.

Don Diego lo interrumpió con otro acceso de tos. Ya se había terminado el agua y dijo, quiero más. Malparida vida la mía, dijo el Mono. Don Diego no paraba de toser. El Mono alzó la botella, bebió y, muy ofuscado, le dijo, vaya usted, a mí no me haga parar más.

Don Diego se levantó con esfuerzo y se echó encima la cobija, como una capa.

—No se me vaya a ir para ningún lado con este aguacero, y en ese estado, doctor.

Lo vio salir con el vaso en la mano, caminando muy despacio, y él se quedó recitando, *El agua existe del estanque apenas, sécase el manantial, el rudo banco de hierro, yace allí, sobre el barranco del islote, volcado en las arenas.* Lo oyó arrastrar los pasos por el corredor y luego un trueno lo ensordeció todo.

Don Diego cruzó frente a una puerta que tenía el pasador por fuera. La miró y siguió hasta la cocina. También vio a Maleza profundamente dormido en el sofá y llenó el vaso en el grifo.

De vuelta al cuarto, se detuvo otra vez frente a la puerta con el pasador. Lo abrió con cuidado de no hacer ruido, aunque el aguacero lo protegía. Empujó la puerta y se encontró con el Cejón sentado en el piso, lleno de morados y tiritando, abrazado a sus rodillas. El Cejón lo miró con los ojos muy abiertos. A don Diego le temblaba el vaso en la mano. Miró a los lados a ver si venía alguien y le hizo una seña al Cejón para que saliera. El Cejón se puso a llorar, mordiéndose los labios. Don Diego le hizo un gesto para que se callara. Luego siguió al cuarto y encontró al Mono, con la silla recostada en la pared, enroscando la tapa en la botella, que ya casi llegaba al fondo. Lo oyó decir:

—Ese fue el día que me llevé la faldita roja.

38.

El mayor Salcedo hizo reunir a los parientes para contarles las últimas novedades. Quería hablar con ellos antes de comentárselas a la señora. También pidió que los acompañara el vidente belga.

—Los bandidos siempre se llevan algunas piezas del rompecabezas —les dijo—, pero en un descuido las van dejando por ahí botadas.

Tenía un sobre grande en la mano y caminaba alrededor de los parientes mientras les hablaba. Rudesindo le traducía, en voz baja, a Marcel Vandernoot.

—Un hecho aislado, anodino, puede esconder el eslabón perdido de otro caso. Una tuerca encontrada aquí puede ser la que le falta a un tornillo de allá. En algún lado tiene que estar la media que le falta al par.

Los parientes se movieron incómodos en las sillas. Uno de ellos le hizo un gesto a Hugo para que le trajera un trago, y Rudesindo paró de traducirle a Marcel. El mayor continuó:

—Para suerte de este país existimos nosotros, los defensores de la ley, que, dotados de inteligencia y responsabilidad, vamos recogiendo esas piezas de rompecabezas que los bandidos botan, las tuercas sueltas y las medias nonas, para resolver los misterios de cada crimen.

—Mayor, por favor —dijo Rudesindo—. No tenemos ninguna duda de su encomiable labor pero...

El mayor levantó la mano.

—Yo sé que están impacientes por ver lo que tengo en este sobre, pero también es mi deber advertirles que su contenido es impactante, muy fuerte, y puede afectarles su sensibilidad.

—Mayor —insistió Rudesindo.

—Ya —dijo el mayor antes de poner el sobre en la mesa.

Lo que no contó el mayor fue que la pieza suelta no la encontró la policía sino que la proporcionó el administrador del laboratorio fotográfico. Después de que se llevaron el cadáver de Caranga, él recogió del piso el rollo que quería que le revelaran y al día siguiente, a primera hora, lo metió en la máquina. Apenas vio las fotos, voló a mostrárselas a las muchachas que trabajaban con él.

—Qué horror —dijo una de ellas.

—¿Es un muerto? —preguntó otra.

—No creo —dijo el administrador.

—¿Y esta quién es? —preguntó una cuando vio otras fotos que estaban con las de don Diego.

—¿Son del mismo rollo?

—Del mismo.

Las muchachas, entonces, se interesaron más por esas fotos que por las de don Diego. A esa la he visto en algún lado, dijo una. ¿Es famosa? Yo creo que sí, me parece haberla visto en una revista. Sí, dijo otra, yo creo que es una modelo. ¿Modelo?, ¿con esas llantas?, preguntó otra. Y mientras las mujeres hacían conjeturas, el administrador llamó a la policía y dijo que tenía algo muy importante para mostrarles.

—Después de una exhaustiva investigación —les dijo el mayor Salcedo a los parientes— hemos encontrado las primeras fotografías de don Diego, durante su secuestro.

El mayor extendió sobre la mesa las quince fotos ampliadas. Los parientes se acercaron conmovidos y se las fueron pasando de uno a uno, acompañadas de algún comentario. Criminales. Malditos. Cobardes. Sabandijas. Bestias.

—Pero ¿está vivo? —preguntó un pariente.

—Los estudios técnicos que les hicimos nos indican que sí —respondió el mayor.

—Claro que se ve vivo —dijo Rudesindo.

—Lo están agarrando a la fuerza —dijo otro pariente—, se nota que les está haciendo repulsa.

—Diego no es fácil de doblegar.

Marcel se alejó hacia una ventana con la última foto que le entregaron. La observó pensativo, repasándola con los dedos.

—¿Cómo las consiguieron? —le preguntó Rudesindo al mayor.

—El delincuente fue a un laboratorio para que se las revelaran.

—¿Lo atraparon? —preguntó un pariente, entusiasmado.

—Mejor aún —dijo el mayor—. Le dimos de baja.

Los parientes se miraron.

—Entonces, no habló —comentó uno de ellos.

Los parientes se dispersaron. Rudesindo se acercó a Marcel y le preguntó, ¿puede ubicarlo? El belga hizo un gesto de duda. Hay una fuerza contraria, dijo, muy negativa, que me impide ver. Pero puedo intentar disiparla. Rudesindo arrugó la nariz y le dijo, está bien. Luego fue a hablar con otro pariente y le susurró, entre el belga y el mayor sacamos tres bobos. Qué tal el operativo, dijo el otro pariente. Estamos jodidos, dijo Rudesindo y volvió a mirar una de las fotos. ¿Qué hacemos con Dita?, preguntó, ¿le contamos? Podríamos contarle pero no mostrarle, dijo el otro. Es muy impresionante, añadió. Eso es precisamente lo que quieren, impresionarnos, dijo Rudesindo. Quedamos en nada, dijo el otro pariente. Los dos coincidieron en un gesto de resignación. ¿Ya oliste al belga?, preguntó Rudesindo. El otro negó. Se está pudriendo, dijo Rudesindo, y el pariente se cubrió la boca para reír.

El Mono sacó un puñado de monedas y le dijo al muchacho, andá y poné la música que a vos te gusta, pero no te quedés conversando por ahí. El muchacho puso las monedas sobre la mesa y separó las que podía usar en la rocola.

—Aquí no tienen lo que me gusta, Mono, eso toca oírlo en otra parte.

—¿Ah, sí? —dijo el Mono y le preguntó—: ¿Y adónde vas? ¿Dónde es eso?

—Por ahí —dijo el muchacho.

—¿Y por qué no me llevás?

—Porque no nos dejan entrar a vos y a mí solos.

—¿Cómo así, muchacho?

—Vos sabés, Mono.

El muchacho levantó una ceja y se fue a la rocola. El Mono lo siguió con la mirada hasta donde le dio el cuello. Luego agarró la botella y volvió a llenar las copas.

Frente a la rocola, el muchacho ni se tomó el trabajo de leer las canciones. Apretó números y letras al azar hasta que terminó de meter todas las monedas. Ya era muy tarde y quedaban pocas mesas con gente, pero en la cantina flotaba el humo acumulado de todos los cigarrillos de la noche.

El muchacho encontró al Mono bogándose otro trago.

—Te vas a caer de la moto y te vas a quebrar el culo —le dijo.

—Yo tengo de donde agarrarme —le dijo el Mono, malicioso y arrastrando la erre.

El muchacho se sentó y miró a los que quedaban alrededor: media docena de viejos acompañados de una tanda de putas repolludas, que se reían a carcajadas.

—Yo no sé esas por qué se ríen siempre —comentó el muchacho y se tomó el aguardiente que le habían servido.

—Vos sos el que se va a quebrar el culo —le dijo el Mono.

—Yo esa moto la manejo hasta con los ojos cerrados —dijo el muchacho.

—¿Qué es ese tono? —preguntó el Mono—. ¿Qué te pasa hoy?

—Bah.

—¿Qué?

—Estoy aburrido de andar por ahí, Mono. Yo quiero acción.

—Ajá.

—Quiero hacer algo que me deje bastante billete.

El Mono se echó hacia atrás y siguió mirándolo. Quedó ladeado pero no se enderezó. El muchacho parecía atento a los otros viejos.

—Eso me suena a queja —dijo el Mono.

—Es una queja —dijo el muchacho.

—Desagradecido.

—¿Por qué me decís así?

—Porque a nadie de tu edad le dan lo que yo te doy. Mirate el reloj. ¿Quién por aquí tiene uno así como el tuyo, ah?

—Yo no estoy diciendo que me das poquito, sino que quiero ganar mucho más.

—Ajá —dijo el Mono y eructó.

El muchacho lo miró fijamente.

—Vámonos que estás muy borracho —le dijo.

—Yo me voy cuando me dé la gana —dijo el Mono.

El muchacho lo observó callado. Luego volvió a mirar a los viejos y vio que uno salió con una puta para el baño.

—Ahí le van a chupar el gajo y a saquearle los bolsillos —comentó el muchacho.

El Mono volteó a mirarlos pero no los alcanzó. Volvió a mirar atentamente al muchacho y le preguntó, ¿cómo es el asuntico de la plata? Ya me la vas a montar, reviró el muchacho. El Mono movió la cabeza hacia delante y hacia atrás, sin detenerse. Más bien quedate quieto y enderezate que te vas a caer, le dijo el muchacho. El Mono dio una palmada sobre la mesa y las copas saltaron.

—¿Cómo es el asuntico de la plata?

—¿Qué tiene de malo querer más, Mono?

—¿Querés más?

—Claro que quiero más. Todo el mundo quiere más.

El Mono se inclinó hacia la mesa, agarró la botella y se la pasó al muchacho, sin quitarle los ojos de encima.

—Servime y servite —le dijo.

Lo vio llenar las copas y deslizar una hacia el frente. Lo vio mirar rápido a donde estaban los viejos, y le preguntó, ¿qué se te perdió por allá? El muchacho no respondió.

—Yo tengo más plata que cualquiera de esos cagados viejos —dijo el Mono—. Y voy a tener mucha más que cualquier otro hijueputa en esta ciudad.

El muchacho lo seguía mirando. El Mono levantó la copa y, a punto de tomársela, le saltó el pecho.

—Ya me dio hipo —dijo, con un gesto de molestia.

El muchacho no pestañeaba.

—Me van a dar veinte millones por mi negocio —dijo el Mono.

—¿Por lo que tenés en Santa Elena? —preguntó el muchacho.

El Mono asintió y por fin pudo tomarse el trago. Pero seguía con hipo. Asentó la copa en la mesa y dijo:

—Y tengo más.

—Más ¿qué? —preguntó el muchacho.

—Pues más plata.

El muchacho se irguió.

—¿Y dónde? —le preguntó.

—Por ahí —respondió el Mono.

—¿En el banco?

El Mono soltó una risotada y salpicó al muchacho con babas.

—Ay, mi muchachito —le dijo—, qué voy a guardar yo la plata en un banco con la cantidad de atracadores que hay.

—Entonces, la tenés en tu casa —dijo el muchacho.

El Mono iba a responder y otra vez se le atravesó el hipo. Malparida vida, dijo. Tomó aire profundo y alzó el brazo para llamar a la camarera. Pedime un vaso de agua, muchacho. Volvió a tomar aire y cuando el muchacho lo vio distraído, le pegó un grito en la cara que hizo brincar al Mono. Los viejos y las putas miraron hacia la mesa. ¿Te asusté?, le preguntó el muchacho, por fin riéndose.

—¿Qué pasó? —preguntó la camarera.

—Este, que me asustó —le dijo el Mono—. Traeme un vaso de agua con azúcar, por favor.

La camarera se fue y el muchacho le preguntó, ya en otro tono:

—Y si te llega a pasar algo, esa plata ¿qué?

—No me va a pasar nada. ¿Por qué insistís con eso?

El muchacho puso una mano sobre la mesa y la acercó hasta el Mono, que seguía hipando.

—Esa platica es para los dos, para que nos la gastemos juntos —dijo el Mono.

El muchacho estiró el pie por debajo de la mesa hasta tocar el del Mono y le acarició la pierna con el zapato.

—Si es de los dos, como vos decís —dijo el muchacho—, ¿no creés que tengo derecho a saber dónde la guardás?

La camarera regresó con el vaso de agua con azúcar y el muchacho quitó la mano de la mesa.

—Ya casi cerramos —dijo ella—. ¿Van a pedir algo más?

—Sí —dijo el muchacho, sin mirarla—. La cuenta.

El Mono se bogó el vaso hasta el fondo, luego tomó aire hasta ponerse rojo y lo botó cuando ya no aguantó. El muchacho se le acercó a la cara y le dijo:

—Te voy a llevar a donde ponen la música que me gusta, ¿vamos?

El Mono volvió a sacudirse por el hipo, y le sonrió.

Dita llegó al comedor y encontró a los parientes riéndose con unas fotos que les mostraba el mayor Salcedo. Apenas la vieron, se pusieron serios y el mayor ocultó las fotos atrás. Señora, dijo y juntó los pies.

—Quiere verlas —dijo Rudesindo.

Los parientes se miraron.

—Dita, no hace falta, lo importante es que está vivo —dijo uno de ellos.

—Por favor —dijo ella y estiró el brazo.

Uno de ellos tomó el sobre, sacó las fotos y se las entregó. Antes de mirarlas, Dita se apartó al salón contiguo.

—Tranquilos —les dijo Rudesindo—. Ya está advertida.

La vieron de espaldas y sabían que ya las estaba mirando. De pronto, apoyó la mano en un sillón. La vieron dar un paso y sentarse. Seguía de espaldas y pasaba las fotos despacio. La vieron llevarse la mano a la cara, como si se limpiara una lágrima. Algunos deambularon por el comedor, uno se refugió en una esquina, otro se paró a mirar por la ventana y vio a Marcel afuera, paseando por los jardines.

Después de un rato la vieron levantarse. Se acercó a ellos y le devolvió las fotos al mismo que se las había entregado.

—Gracias —le dijo.

—Lo importante es que está vivo —repitió el que ya lo había dicho.

Dita le hizo un movimiento de aceptación con la cabeza. Miró su reloj y pidió permiso. Te acompaño, le dijo Rudesindo, pero ella se dio vuelta y les preguntó, ¿puedo ver las otras fotos? ¿Cuáles?, disimuló uno. De las que se reían, dijo ella. Los señores se miraron incómodos. Señora, dijo el mayor Salcedo, es algo sin importancia, ajeno a los hechos. ¿Qué son?, insistió Dita. Es la mujer, o la novia, del bandido al que le confiscamos el rollo. Quiero verlas. Todos dudaron. Señora, insistió el mayor, la mujer sale en poses obscenas. Dita estiró otra vez el brazo para recibirlas. Quiero ver todo lo relacionado con Diego, dijo.

Se quedó junto a ellos, y apenas empezó a mirar las fotos se llevó una mano al pecho.

—Dios mío —dijo.

—¿Qué pasa? —preguntó Rudesindo.

—La conozco.

—¿Qué? ¿A ella?

—Estuvo acá. Es la misma que me leyó la Biblia.

—¿Qué?

—¿Estás segura?

Volvieron a pasarse las fotos, rápidamente.

—¿La recuerdan? —preguntó Rudesindo.

—Es la que no tenía nada debajo —susurró otro pariente.

—¿No tenía qué? —preguntó Dita.

El pariente titubeó. ¿Le dijo quién era?, le preguntó el mayor. Dita negó con la cabeza y le comentó, era de algún grupo de oración, o algo así, pero no me acuerdo. Mírelas otra vez, por favor, le pidió el mayor Salcedo. Entonces Dita se sentó de nuevo y vio, una a una, las fotos que un día Twiggy se tomó frente a un espejo, desnuda y en diferentes poses, a veces con un sombrero, con una pañoleta, con gafas para el sol, sonriendo o con los labios en forma de beso. Juguetona, feliz de la vida.

39.

La muerte se enamoró de la princesa de quince años, se le metió en el cuerpo, le invadió el sistema nervioso y se la llevó sin que pudiera despedirse de sus padres, sin que yo pudiera verla por última vez, sin que ella misma se diera cuenta de que moría.

La noticia voló loma abajo y como no la creí, corrí hasta el castillo para desmentir semejante despropósito. Había mucho silencio. No se oía ni el bosque. Ni yo mismo oía mis jadeos por el cansancio. Ni el agua en las fuentes ni la que baja por el arroyo. Ni un solo pájaro. Era como si todo se hubiera muerto en el castillo. No vi a nadie afuera ni detrás de las ventanas. Hasta que el misterio lo rompió un llanto desgarrado. Venía de adentro y se quedó pegado en el aire tanto tiempo que tuve que taparme los oídos para volver al silencio. No podía ser sino de su madre.

Regresé a mi casa hecho un nudo y allá no se hablaba de otra cosa. Supe, por primera vez, del mal que se había llevado a Isolda. Un síndrome que cada quien pronuncia a su manera. Guillain-Barré, así lo escribían en la enciclopedia.

Vi en el techo de mi cuarto, una a una, las imágenes que conservo de Isolda. Corriendo, trepando, bajando en bicicleta, perdiéndose en el bosque, con los pies metidos en la fuente y el vestido levantado hasta los muslos y, la más importante, la del beso brusco en la mitad del bosque. No podía imaginarla muerta, pero antes de dormirme, muy en la madrugada, por fin entendí que solo podía morirse de una muerte rara, como una princesa de cuento.

Quise volver al castillo, después de salir del colegio, pero me contaron que don Diego y su esposa se habían ido muy temprano y con equipaje. Que no se sabía nada más. De todas maneras subí y al único que vi fue al nuevo jardinero, que cortaba todas las rosas de los rosales.

Pasó una semana. Escuché que los señores regresaban con el cadáver de Isolda, el viernes, en el último vuelo. ¿Y si todo es mentira? ¿Si es un chisme como los que suben y bajan a diario por la loma? ¿Y si Isolda está viva?, ¿tal vez enferma pero viva?

Subo a toda carrera. Hay un grupo grande junto a la reja de la entrada y muchos curiosos regados por los linderos. Adentro hay varios carros y dos familiares fumando en el porche. Se oye todo tipo de cosas: no fue una enfermedad, la mató la soledad en el extranjero. Se murió de tristeza en un internado. La traen embalsamada. Que la van a enterrar aquí mismo, en el castillo, que van a convertir la casa de muñecas en un mausoleo. ¿Eso qué es?, pregunta alguien. Debe ser como un museo, responde otro. Que la van a sentar embalsamada frente al piano, dice alguno. Que adentro hay más de cien coronas de flores. Eso sí parece cierto. Hasta afuera llega el perfume triste de los cementerios.

—¡Ahí vienen, ahí vienen! —gritan varias personas.

El carro mortuorio trae las luces prendidas. Viene primero en la caravana, seguido por la limusina. La gente se arremolina a la entrada. El jardinero cierra la reja apenas pasa el último carro. Todos nos quedamos callados y quietos, como en misa. Los de la caravana se están bajando de los carros, también en silencio. De la limusina salen, vestidos de negro, don Diego y su señora. Casi no se les ve la cara, pero no hace falta más luz para imaginar sus expresiones. Los de la funeraria sacan con cuidado el ataúd blanco, que resplandece en la penumbra de la tarde. Me tiemblan los labios. Trato de evitarlo, pero se me encharcan los ojos. Las mujeres se limpian las lágrimas con pañuelos. Cuatro hombres, de saco y corbata, suben el ataúd por las escaleras de piedra. Detrás de mí, en algún lado, alguien se suelta a llorar. Miro y no veo a nadie. Tal vez no quiere que lo vean, y llora escondido entre los árboles.

Ya no llora, pero me parece que reza.

—*Todo nos llega tarde... ¡hasta la muerte! Nunca se satisface ni alcanza la dulce posesión de una esperanza cuando el deseo acósanos más fuerte. Todo puede llegar, pero se advierte que todo llega tarde* —recitó el Mono mirando la llama de la vela, igual a como lo hacía el propio Julio Flórez en los recitales donde los hombres pasaban saliva y las mujeres moqueaban al borde del llanto—. Yo le llegué tarde a su niña, don Diego, ese mismo día me enteré de que se había muerto. No había vuelto por allá desde que me saqué la faldita roja y, no sé por qué, esa tarde me dio por pasar y me encontré con el gentío, y ahí fue cuando supe.

Las últimas palabras le salieron cortadas, entonces respiró profundo y se quedó callado. Don Diego estaba sentado en la cama, recostado en el espaldar, y le silbaba el pecho al respirar. Con la voz comprimida, dijo:

—Tal vez —hizo una pausa y repitió—: Tal vez Isolda murió a tiempo.

El Mono levantó la mirada.

—Sí, yo sé —dijo don Diego—, eso no lo debería decir nadie, y menos un padre. Pero a lo mejor su poetucho se equivoca y a mi Isolda la muerte le llegó a tiempo. Se fue a una edad en la que todavía no había descubierto los horrores. No conoció la mezquindad, la trampa, la envidia. Ni para qué sigo con la lista.

—Ese es un consuelo muy pendejo —dijo el Mono.

—También se salvó de usted —dijo don Diego.

—Conmigo no habría sufrido.

Don Diego se recostó de medio lado y dijo:

—Usted es malo, señor Riascos. ¿No le asquea todo lo que hace?

—Nadie se asquea de su propia mierda —dijo el Mono y puso la vela en el piso.

—¿De verdad cree que mi hija habría tenido siquiera un segundo de tranquilidad con usted?

—¿Y cree que con usted sí fue feliz?

—Claro que sí —dijo don Diego.

Iba a decir algo más, pero lo cogió un ataque de tos que lo hizo doblar hacia delante. El Mono se puso de pie y le pasó un vaso con un resto de agua. Don Diego bebió y los dos se quedaron callados un rato, hasta que don Diego se compuso.

—Fui padre ya mayor —dijo—, y tal vez me faltó energía para estar al nivel de ella. Tampoco he sido una caja de risas ni de mimos. No me educaron así. Tal vez me faltó abrazarla más, y besarla más, y decirle más veces que la amaba, pero cada cosa que hice en mi vida fue para darle toda la felicidad.

—Eso dicen todos —lo interrumpió el Mono—, hasta mi mamá.

—Eso dicen todos, pero son pocos los que lo hacen.

Tocaron la puerta y el Mono preguntó, ¿quién? Yo, contestó Carlitos. Seguí, dijo el Mono y Carlitos entró con un bombillo en la mano.

—¿Lo pongo? —preguntó.

—¿Para qué creés que lo mandé conseguir? —dijo el Mono.

Carlitos se subió a un taburete que crujía y enroscó el bombillo. Listo, dijo. Prendelo, dijo el Mono. Carlitos salió y, desde afuera, encendió la luz.

—Huy —se quejó don Diego y apretó los ojos.

—¿Qué prefiere, entonces, la luz o la oscuridad? —preguntó el Mono.

—Es muy sencillo —dijo don Diego—. De día prefiero la luz y de noche la oscuridad, como todo el mundo.

—A Isolda la enterró de noche.

—Nos agarró la noche, que es muy distinto. Había mucha gente y llegamos tarde al cementerio.

—Yo estuve ahí —dijo el Mono.

—Apague la vela —le dijo don Diego—, ya no se necesita.

—Me conmovió mucho la música que tocó la maestra de Isolda —comentó el Mono y apagó la vela de un soplido.

—Qué obsesión la suya —dijo don Diego.

El Mono lo miró en silencio. Don Diego le preguntó:

—¿Por qué nosotros? ¿Por qué Isolda?

—No sé —respondió el Mono y se quedó pensativo—. Ella era como una rasquiña dentro de mi cabeza.

Don Diego soltó una de esas risitas que tanto molestaban al Mono. Luego tosió. El Mono miró el reloj y dijo:

—Aquí el tiempo es muy lento.

—Y me lo dice a mí —dijo don Diego.

—No es culpa mía. Si sus parientes se apuraran...

—Ya no lo dudo —dijo don Diego—. Siquiera se murió, si iba a pasar por estas, es una suerte que se haya muerto.

Se acomodó para sentarse más derecho.

—Ningún hombre le puso la mano encima —dijo—, ni la engatusó para que conociera el sexo, no alcanzó siquiera a tener malos pensamientos.

El Mono soltó una risa seca que repitió varias veces.

—Mono —Carlitos abrió la puerta, sin tocar. Estaba pálido.

—Qué te he dicho, hombre —le reclamó el Mono.

—El Tombo necesita hablar con vos —dijo Carlitos—. Dice que es muy urgente.

—¿Qué pasó? ¿Encontró al Cejón?

—No, Mono, allanaron tu casa. La policía.

El Mono saltó hacia la puerta y salió empujando a Carlitos. Don Diego botó a un lado la cobija, intentó pararse pero volvió a caer sentado en el catre. Oyó el ruido del candado y la confusión afuera. Logró pararse y caminó hasta quedar debajo del bombillo. Le puso la cara a la luz, como si fuera el sol, y sonrió.

40.

El viento que entraba por la ventanilla del carro desordenaba el pelo mugriento de Marcel Vandernoot, que iba en el asiento de atrás, con los ojos cerrados. Era la primera salida desde que había llegado a Medellín y, por su actitud, parecía que prefería mirar hacia adentro que hacia afuera. Rudesindo manejaba y a su lado iba el mayor Salcedo con el mapa desplegado, dando órdenes por el radioteléfono.

—Repito —dijo—, nada de sirenas, nada de luces, acordonen la zona con mucha discreción. Ya nos estamos acercando.

—Yo nunca había estado por acá —dijo Rudesindo y enfiló su Mercedes-Benz por una loma empinada, en medio de casas modestas.

—¿Cómo hacemos para que el señor nos dé la dirección exacta? —preguntó el mayor.

Rudesindo miró a Marcel por el retrovisor.

—Esperemos —dijo—. Parece que viene concentrado.

—A mí me parece que se está pudriendo —dijo el mayor y bajó su ventanilla. A Marcel se le revolvió más el pelo pero no abrió los ojos.

—Quince hombres en posición, mi mayor —dijo alguien por el radio.

—No muestren armas hasta confirmar el QTH.

El mayor miró los números de la calle y los ubicó en el mapa. El radio siguió chirriando.

—Estamos a cuatro cuadras de la zona —le dijo el mayor a Rudesindo—. Despiértelo y avísele.

Pasaron junto a la iglesia de Campo Valdés y en el parquecito unos muchachos se quedaron mirando el carro. Mariguaneros, comentó el mayor. Yo le dije que nos viniéramos en uno de sus carros para no llamar la atención, dijo Rudesindo. ¿En la patrulla?, preguntó con sorna el mayor. Y creo, dijo Rudesindo, que deberíamos tener lista una ambulancia en caso de que Diego necesite de primeros auxilios. Eso ya lo tengo previsto, dijo el mayor. Subieron dos cuadras más y luego giraron a la izquierda, según las indicaciones que daba el mayor Salcedo.

—Ya estamos —dijo, y señaló el círculo rojo que Marcel había trazado en el mapa.

Rudesindo detuvo el carro y no tuvo necesidad de advertirle a Marcel, porque, un segundo antes, abrió los ojos. Pidió que le señalaran la ubicación exacta. Miró el plano y le pidió a Rudesindo que fueran hasta el punto medio del círculo.

Avanzaron y Marcel volvió a cerrar los ojos. El mayor dijo por el radioteléfono, Tigre a bloque, Tigre a bloque, estamos en la zona. La ambulancia, le recordó Rudesindo. ¿Me confirma solicitud de unidad médica?, preguntó el mayor. El radio hizo una serie de ruidos y luego alguien dijo, ¿cuál solicitud, mi mayor? Estos güevones, dijo el mayor Salcedo, y le avisó a Rudesindo que ya estaban en el punto que había pedido Marcel. Volvieron a detenerse. El mayor miró el mapa y vio que tenían entre ocho y diez cuadras a la redonda.

—El área sigue siendo muy amplia —dijo.

—¿Entonces? —le preguntó Rudesindo a Marcel.

—Recorra la zona, primero hacia el norte y luego en sentido de las manecillas del reloj, de afuera hacia el centro.

—¿Qué dice? —preguntó el mayor, y Rudesindo le tradujo.

—Tiene que apagar el radio —dijo Marcel.

—¿Qué dice?

—Tiene que apagar eso.

—Imposible —alegó el mayor—. Necesito coordinar el operativo.

—¿No le parece que primero deberíamos encontrar la casa? —le preguntó Rudesindo.

—No puedo aislarme.

—¿Qué pasa? —preguntó Marcel.

—A ver, mayor —dijo Rudesindo, impaciente—. Primero buscamos la casa y luego usted prende su aparato y monta el operativo, ¿le parece?

De mala gana, el mayor les avisó a sus hombres que estaría fuera del aire mientras daban con la ubicación. Apagó el radio y se lo puso entre las piernas.

—¿Me indica por favor hacia dónde es el norte, mayor? —le preguntó Rudesindo.

Marcel bajó por completo la ventanilla y se inclinó un poco hacia delante, siempre con los ojos cerrados. Le pidió a Rudesindo que manejara más despacio. El mayor Salcedo le daba golpecitos con los dedos al radio y miraba hacia la calle, como si se fuera a encontrar a don Diego asomado en una ventana.

—Avíseme si me salgo del área —le dijo Rudesindo, en voz baja.

Le dieron una primera vuelta al perímetro marcado y nada pasó. Luego iniciaron la segunda vuelta, más hacia el centro.

—Espere —dijo Marcel—. Devuélvase un poco.

—¿Qué dijo? —preguntó el mayor.

Rudesindo no respondió y echó reversa, despacio. Pare, dijo Marcel. Abrió los ojos y se asomó por la ventanilla. Es esa, dijo y señaló, discretamente, una casa de dos pisos, en la mitad de la cuadra. ¿Qué pasa? ¿Qué está diciendo?, preguntó el mayor. Es esa, le dijo Rudesindo, sin señalar. ¿Cuál, carajo? La del garaje verde, respondió Rudesindo. Vámonos, dijo Marcel. El mayor empuñó la pistola en su cintura y prendió el radioteléfono. Rudesindo arrancó, dio vuelta en la esquina y se parqueó frente a una panadería.

—Espere un momento, mayor —le dijo Rudesindo, a punto de bajarse—. Primero necesito hacer una llamada.

Pero ya el mayor Salcedo estaba dándoles órdenes a sus hombres para que se acercaran. Rudesindo insistió:

—Primero tengo que hablar con Dita.

El mayor se bajó del carro y siguió hablando en la calle. Rudesindo, resignado, entró a la panadería a buscar un teléfono público.

Dos minutos después, salió y ya no encontró al mayor Salcedo. ¿Adónde se fue?, le preguntó a Marcel. El belga levantó los hombros y pidió que lo llevara de vuelta al castillo. Espere aquí un momento, le pidió Rudesindo, y corrió hasta la esquina, desde donde vio que un tropel de policías tumbaba a patadas la puerta de la casa que les había indicado Marcel.

Lida oyó un golpe fuerte y pensó que era el Mono, que otra vez había botado la llave. Antes de que terminara de decir, ya le abro, mijo, un estruendo la hizo detenerse y correr de vuelta, escaleras arriba. Desde la cocina oyó que la puerta se venía abajo, gritó, se santiguó y preguntó, ¿quién anda ahí? Sintió pasos rápidos que se dirigían hacia ella, fue hasta el teléfono en la pared y cuando iba a marcar, cuatro policías la apuntaron con sus pistolas.

—No se mueva —le dijo uno.

Ella levantó los brazos sin soltar el teléfono.

—¿Quién es usted? —dijo otro.

Ella alcanzó a ver más hombres moviéndose por la casa.

—¿Qué pasó?, ¿qué están haciendo? —exclamó Lida, muy angustiada.

—¿A quién va a llamar? —le preguntó un cabo.

—Pues a la policía —dijo ella.

—¿Quién es usted? —volvió a preguntar el cabo.

—Me llamo Lida Lucía Osorio Ledezma.

Un policía se acercó a los de la cocina y les dijo, no hay nadie. Pues claro que no hay nadie, dijo Lida, mi hijo está trabajando y yo estoy aquí sola. Cállese, le dijo el cabo. Avísenle a mi mayor que el terreno está despejado. Pero ¿qué está pasando?, preguntó otra vez Lida, ¿por qué están aquí? Siéntese en esa silla y no se mueva, le ordenaron.

El mayor Salcedo subió las escaleras con parsimonia, como si ya conociera el terreno que pisaba. Miró con desprecio cada cosa y entró a cada cuarto sin detenerse. En cada uno, por orden suya, los policías seguían esculcando. Se asomó a la cocina y vio que Lida lloraba e insistía en que le dieran una explicación. Salió y le preguntó a uno de sus hombres:

—¿Qué dice la sospechosa?

—Vive sola con su hijo, dice que solo sale a misa y al granero, y no sabe nada del señor que estamos buscando.

—¿Y el hijo?

—Dice que está trabajando.

El mayor dio vueltas en la pequeña sala, como un perro desubicado, y luego se sentó en una poltrona. Vaya usted y fíjese si afuera todavía están los señores con los que vine, ordenó el mayor. Y sigan buscando pistas, dijo en voz alta para que todos oyeran. Se mordió el pulgar y dijo bajito, yo al francés le corto las pelotas.

Rudesindo y Marcel aparecieron a los pocos minutos. Apenas los vio, el mayor Salcedo negó con la cabeza. Aquí no está, les dijo, y cuando Rudesindo se lo iba a contar a Marcel, él levantó una mano para callarlo y otra vez cerró los ojos. El mayor se puso de pie y dijo, no me jodan más. Rudesindo lo calló con un dedo en la boca. Marcel abrió los ojos y dio un par de pasos, luego los volvió a cerrar, los abrió, dio otros dos pasos y así continuó desplazándose por la casa. Entró al cuarto de Lida y vio la poca ropa que tenía desparramada en el piso, los cajones abiertos y el colchón botado contra la pared. Caminó por el cuarto, cerrando y abriendo los ojos. Luego salió y fue a la cocina. Allá también estaba todo tirado. Vio a Lida sentada en un taburete, lamentándose. Le decía al policía que la interrogaba, mi hijo es tan sano que ni siquiera se ha casado, y cuando vio a Marcel, les preguntó, ¿y este quién es?

Marcel salió de la cocina con la misma formalidad con que había entrado. Cruzó frente al único baño y apenas lo miró. Volvió a pasar junto al mayor y a Rudesindo. El mayor iba a decir algo y Rudesindo le advirtió, no lo moleste, déjelo. Marcel, entonces, entró al cuarto del Mono. Caminó entre la ropa, esquivó los cajones en el piso, tomó aire, cerró los ojos y estiró un brazo con la palma de la mano hacia abajo. Giró sobre sí mismo mientras dos policías se miraban confundidos. Luego se agachó y hurgó despacio entre la ropa. Y de una pila de camisas y pantalones sacó, olorosa y pegotuda, la minifalda roja.

—Diego estuvo aquí —le dijo Marcel a Rudesindo cuando le entregó la falda—. O al menos estuvo en contacto con esta prenda.

—¿Qué dice? —preguntó el mayor, a punto de reventar.

Rudesindo le tradujo y le pasó la falda. El mayor la palpó, se la llevó a la nariz, hizo un gesto de fastidio y dijo, tráiganme a la señora.

Lida llegó temblorosa, de los nervios un hombro le saltaba sin control.

—¿Esto es suyo? —le preguntó el mayor.

Ella negó con la cabeza.

—Yo ahí no quepo —dijo.

—¿La reconoce?

Lida volvió a negar.

—Estaba en el cuarto de su hijo.

—Será de su novia —dijo Lida—. Ella es la única que se pone cosas así de chiquitas.

—¿Dónde está ella? —preguntó el mayor.

Lida hizo una mueca displicente y dijo:

—Ni idea. A mí esa muchacha no me gusta.

Marcel le dijo a Rudesindo, estoy cansado, quiero irme ya. ¿Qué dice? Quiere irse. Un momento, dijo el mayor, pregúntele si está seguro de que la víctima estuvo en contacto con la falda. Mayor, dijo Rudesindo, ya lo dijo, no me ponga a preguntarle pendejadas. Además, dijo un agente, se fue derecho a sacarla de un arrume de ropa, como si supiera que ahí estaba. Me voy, dijo Marcel y salió de la sala. Un momento, dijo el mayor, pero ya el belga iba bajando las escaleras. Usted, señora, le dijo el mayor a Lida, mejor no se mueva de esta casa, y dígale a su hijo que necesitamos hablar con él, y también con su novia. Luego levantó la falda roja, como un trofeo, y anunció en voz alta:

—Esta falda queda decomisada.

41.

En una cantina del centro, en pleno barrio Guayaquil, y apenas empezando la noche, el Mono le veía el fondo a una botella de aguardiente. Twiggy lo encontró ya borracho. Él le reclamó por haberse demorado y ella a él por estar bebiendo. No, Mono, le dijo, con semejante lío te toca tener la cabeza muy fría. Así es cuando uno la caga. Les voy a mandar a ese viejo en pedacitos, le dijo el Mono. Mandáselos como querás, le dijo ella, pero tenés que dejar de beber. Se los voy a devolver dentro de una caja de zapatos, dijo el Mono con más rabia. Twiggy levantó el brazo para llamar a una mesera y le pidió una cerveza. Miró a su alrededor con desconfianza, y dijo, a mí no me gusta este sitio, Mono. Mejor dicho, no me gusta venir por acá.

—Aquí abren temprano y cierran tarde —le dijo el Mono.

Ella sacó un cigarrillo de la cartera, que mantenía abrazada desde que llegó. La mesera volvió con la cerveza y un vaso, pero Twiggy prefirió tomársela a pico de botella. De pronto vio que el Mono empezó a sacudirse y a ponerse colorado.

—¿Qué te pasa, Mono?

Él apretó los ojos y los dientes, cada vez más rojo.

—¿Qué te está pasando? Respirá, Mono, tomá aire.

Twiggy intentó tomarle una mano, pero él la retiró tan rápido que golpeó una copa y fue a dar al piso. Cuando ya parecía que no podía aguantar más, reventó en un llanto estridente.

—Mono —dijo Twiggy, y volvió a buscarle la mano.

Él se cubrió la cara y siguió llorando. La mesera lo miró desde la barra, mientras jugaba a enroscar un chicle en el dedo.

—Esto no es bueno, Mono —dijo Twiggy.

—Lo que más me duele —dijo él, con la mano empuñada y entre ahogos—, lo que me arde, es la manera como trataron a mi mamá.

Twiggy volvió a llamar a la mesera y le pidió una servilleta. La ultrajaron, dijo el Mono, le volvieron mierda la casa, la amenazaron. ¿Y ella te preguntó por qué habían ido? El Mono asintió. ¿Qué le dijiste? ¿Qué le iba a decir?, que no tenía ni idea, que iba a averiguar por qué habían ido y que les iba a exigir que le pagaran todo lo que le rompieron. La mesera volvió con la servilleta.

—Limpiate —le dijo Twiggy al Mono.

Ella tomó cerveza mientras él se secaba los ojos.

—Te están siguiendo —dijo Twiggy—. ¿Será que el Cejón te delató?

—El Cejón no sabe dónde vivo —dijo el Mono. Se sonó la nariz y añadió—: Dizque uno de ellos hablaba en otro idioma.

—¿El belga?

El Mono asintió.

—Yo te advertí que ese belga nos iba a joder la vida —dijo él.

—Te están siguiendo, Mono. De eso no hay duda.

—Por eso te llamé.

—No, Monito, ya no más favores, por favor.

—Allá no puedo volver.

—¿Y a qué tenés que volver a tu casa? Soltá a ese viejo y te largás para otra ciudad.

—Al viejo lo voy a matar.

—Bueno, lo matás y te largás. Pero tenés que moverte, Mono, te van a agarrar.

—No me puedo ir sin algo que tengo allá.

—¿Dónde?

—Pues en mi casa.

—Tu mamá te lo lleva a algún lado.

—No, a mi mamá no la puedo meter más en esto.

—¿Y a mí sí?

El Mono alzó la botella y vio que le quedaban al menos dos tragos. Desenroscó la tapa y bebió. Apenas terminó, llamó a la mesera con la mano. No, Mono, no más. Dejame. Si pedís más, me voy. La mesera se acercó con desgana. Ajá, dijo. El Mono miró a Twiggy. Nada, le dijo el Mono a la mesera. Ella salió refunfuñando.

—Vos sos de toda mi confianza —le dijo el Mono a Twiggy.

—No, pues qué piropo.

—En serio.

Ella se echó hacia delante, botó el humo y le dijo:

—¿Llevamos cuatro años juntos y querés que me ponga feliz porque apenas ahora me decís que confiás en mí?

El Mono se quedó mirándola y volvió a hacer pucheros.

—Ay, Mono, no vas a empezar otra vez. Te estás volviendo muy llorón.

Él se limpió los ojos con la servilleta arrugada y se quedaron callados un rato, oyendo una canción de Julio Iglesias. Twiggy terminó el cigarrillo y la cerveza. Luego tarareó, *Aún recuerdo aquel ayer cuando estabas junto a mí, tú me hablabas del amor, yo aún podía sonreír...* El Mono puso la mano sobre la mesa y la abrió para que ella se la tomara.

—Vos sos mi norte, monita —le dijo—, mis pies en la tierra.

Ella le sonrió y le apretó la mano.

—Toda mi vida he trabajado muy duro —dijo el Mono—. Desde muy muchacho me he arriesgado para levantarme unos pesitos. Y he sido juicioso, me he tomado mis traguitos, pero de ahí no paso. No juego, no me gasto la plata en mujeres, de vez en cuando me fumo un baretico pero no tengo más vicios.

—¿Por qué la biografía, Mono? —lo interrumpió Twiggy.

Seguían agarrados de la mano. Él dudó en decir algo hasta que finalmente se decidió:

—Tengo todos mis ahorros guardados en la casa.

Twiggy abrió los ojos. ¿Todos? Todos. Qué descuido, Mono. ¿Y dónde más los podía guardar?, vos sabés que a mí no me quieren en los bancos. Pues sí, pero..., dijo Twiggy, y le preguntó, ¿y el allanamiento? No los encontraron, los tengo muy escondidos, respondió él, y eso es lo que quiero pedirte, que vayás a buscarlos. Ella se movió incómoda en el taburete. ¿Y como cuánto hay ahí?, preguntó. No sé, nunca lo he contado. ¿Y dónde está guardado? ¿Vas a ir?, preguntó él. Ella titubeó, pues sí, pero ¿y tu mamá? Pues cuando salga para misa, dijo el Mono. Twiggy se mordió un nudillo. ¿Te acordás de la lámpara que me regalaste?, le preguntó el Mono. ¿La roja del techo? Sí, esa. ¿Ahí?, preguntó Twiggy, extrañada. Encima, dijo él. Ella se quedó callada, respirando hondo, y él le dijo, se te puso helada la mano, mi amor.

42.

Un barrendero limpiaba la acera frente a la casa del Mono Riascos y Twiggy se tapó la nariz para cruzar la calle en medio de una nube de polvo. Abrió tranquila, como si entrara a su propia casa, con la comodidad de usar la llave y no garfios y ganchos para el pelo. Lida andaba en misa de seis. Twiggy había llegado retrasada pero no se preocupó porque, según el Mono, no le tomaría más de diez minutos hacer la diligencia.

Subió las escaleras sin hacer ruido, más por costumbre que por precaución, y fue directo al cuarto del Mono. Cuando entró, sufrió uno de los sustos más grandes de su vida. Fue tal la sorpresa que el muchacho también se sobresaltó.

—¿Quién es usted? —le preguntó ella, temblando.

—¿Yo? —respondió el muchacho para darse tiempo.

—Sí, usted.

El cuarto estaba patas arriba, las puertas del clóset abiertas, los cajones regados en el piso. Twiggy siempre cargaba en la cartera una navaja pequeña con la que abría puertas. Metió la mano con disimulo, pero el muchacho se dio cuenta.

—Quieta —le dijo—. No vaya a hacer ninguna pendejada.

—¿Quién es usted? —insistió Twiggy—. ¿Qué está haciendo aquí?

—El Mono me envió.

—¿El Mono? ¿Y a qué?

—A que le llevara algo.

—¿Ah, sí?, ¿y qué cosa?

—Algo que necesita con mucha urgencia.

Twiggy se cruzó de brazos, se quedó un rato pensativa y le preguntó:

—¿Usted es el de la moto?

—Ajá.

—¿Y qué tiene que ver con el Mono?

—Somos amigos.

—¿Amigos? —preguntó Twiggy y lo miró con sospecha—. Yo al Mono le conozco todos los amigos.

Twiggy miró el desorden alrededor.

—Y esto ¿por qué está así? —le preguntó.

El muchacho alzó los hombros. Porque no he podido encontrar lo que buscaba. Qué casualidad tan rara, dijo ella, a mí también me mandó por algo. El muchacho levantó una ceja. ¿Qué cosa?, le preguntó. Oiga, dijo ella, muy molesta, yo soy la novia del Mono, esta es como mi propia casa, váyase, que estoy de mucho afán. No me puedo ir sin lo que necesita el Mono, dijo él. Twiggy miró de reojo hacia el techo, al punto donde colgaba la lámpara.

—¿Y cómo entró? —preguntó ella—. No creo que con la llave porque yo la tengo.

El muchacho no le respondió y se quedó mirándola de arriba abajo.

—Contésteme, ¿cómo entró?

El muchacho dio un paso adelante. Ella no se movió.

—Entré por la puerta —dijo él, y le mostró una llave que sacó del bolsillo.

—No le creo —dijo Twiggy.

Volvió a mirar callada al muchacho y luego salió del cuarto.

—¿Para dónde va? —le preguntó él.

—Voy a llamar al Mono.

Salió apurada para la cocina y él la siguió. Ella levantó el teléfono y el muchacho le agarró el brazo. Espere, le dijo. Suélteme, le gruñó Twiggy, y lo miró con rabia. Tengo afán, dijo y forcejeó. Se retaron con la mirada y él, finalmente, le aflojó el brazo.

—Está bien —dijo el muchacho—. Saque lo que tenga que sacar. Yo espero afuera.

Ella entró sola al cuarto. El muchacho se quedó mirándole la minifalda y las piernas antes de que cerrara la puerta, y oyó cuando puso el seguro.

Ella dejó la cartera a un lado y se paró debajo de la lámpara. Estiró el brazo para calcular la altura. Notó que le sudaban las axilas. Acercó el taburete que estaba junto a la ventana, se subió pero apenas alcanzó a empujar hacia arriba la lámina de yeso del cielorraso. Necesitaba una escalera o un butaco más alto.

Entonces salió y vio que el muchacho no estaba ahí aunque oyó correr el agua del lavamanos. Bajó rápido hasta el garaje y buscó en los muebles. No encontró nada y subió otra vez. El muchacho seguía en el baño. Ella se encerró en el cuarto. Miró la cama y la arrastró hasta el centro. Puso el taburete sobre el colchón, intentó subirse pero el taburete no se sostuvo y Twiggy cayó sobre la cama. Lo volvió a intentar. Se cayó de nuevo, pero no se dio por vencida. Logró agarrarse del marco que sostenía la lámina y, aunque se empinó, no alcanzó a ver dentro del cielorraso.

Se sentó en la cama, muy fastidiada, y empezó a morderse los nudillos. Salió otra vez y vio que la puerta del baño seguía cerrada. Se acercó con cuidado para tratar de escuchar algo y oyó unos ruidos muy leves que no le decían nada. Pero un ruido estridente en la sala casi la mata. De un reloj pegado a la pared salió un pajarito cucú a dar la hora. Twiggy regresó al cuarto y pateó con rabia la ropa tirada en el piso. Luego se recostó contra la puerta para intentar calmarse. Se le agotaba el tiempo. La misa a la que fue Lida ya tendría que haber terminado. Entonces se asomó a la sala y dijo:

—Oiga. Salga.

El muchacho salió del baño sin camisa, secándose la cara con una toalla. Twiggy vio que algunas gotas de agua le chorreaban por el pecho, por entre los músculos del abdomen, y se le perdían dentro del bluyín. También le pareció que olía a la colonia que usaba el Mono.

—¿Qué pasa? —le preguntó él.

—¿Qué estaba haciendo? —preguntó ella.

—Me estaba refrescando.

—Venga —le dijo Twiggy.

El muchacho se acercó despacio, le sonrió y ella se sintió incómoda. Tengo que bajar algo de allá arriba, dijo Twiggy, y le señaló el hueco en el techo, necesito que me alce. El muchacho volvió a sonreírle y ella sintió un frío en los huesos. Él le preguntó, ¿y qué hay ahí? Unos documentos muy importantes del Mono, dijo ella. ¿Y cómo hacemos?, volvió a preguntar el muchacho, mientras le miraba el pecho perlado de sudor.

—Súbame en sus hombros —dijo Twiggy.

El muchacho, entonces, se sentó en la cama y ella se le trepó por detrás. Él se puso de pie y cuando ella le apretó los muslos contra el cuello, el muchacho sintió en su nuca el calor, la humedad y los pelos del coño de Twiggy. Trastabilló cuando quiso ponerse debajo de la lámpara. Más a la izquierda, dijo ella, y pudo asomarse por el hueco. Allá está, dijo cuando vio algo. ¿Alcanza? Creo que sí. Ella aflojó un poco los muslos para intentar empinarse apoyada en los hombros de él, y en cada intento le frotaba el coño en la nuca. El muchacho apretó los ojos y la mandíbula. Ya casi, dijo ella, y estrechó más los muslos y le pegó más el coño, que ardía y mojaba como una boca.

—La tengo —dijo ella.

—¿Qué es?

—Una maleta.

—Pero ¿puede?

—Creo que sí.

Twiggy hizo un ruido de aguantar fuerza, trató de abrazar la maleta pero no pudo sostenerla y se le soltó sobre la cabeza del muchacho. Él no aguantó el golpe, perdió el equilibrio y los dos cayeron sobre la cama. La lámpara se bamboleaba en el techo, como una piñata.

La maleta se abrió y muchos fajos de billetes quedaron desparramados en el piso. Twiggy se incorporó un poco para verlos, luego miró asustada al muchacho. ¿No dizque eran papeles?, le preguntó él. Pues eso me dijo el Mono, le respondió ella, pero él ya no miraba la plata sino que tenía los ojos clavados en el coño de Twiggy. Ella no hizo ningún esfuerzo por taparse. Volvió a mirarle los músculos marcados del pecho y el abdomen, le miró el bulto duro y lo miró a los ojos. El muchacho se le abalanzó y ella se echó hacia atrás, nerviosa. Él empezó a besuquearla y a tocarla por todas partes. Sin salir de su asombro, ella le dijo:

—Yo pensé que eras marica.

Los gemidos de Twiggy llenaron toda la casa. Eran gemidos sueltos, desinhibidos. El muchacho también empezó a gemir y luego a bramar, y juntos sonaban maravillosamente hasta que oyeron un alarido que no era de ellos.

—¡Qué están haciendo en mi casa!

Vieron a Lida parada junto a la puerta, con la cara a punto de reventar. Los dos se miraron pasmados. Twiggy se cubrió con la sábana y Lida salió en carrera.

—Agárrela —le dijo Twiggy al muchacho.

Él saltó desnudo de la cama y corrió tras ella. La encontró con el teléfono en la oreja, a punto de marcar, y alcanzó a arrebatárselo. ¡Auxilio, socorro, me matan!, gritó Lida mientras el muchacho la enrollaba con los brazos. ¡Auxilio!, gritó otra vez, y él le tapó la boca con la mano. Twiggy apareció envuelta en la sábana. Busque algo con que amarrarla, le dijo el muchacho, y ella abrió varios cajones pero no encontró nada. Lida hacía lo posible por gritar. Espere, dijo Twiggy, y salió para el cuarto del Mono. Fue directo al clóset y le quitó los cordones a un par de zapatos.

El muchacho arrastró a Lida hasta una silla, la misma donde la habían interrogado los policías cinco días antes. La sentó a la fuerza y Twiggy la amarró de pies y manos. La amordazaron con el trapo de la cocina. Verificaron que estuviera completamente inmovilizada, tomaron aire y se recostaron contra la pared.

—¿Y ahora qué? —preguntó el muchacho, jadeando.

Twiggy lo vio ahí parado, brillante y fuerte como un toro, con cada músculo en su sitio, y le costó creer que hacía apenas unos minutos había estado con él.

—Tocará irnos —le dijo ella con miedo.

—No alcancé a terminar —le dijo el muchacho.

Ella le sonrió. Lida se meció en la silla y gruñó a través del trapo. Twiggy le susurró al muchacho, a mí también me quedó faltando un poquito. Él la besó. Lida sacudió la cabeza con fuerza. Un hombro le saltaba sin control. No creo que se vaya a mover de ahí, le dijo Twiggy al muchacho, le agarró la mano y salieron para el cuarto.

Lida se zarandeó, intentó saltar hacia el cajón donde guardaba los cuchillos, iracunda porque no avanzaba, vencida porque en uno de los saltos la silla se fue de lado y cayó al piso. Rugió cuando oyó las carcajadas de Twiggy y el muchacho en el cuarto del Mono, convulsionó cuando volvió a escuchar los gemidos, aunque ahora más lentos y suaves.

Salieron de la casa y el barrendero seguía ahí. El muchacho cargaba la maleta y Twiggy parecía feliz. Se besaron en la boca, con lengua y sin afán. Luego cada uno agarró para distinto lado. El barrendero soltó la escoba y se fue detrás de Twiggy.

43.

Ese día, desde temprano, don Diego se la pasó encerrado en la biblioteca, hojeando periódicos alemanes que le llegaban hasta con dos semanas de retraso. Poco le importaba recibirlos tarde, porque la situación en Alemania era de tensa calma. A duras penas se sacudía por rumores de espías o comentarios provocadores de algún gobernante. Con mucha razón la llamaron la Guerra Fría.

Durante esa mañana estuvo escuchando varias piezas para piano de Mozart, hasta que Dita lo llamó a almorzar. Era domingo y solo había una empleada que les arreglaba los cuartos y les preparaba un almuerzo ligero. Mientras comían, don Diego revisó la correspondencia que le había quedado pendiente. Dita estuvo callada casi todo el tiempo.

—Por fin una carta de Mirko —dijo don Diego y empezó a leerla. A medio camino en la lectura, exclamó—: El pobre regresa a Berlín.

Dita le sonrió pero él siguió leyendo, sin mirarla. Menos mal, dijo don Diego, nunca se amañó en la Argentina. ¿Crees que es un buen momento para volver?, preguntó Dita. Ha pasado mucho tiempo, dijo don Diego, además nunca se probó nada contra él, solo fueron rumores. Muy diferente al caso de Arcuri. Ese sí que tenía líos pendientes, quién sabe en qué hueco se habrá escondido. Nunca supimos si vio las fotos del castillo terminado, comentó Dita y tocó la campanita que ponía a su lado. La empleada vino y ella le pidió que le retirara el plato.

—Por leer no has comido —le reprochó a don Diego.

Él siguió concentrado en otra carta. Ella miró su reloj y dijo:

—Voy a descansar un rato.

—¿No me acompañas a Itagüí? Hoy tienen un pequeño concierto —dijo él.

—No me siento bien.

—¿Qué te pasa?

—Lo de siempre, creo.

Lo de siempre era tristeza. La desolación de vivir sin Isolda, aunque parecía que ella seguía en el castillo. El cuarto estaba igual, la casa de muñecas, la última partitura sobre el piano, la toalla lista para la ducha, el despertador en la mesa de noche programado para que sonara a las seis y media, la ropa en el armario. Déjala ir, le pidió Dita muchas veces, pero él siempre le contestó con un «no» seco. Luego ni se molestó en responderle y ella no volvió a suplicar.

Él por fin terminó de almorzar y regresó a su estudio. Tenía media hora antes de la consabida visita que cada domingo hacía a la biblioteca que le había donado al municipio de Itagüí. Se echó en su sillón y volvió a repasar la carta de Mirko. Hacía mucho que no tenía noticias suyas y la carta le alborotó los recuerdos. Se sirvió un coñac y esculcó entre los discos. Y ahí la encontró, de primera en el arrume, como si Mirko le hubiera dicho, ponte a Maria Callas.

Soltó la aguja del tocadiscos sobre el aria que lo conectaba con el dolor. *Dolce e calmo*, de *Tristán e Isolda*. Cuando la escuchó por primera vez le había comentado a Mirko, Wagner se debe estar revolcando en su tumba, no porque la cantara la Callas, que la interpretaba mejor que todas, sino porque lo hacía en italiano. Tal vez el italiano la acerca a lo lírico, que es lo suyo, le respondió Mirko.

Don Diego regresó al sillón y cerró los ojos, con la copa de coñac entre las manos. Isolda le cantaba a Tristán, recién muerto, y le afianzaba su amor antes de morir ella también, ahí mismo, a su lado. Ninguna muere como la Callas, le decía don Diego a Mirko cada vez que la veía morir sobre un escenario. Ninguna, se lo confirmaba Mirko. Pero ¿cómo se murió mi Isolda?, se preguntó don Diego en ese instante. La nota final de la Callas se fundía en la música, y él trataba de pasar con el coñac la pena de saber que su hija había muerto sola.

Saltó de un duermevela en el que había entrado con el aria siguiente y miró la hora. Ya era el momento de ir a cumplir su cita en la biblioteca. Y otra, que no sabía, con el destino.

Dita, desde su cuarto, escuchó *Dolce e calmo* a todo volumen y maldijo que además del despertador, de la ropa, las muñecas y todo lo que prolongaba una presencia inexistente, era una tortura escuchar la muerte de la otra Isolda. Se levantó de la cama y salió al jardín a respirar otro aire que no fuera el de la tragedia.

Caminó sin rumbo, de un lindero a otro, y a veces se detenía a mirar las hortensias o a oler los lirios, o seguía con la mirada el recorrido inquieto de una ardilla. Sintió cuando Gerardo prendió la limusina, pensó que tal vez hacía mal en no acompañar a don Diego a la biblioteca, pero también tenía ganas de quedarse sola, sin la obligación de sonreírle a nadie, ni aguantarse los comentarios formales que le hacían y que ella tenía que hacer, ni soportar los gestos de lástima de los otros. Este dolor no se comparte, pensó Dita frente a los anturios, y a lo lejos oyó el ruido de la cadena en la reja de entrada.

Subió hasta la parte trasera del castillo y arriba vio el bosque. Avanzó hacia la quebrada sin pasar por la casa de muñecas. La rodeó detrás de los helechos, la miró de reojo, se le encogió el corazón y siguió de largo. El sol le pegó en la cara y se sintió cansada. Iba a regresar, pero le pareció que algo delgado voló frente a ella. Miró el bosque y lo notó agitado. Las ramas se movían con más fuerza que las de los otros árboles del jardín, como si adentro hubiera un ventarrón atrapado.

Un hilo le rozó la cara y vio en el brazo un pelo largo que no era suyo. Era eso, entonces. Lo tomó para guardarlo en su cofre. Lo enrolló en el dedo para no perderlo. Levantó la mirada, otra vez, hacia el bosque y vio venir un mechón dorado. Venía casi tan alto como un pájaro, y tuvo que correr para adelantarse y adivinar hacia dónde lo llevaría el viento. El mechón bajó un poco y algunos pelos se desprendieron del cadejo. Ella se detuvo, retrocedió y volvió a correr cuando el mechón cogió otra vez vuelo.

Llegó a la parte inclinada del jardín, arriba de la quebrada. Si el mechón pasaba el lindero, lo iba a perder. Lo vio bajar y subir, y después bajó de nuevo. Ella siguió corriendo detrás, y el terreno ya estaba muy empinado. Estiró los brazos lo más que pudo pero se resbaló y rodó sin freno hasta la quebrada. Medio cuerpo le quedó en el agua y el otro medio boca arriba. Le dolía la espalda, aunque no tanto como ver el mechón sobre ella, alejándose con el viento.

Frente a la biblioteca de Itagüí, al otro lado del parque, esperaban el Mono, Caranga y el Pelirrojo metidos en un Jeep Comando. Se movían inquietos en los asientos. Casi ni hablaban. El Mono miraba intranquilo hacia todas las esquinas. Estiró el brazo para prender el radio pero no le funcionó. Giró el botón varias veces y nada.

—Bonito el carro que nos consiguió Maleza —dijo.

El Pelirrojo apoyó la cabeza en el asiento y Caranga, atrás, se sentó de medio lado. Se me están entumeciendo las piernas, dijo. El Mono empezó a darle golpecitos con los dedos al timón. El Pelirrojo lo miró molesto. Alrededor, todo se movía con lentitud de domingo. El Mono siguió el tamborileo. El Pelirrojo no se aguantó y le dijo, quedate quieto, ¿sí? El Mono ni lo miró. De pronto, por uno de los costados, asomó la trompa de la limusina. El Mono se irguió, tomó una bocanada de aire y dijo:

—Ahí viene.

44.

Cada plaza tiene un bobo y Misael era el bobo de la plaza de Rionegro. Casi su dueño, porque allí no se movía una hoja sin su consentimiento. Su debilidad eran los niños, que se aterrorizaban cuando lo veían acercarse, arrastrando las chanclas, para acariciarlos con sus manos enormes. Podía estar en un extremo del parque y apenas detectaba a algún chiquito, cruzaba rápido, babeando una retahíla incomprensible y sin soltar el palo que usaba de apoyo y de arma. No había niño que no entrara en pánico al verlo venir. Era inofensivo, pero su torpeza lo hacía apretarlos más de la cuenta cuando los alzaba.

Además de abrazar niños, Misael también cuidaba los carros, limpiaba la mierda de las palomas en la estatua del general José María Córdoba y mantenía a raya a los mariguaneros, a los que sacaba a palazos. Por hacer respetar la plaza era que se lo aguantaban. La gente decía que cuando Misael se enfurecía pasaba de bobo a loco. Para atenerse, lo mejor era preguntárselo directamente. Misael, ¿cómo amaneció hoy?, ¿loco o bobo? Si gruñía, había amanecido loco, pero si lo salpicaba a uno con una carcajada, era porque Misael volvía a ser el bobo del pueblo.

Entre las cosas que más lo alteraban estaba que otro loco, o bobo, invadiera su espacio. Se ponía energúmeno y nadie dudaba de que era capaz de hacerse matar con tal de defender su plaza. Aunque era cegatón, divisaba al intruso así solo asomara la cabeza en una esquina, y salía a enfrentarlo blandiendo el palo.

Sin embargo, lo que le reportó el teniente Botía al mayor Salcedo era que el loco que había aparecido en Rionegro hacía una semana no se había dejado sacar por Misael, y que, si bien no le dio pelea, tampoco se fue del pueblo, sino que se quedó merodeando cerca de la catedral. Decía que unos soldados lo iban a matar y cada vez que veía al cura, le suplicaba que lo confesara.

—Puras bobadas, mi mayor —dijo el teniente Botía—. Cosas que dicen los locos, usted sabe, pero no le habría puesto sobre aviso si esta situación no se me hubiera convertido en un asunto de orden público.

Para llegar a la iglesia el loco tenía que cruzar por la plaza, no había otra forma, y cada vez que lo intentaba se armaba una garrotera. Aguantando golpes, el aparecido lograba entrar a la iglesia y buscaba al padre, al que le tocaba terciar para calmar a Misael. Después tenía que curarle los golpes al otro. Y cuando salía de la iglesia, la misma cosa.

—Dígame algo, teniente —preguntó el mayor Salcedo—, ¿usted me hizo venir desde Medellín para que intercediera en una pelea de locos?

—No, mi mayor —dijo el teniente Botía—. Aquí hay algo más de fondo.

—Cuente, entonces.

Cuando estaba a solas con el cura, el aparecido le pedía que lo confesara, y el cura le seguía la corriente, para quitárselo de encima. Se acusaba de ser malo y de haberle hecho mucho daño a alguien.

—Un momento, un momento —dijo el mayor—. ¿A usted quién le contó eso?

—Pues el mismo cura.

—¿Y luego no era secreto de confesión?

—Pues será que eso no cuenta para los locos —dijo el teniente.

Confesó entonces, el aparecido, que él y otros habían secuestrado a alguien, a un viejo que mantenían encerrado en una cabaña, en un cuarto sin ventanas. El mayor abrió los ojos, se quitó el quepis y se pasó la mano por el pelo.

—¿Cómo se llama el sujeto?

—Ni idea. No tiene documentos.

—¿Y no ha dicho el nombre?

—No, mi mayor. Lo único que dice es que lo van a atacar más de mil soldados.

—¿Y de dónde viene?

—Tampoco ha hablado de eso, pero dizque lo vieron llegar por la vía de Santa Elena.

El mayor Salcedo pidió que se lo mostrara y el teniente lo acompañó hasta los calabozos. Me tocó encerrarlos a los dos porque se iban a matar a golpes, dijo. ¿Y qué más ha dicho?, preguntó el mayor. Nada más, únicamente lo que nos contó el cura. El mayor se echó una sonrisa rápida de medio lado. Tocará llevármelo para mis patios, dijo.

Entraron a los calabozos y el mayor hizo una mueca de mal olor. En las celdas había unos ocho hombres.

—¿Cuál es? —preguntó el mayor.

—Aquel.

—¿El de camisa verde?

—No, ese es Misael —aclaró el teniente—. Es aquel otro.

—¿El de cejas gruesas?

—Ese —dijo el teniente—. El cejón.

El mayor dio dos pasos adelante y se quedó mirándolo.

—¿Qué hago con él, mi mayor?

—Alístelo que me lo llevo —respondió.

El mayor salió a tomar aire fresco y el teniente Botía lo siguió apurado. Mi mayor, le dijo, ¿puedo pedirle un favor muy grande? El mayor Salcedo lo miró sin responderle. El teniente pasó saliva y le dijo, ¿podría llevarse también a Misael?

Twiggy vació su armario sobre la cama y empezó a escoger ropa para empacarla en una tula. Mientras decidía qué llevar, cantaba una canción de Gigliola Cinquetti que había puesto en el tocadiscos. Metió un vestido y luego lo cambió por otro, lo volvió a sacar y empacó otro distinto. El muchacho le había advertido que no llevara más de tres mudas. Yo te voy a llenar de ropa, le prometió, y a ella se le erizaba la piel de solo acordarse cuando se lo dijo al oído, después de hacer el amor. Con tal que me llenés de vos, le dijo ella extasiada, le pasó la mano sobre el abdomen y le dijo, estás hecho una viga, muñeco. Hacían el amor, descansaban un rato y luego él volvía a encaramarse sobre ella, y otra vez, una más. Una noche llegaron a hacerlo cuatro veces hasta que ella le suplicó, ya no más, por favor, mirá que estoy a punto de convulsionar. Quería llevar tres pares de botas, pero no veía cómo acomodarlas. Vació otra vez la tula. Aquí no cabe nada, se quejó, aunque siguió cantando.

Todavía le rebotaban en la cabeza las palabras del muchacho, vámonos del todo, vámonos en mi moto, y se montó otra vez sobre Twiggy. Ella también quería llevarse las revistas en las que salía en la portada la otra Twiggy, la verdadera. Como eran muchas, solo empacó una *Vogue* francesa que sacó de una casa y que guardaba como un trofeo de guerra. Abrió los cajones del tocador por si se le quedaba algo importante, y se encontró una foto de ella y el Mono, con una cascada de fondo. No sintió nada. Desde el mismo instante en que estuvo con el muchacho pasó de sentirlo todo a no sentir nada por el Mono. Un poco de miedo, tal vez. Así se lo dijo al muchacho la noche anterior, cuando él le propuso que se fugaran.

—¿Qué creés que va a hacer? —le preguntó Twiggy.

—No sé —dijo el muchacho—. Vos lo conocés mejor que yo.

—Como anda de loco, yo creo que me mata —comentó ella. Miró al muchacho y le dijo—: Y a vos también.

Se quedó pensando, con la mirada en el techo, y añadió:

—Imaginate. Te le vas con la plata y conmigo.

Sacó las botas cafés de la tula y metió las negras. Miró la hora y saltó. El muchacho había quedado en recogerla a las tres. La noche anterior no había dormido. ¿Y si todo fuera un sueño? Ese muchacho es todavía un niño, ¿cuántos años tendrá?, ¿cuántos le llevo? ¿Y si en seis meses se aburre de mí? Sonó el timbre y Twiggy volvió a saltar. Le va a tocar esperarme. ¿Y si nos echamos un polvo antes de irnos? Salió en carrera hasta la puerta, dichosa, sonriente y mojada. Abrió con la intención de tragárselo a besos, pero en lugar del muchacho se topó con la cara grasosa del mayor Salcedo, que venía acompañado de tres policías.

—¿La señorita Vanesa Montoya? —preguntó el mayor.

Twiggy, blanca como la pared, se agarró de la puerta.

—¿Quién es usted? —preguntó, con un chorrito de voz.

—Leonidas Salcedo, mayor de la Policía Metropolitana de Medellín.

Ella intentó ajustar la puerta y él metió el pie.

—Ya vengo —dijo ella—. Dejé prendido el tocadiscos.

—Permítame acompañarla —dijo el mayor.

Twiggy trató de sonreír, pero los músculos de la cara no le respondieron. El mayor, por el contrario, le soltó una sonrisa amplia y coqueta. Un policía se acercó a él con una de las fotos que habían encontrado en el laboratorio donde murió Caranga. Es ella, le susurró. El mayor miró la foto, sin dejar de sonreír. A Twiggy se le aguaron los ojos. Él le dijo, déjeme decirle, señorita, que usted se ve mucho mejor en persona.

45.

El Mono rodeó el cementerio de San Pedro, que a esa hora ya estaba cerrado, y buscó un hueco por donde colarse, una reja mal cerrada, un apoyo para saltar el muro. Se topó con un carbonero frondoso y vio que las ramas pasaban al otro lado. Hacía mucho que había dejado de subirse a los árboles y, sin embargo, sabía que era la única manera de entrar al cementerio. No había perdido la habilidad de trepar, y lo habría logrado sin tropiezos si no hubiera estado tan borracho. Al otro lado del muro no encontró en qué apoyarse y quedó colgando de los brazos, pataleando en el aire. No le preocupaba hacerse daño, sino salvar la media botella de aguardiente que tenía en el bolsillo de atrás. Por suerte, cayó parado como los gatos.

Zigzagueó entre las lápidas la ruta que ya conocía y cuando llegó al mausoleo, se arrodilló frente a las cariátides que custodiaban la puerta enrejada. Aquí estoy, mi niña, balbuceó el Mono, hoy vengo sin flores, perdóneme. Gateó hasta la reja y se agarró de ella para ponerse de pie. Clavó la mirada en las flores marchitas bajo el nombre de Isolda y se lamentó, qué pesar, nadie ha vuelto por aquí. Pegó la cara a los hierros y se puso a llorar pasito, para no alertar a los celadores. En cualquier momento se pondría oscuro y nadie lo descubriría si se acurrucaba entre el mármol negro. Sin dejar de llorar sacó la botella y se echó varios tragos largos. Le habló a la lápida y le dijo, de pronto mañana yo también estoy muerto. Trató de recordar el verso que decía, *Algo se muere en mí todos los días, la hora que se aleja me arrebata.* Repitió el comienzo para ver si con el impulso agarraba el resto, pero no logró recordarlo. Tarareó el verso hasta el final, hasta la estrofa que buscaba, *Y en todo instante, es tal mi desconcierto, que, ante mi muerte próxima, imagino que muchas veces en la vida... he muerto.* Respiró hondo varias veces y luego, como si le contara un secreto, le dijo a la tumba de Isolda, le he hecho prometer a mi mamá que cuando me muera, me entierre en este cementerio, no aquí con los ricos sino más allá, con los pobres. Es lo más cerca que podemos quedar, mi niña.

Tuvo ganas de orinar y miró alrededor. Por respeto, no era capaz de hacerlo ahí mismo. Ya había oscurecido y apenas se veía el resplandor de las luces de la calle al otro lado de los muros. Dio unos pasos a tientas, con el brazo estirado al frente, y cuando creyó que se había alejado lo suficiente, lo sacó y soltó el chorro. Regresó al mausoleo, palpó una de las cariátides y se deslizó hasta el suelo. Se echó otro trago, lo eructó y después se quedó dormido.

No lo despertó el amanecer, sino la desazón de haberlo perdido todo. Se puso de pie con una sola idea en la cabeza: me queda una cosa por hacer. Miró la lápida, en la que ya se leía otra vez el nombre. A lo lejos oyó que abrían las puertas para los que madrugaban a visitar a sus muertos.

El Pelirrojo estaba de guardia afuera, aunque siempre se arrinconaba en el corredor de la cabaña para echarse un sueño cuando asumía que todos estaban dormidos. Tenía puestas dos ruanas y un gorro de lana gruesa. Una hora antes lo había despertado el picoteo de un carpintero, pero había mucha niebla y se acomodó de nuevo sobre el costal y se quedó otra vez dormido.

Más tarde la neblina se disipó en lo alto y un rayo de sol le pegó en la cara. Iban a ser las siete de la mañana y ya Carlitos habría preparado el café. El Pelirrojo se estiró para quitarse el molimiento de una noche incómoda, y fue entonces cuando vio el bulto junto a la portada. Desenfundó la pistola y preguntó en voz alta:

—¿Quién anda ahí?

No le respondieron. Se acercó un poco más, ya con la pistola en alto. No reconoció al Mono porque estaba sentado de espaldas sobre una roca.

—¿Quién es? —repitió.

De la cabaña salieron Carlitos y Maleza, también armados, y le preguntaron qué pasaba.

—Hay alguien allá —les señaló.

Maleza y Carlitos llegaron hasta donde el Pelirrojo.

—¿Será algún perdido? —preguntó Carlitos.

—Puede ser una trampa —dijo Maleza.

—Hey —volvió a gritar el Pelirrojo.

La figura se disolvía entre la niebla. El Mono se puso de pie, muy despacio, y los otros tres le apuntaron. ¿Viene o va?, preguntó Maleza. Viene, respondió Carlitos.

—Es el Mono —dijo el Pelirrojo.

Los tres se alertaron. Se movieron inquietos en su sitio, pero ninguno dio un paso adelante. ¿El Mono? Ese no es. Sí es. ¿Y qué hace ahí?, ¿por qué no entró? A medida que se acercaba pudieron confirmar que era el Mono. Tambaleaba, traía la mirada perdida y el pantalón orinado. Tenía la camisa por fuera, desabotonada al frente, y por la pretina se le asomaba la Makarov.

—¿Qué hacen afuera? —les preguntó.

—¿Qué estabas haciendo allá? —le preguntó el Pelirrojo.

—¿Dónde andabas? —le preguntó Maleza—. Te estamos buscando desde hace tres días.

El Mono pasó de largo frente a ellos.

—El Tombo nos contó todo —le dijo el Pelirrojo, que iba tras él.

El Mono se detuvo y se dio vuelta. Iba a decir algo, pero se le soltó otro eructo. Se quedó mirando la sombra de los árboles entre la neblina.

—Bueno —dijo finalmente—, me ahorró el trabajo de contarles.

Avanzó otro poco y volvió a detenerse. Sin mirarlos, les dijo:

—Váyanse.

—¿Qué? —preguntó el Pelirrojo.

—Que se vayan.

Los tres se miraron. El Mono llegó a trompicones hasta el corredor, seguido de ellos, que todavía no entendían nada. ¿Y el viejo?, preguntó Maleza, ¿quién lo va a cuidar? ¿Para dónde nos vamos a ir, Mono?, preguntó Carlitos, no tenemos ni un peso. Negociá al viejo por cualquier cosa, dijo el Pelirrojo, no podemos irnos con las manos vacías. El Mono los enfrentó:

—¿No era esto lo que buscaban? ¿No dizque querían terminar rápido? Pues ya está, se acabó, se pueden largar ya mismo.

Los otros resoplaron. El Pelirrojo cambió el tono.

—Podemos terminar de una mejor manera —dijo—. Tal vez no consigamos lo que teníamos pensado, pero...

—Tienen al Cejón y a Twiggy —lo interrumpió el Mono—. En cualquier momento aparecen por acá, si es que ya no nos tienen rodeados.

—Podríamos llevarnos al viejo para otro lado —propuso el Pelirrojo.

—¿Para dónde? ¿Con qué plata? —lo desafió el Mono.

Maleza se le acercó un poco más. Vos dijiste que todavía quedaba plata. El Mono se apoyó en la puerta y negó con la cabeza. ¿Qué pasó con lo del banco?, insistió Maleza. El Mono bajó la cara y siguió negando. Respondé, Mono, dijo el Pelirrojo. El Mono los miró, la mandíbula le temblaba, no hay nada, no hay plata, no hay negocio, y si no quieren que los agarren, váyanse ya. Entró a la cabaña y los otros se quedaron afuera. Bufaron, se rascaron la cabeza y manotearon. El Pelirrojo gritó, ¡cómo que no hay plata!, y pateó una lata de galletas donde había sembrada una biflora.

El Mono se tiró de espaldas sobre el sofá roto. Los oyó conversar afuera, pero no entendió ni una sola palabra. Vio una colilla en el piso y la cogió. Carlitos entró y lo encontró agachado, buscando algo entre el desorden. ¿Qué buscás?, le preguntó. Un fósforo. En la cocina tengo. El Mono lo siguió y Carlitos quitó de la estufa una olla en la que calentaba agua para el café. Le extendió al Mono un fósforo prendido. Maleza tiene cigarrillos, le dijo Carlitos. Así está bien, dijo el Mono, no quiero que me saquen nada más en cara. Le dio dos caladas a la colilla y se quedó mirándola. ¿Qué vas a hacer con él?, le preguntó Carlitos. ¿Te importa?, le preguntó el Mono. Claro que me importa, dijo Carlitos, lo he cuidado mucho como para que no me importe. El Mono dio otra calada y casi se quema los dedos. Voy a llevarle un café, dijo el Mono. Aplastó la colilla en el piso y dijo, y dame otro a mí. Me refiero a después, dijo Carlitos. ¿Después?, preguntó el Mono. Se estregó la cara con las manos y dijo, ojalá uno supiera lo que va a pasar después.

Don Diego lo esperaba sentado en el catre como si tuviera una cita. Aunque no le había parado la tos, se veía de mejor semblante. El Mono volvió a derramar café cuando le pasó la taza. Don Diego la tomó con las dos manos y miró adentro: apenas lo habían pintado con cuatro gotas de leche. El Mono también miró su taza con fastidio. Algo tan fácil como hacer café y estos pendejos nunca pudieron aprender, dijo el Mono. Yo tampoco sé, dijo don Diego, siempre me lo prepararon. Yo aprendí en la cárcel. ¿Cuándo estuvo preso? Varias veces, dijo el Mono. Le falta una más, le dijo don Diego. No creo, juré que por allá no volvía. Volverá, acuérdese de mí. Don Diego puso la taza junto al catre y volvió a toser. Afuera se oyó un ruido de puertas. Ya se van, dijo el Mono. ¿Todos? Todos, don Diego, aquí solo quedamos usted y yo.

El Mono fue hasta la entrada del cuartucho y miró hacia el pasillo. Se van sin siquiera dar las gracias, dijo. Se quedó mirando a don Diego y le dijo, venga, salgamos afuera, la mañana está bonita. Don Diego también se quedó mirándolo y luego le preguntó:

—¿Es el último deseo para un condenado a muerte?

—¿Lo dice por usted o por mí? —le preguntó el Mono.

Don Diego sonrió. Se puso de pie con dificultad y dijo:

—Está bien. Vamos afuera.

Caminó despacio y cuando cruzó frente al Mono lo mareó el tufo a aguardiente. De pronto se detuvo y dijo, espere. Dio media vuelta y apagó la luz del cuarto.

Se sentaron en el murito del corredor, de espaldas a la cabaña. Callados, admiraron la neblina que se arrastraba sobre el pasto y la que se filtraba entre las ramas.

—¿Los oye? —preguntó don Diego.

El Mono se alertó.

—Son cucaracheros —dijo don Diego—. Pueden silbar las notas más impresionantes. Son pajaritos sin gracia, pero lo que no tienen de plumaje lo tienen de cantores.

El Mono aguzó el oído, pero un pitido en la cabeza no lo dejaba oír nada. Se inclinó hacia delante, metió la cara entre las manos y luego se revolcó el pelo. Don Diego le notó el desespero.

—Dejaron morir las begonias —dijo.

El Mono levantó la mirada y vio las materas colgadas del techo con las matas apestadas.

—Ni eso fueron capaces de cuidar estos güevones.

Don Diego arrugó los ojos y miró el cielo.

—Cuando amanece así, después hace un sol picante —dijo.

—Anoche visité a Isolda —le contó el Mono.

Don Diego siguió mirando hacia arriba.

—A ella también se le secaron las flores —continuó el Mono.

Don Diego tosió adolorido.

—Pensé en coger algunas de por ahí, pero estaba muy oscuro —dijo el Mono. Hizo una pausa y añadió—: Dormí con ella.

Don Diego soltó una risita y dijo:

—Le anda siguiendo los pasos a su poeta, que se la pasaba recitando sus bodrios en las tumbas.

—Voy a visitarla, algo que ustedes nunca hacen.

El sol se asomó de nuevo por un roto entre las nubes y don Diego bajó la cabeza. ¿Sabe qué pensaría Isolda de usted, si viviera?, le preguntó al Mono. Está muerta. Si viviera, dije. Si viviera, estaría conmigo viendo este amanecer tan hermoso. Don Diego lo observó fijamente.

—No sea imbécil —le dijo—. Mírese en un espejo, no ahora que está vuelto una piltrafa. Mírese hacia atrás y hacia delante y pregúntese en qué espacio, en qué momento de su vida mi Isolda podría estar con usted de una manera distinta a la fuerza.

El Mono no lo miró. Parecía concentrado en el baile de la neblina. Nunca he oído una pretensión tan absurda, continuó don Diego. ¿Puede caminar?, le preguntó el Mono. Mi hija no nació para cobardes como usted. ¿Puede caminar, don Diego? Hasta sus propios hombres lo ven como un pelele, no se imagina lo que se burlan de usted, de sus ínfulas de poeta, hasta de su masculinidad se burlan. El Mono se puso de pie y, muy agitado y de frente, le dijo a don Diego, respóndame, maldita sea, ¿puede caminar?

—No quiero caminar —dijo don Diego.

—Váyase —le dijo el Mono.

—¿Qué?

—Que se largue.

Don Diego lo miró pasmado. El Mono resoplaba.

—No voy a moverme de acá —insistió don Diego—. Si me va a soltar, que vengan a buscarme.

—Usted se va a ir y yo soy el que me voy a quedar —le dijo el Mono.

—Pues hasta acá van a venir por usted.

—Y yo los voy a estar esperando —dio un paso hacia don Diego y le rogó—: Váyase.

Don Diego se quedó sentado. Respiraba hondo, sin quitarle la mirada al Mono. Se lo digo por última vez, váyase, dijo el Mono con cansancio, dejando ver las ganas de terminar con todo. Miró a don Diego como si se hubieran invertido los papeles y ahora el viejo fuera su victimario.

—Váyase, déjeme tranquilo, déjeme solo —le suplicó el Mono.

—Ya le dije que no me voy a mover de acá —insistió don Diego.

El Mono miró hacia arriba, vio que el cielo se volvía a cubrir y que de la montaña bajaba una masa de niebla espesa. Usted me está obligando a hacer cosas que no quiero, le dijo a don Diego. ¿Qué cosas? El Mono no le respondió. Frunció los labios como si tuviera en la punta de la lengua algo importante para decirle. Don Diego volvió a mirar hacia el frente: la neblina se precipitaba hacia ellos y un instante después los envolvió, dejándolos sin nada alrededor, como dos fantasmas entre la bruma. Don Diego llenó de aire frío sus pulmones débiles y le dijo al Mono:

—No se angustie y haga lo que tenga que hacer, hombre.

46.

Todavía hay policías vigilando la entrada y los jardines del castillo, pero ya no hay curiosos ni visitas. Soy el único que mira, y sigo sin entender a qué vine. Tal vez busco la respuesta a una pregunta que no me he hecho. O a lo mejor en ese castillo hay algo de mi historia que no se ha contado. Tal vez vengo a verificar si el sueño sigue intacto. Pero nada me dice nada. Todo se ve tan solo que tengo la sensación de que también sobro.

Nada pasa hasta que Gerardo se sube apurado a la limusina. Se oyen voces adentro, luego sale el belga con su maleta y camina rápido hasta el carro. Dita aparece tras él y le vocifera algo en francés. Está enfurecida, perdió hasta la elegancia aunque viste de luto riguroso. La limusina arranca y ella la ve irse por el camino de cipreses. Se queda mirando la puerta de entrada. Niega con la cabeza y baja las escaleras de piedra. El jardinero viene de cerrar la reja y le pregunta, ¿necesita algo, doña Dita? Ella lo aparta con el brazo y sigue decidida. ¿Qué siguen haciendo acá?, les pregunta, desde lejos, a los policías que cuidan la puerta. La miran sorprendidos. Váyanse, les dice. Los policías se miran entre ellos. Váyanse, les insiste Dita, aquí ya no tienen nada que hacer, déjenme tranquila. El jardinero se acerca y le dice, éntrese, señora, yo me encargo de esto. Usted también, le dice ella, no quiero verlo, váyanse todos, dígales a todos los de la casa que se vayan, le suplica al jardinero. Baja hasta los jardines del frente y allá les dice lo mismo a los otros policías. Fuera de aquí, no quiero verlos más, desaparezcan. Les manotea, roja de la ira. Fuera todos, grita, fuera, fuera, dice hasta que se ahoga y se apoya en una de las bancas de la pérgola, junto a la fuente.

No demora en calmarse y, de espaldas al castillo, observa las montañas, los gallinazos sobre el río, el humo de las fábricas, el atardecer de una ciudad que acaba de mudar de piel para mostrar su verdadera naturaleza.

Se pone de pie, estira el brazo muy alto y cierra la mano, como si cogiera un puñado de aire. Pasa de largo y no me ve asomado desde el lindero, sigue por un costado y sube hasta el bosque. Se detiene a mirarlo y, un instante después, se mete entre los árboles hasta perderse.

Ayer, a esta hora, algo crujió bajo mis pies. No entendía que hubiera un atardecer tan tranquilo en medio de tanta convulsión. En realidad, no entendía nada. Di una vuelta por los alrededores y, de un momento a otro, me entró mucho miedo de estar ahí solo y de que me agarrara la noche. Crucé la loma para volver y vi subir la limusina, todavía sin prender las luces. Venía lenta y plomiza, como si subiera con el motor apagado. No pude devolverme, ni correr, y se me fue yendo el aire a medida que se acercaba. Pasó frente a mí como si me rozara con una pluma, como un aliento en el oído, sin destino, como si no viniera de ningún lado y tampoco tuviera adónde ir. En medio del aturdimiento, hasta me pareció que iba sola.

—¿Qué estás haciendo aquí? —me preguntó mamá, mientras bajaba la ventanilla.

—Nada —le respondí, todavía helado, y me subí con ellos al carro.

Papá prendió las luces y desde el asiento de atrás los vi silueteados contra el resplandor de la calle. No me hablaron, parecía que el silencio era un acuerdo entre los que sentimos que algo se había roto ese día. Poco antes de llegar a la casa, mamá sacudió la cabeza y dijo, qué horror. Papá siguió callado. Yo solo podía verlos desde atrás, y nunca había tenido tantas ganas de mirarlos a los ojos y que me dijeran, puedes llorar si quieres. Nunca antes, nunca, había sentido el pavor de perderlos, ni la necesidad de suplicarles, por favor no se mueran.

Ahora el cielo lo cruzan nubes amontonadas y el tiempo se mueve lento como ellas. No sé qué sigo haciendo aquí. Tal vez vine para despedirme. Ya no tiene mucho sentido volver por estos lados.

Después de un rato, Dita sale del bosque y no la reconozco. No tiene el pelo recogido en una moña, como cuando entró. A cada lado le salen dos cuernos retorcidos, peinados hacia atrás, y del centro le brota un mechón como una fuente. Tiene todo el pelo adornado con azaleas, lirios, pétalos de pensamientos y geranios, y una rosa engarzada en cada oreja. Y trae otra expresión, como si viniera de otro mundo.

No soy el único sorprendido. Detrás de mí, entre las ramas de un árbol, alguien silba.

Agradecimientos

Doy las gracias a María Teresa Muriel, Benny Duque, Sandra Naranjo, Luis Felipe Echavarría, Pablo Echavarría y a Jaime Echeverri, como siempre, porque su valiosa colaboración fue definitiva para escribir esta historia.

«Entre la fantasía y la truculencia, entre los hermanos Coen y los hermanos Grimm, *El mundo de afuera* es una deliciosa sorpresa.»
LAURA RESTREPO

«Fascinante y sorprendente. Arranca como un cuento de hadas y acaba como una película de Tarantino.»
SERGIO VILA-SANJUÁN

«Jorge Franco triunfa en lo más difícil: la creación de personajes memorables.»
IGNACIO MARTÍNEZ DE PISÓN

«Una delicia de novela. Y leyendo me preguntaba: ¿a qué director de cine *no* le gustaría convertir esta novela en película? Personajes y diálogos memorables, y una fantástica historia. *Voilà!*»
NELLEKE GEEL

XVII Premio Alfaguara de Novela

El 20 de marzo de 2014 en Madrid, un jurado presidido por Laura Restrepo, e integrado por Sergio Vila-Sanjuán, Ignacio Martínez de Pisón, Ana Cañellas, Nelleke Geel y Pilar Reyes (con voz pero sin voto) otorgó el **Premio Alfaguara de Novela 2014** a *Aquel monstruo indomable,* de **Antonio Benjamín.**

Acta del jurado

El jurado del **XVII Premio Alfaguara de Novela,** después de una deliberación en la que tuvo que pronunciarse sobre cinco novelas seleccionadas entre las ochocientas setenta y dos presentadas, decidió otorgar por mayoría el **XVII Premio Alfaguara de Novela,** dotado con ciento setenta y cinco mil dólares, a la novela titulada *Aquel monstruo indomable,* presentada bajo el seudónimo de **Antonio Benjamín,** cuyo título, una vez abierta la plica, resultó ser *El mundo de afuera,* y su autor, **Jorge Franco.**

El jurado quiere destacar que la obra premiada narra un desquiciado secuestro, en un ambiente progresivamente enrarecido, mediante la combinación original de elementos de fábula y cuento de hadas, y rasgos expresivos de un momento de violencia y crisis. El jurado ha valorado el sentido del humor, la eficacia de los diálogos, la construcción de personajes complejos y la agilidad narrativa que hace que la tensión se mantenga hasta la última página.

Premio Alfaguara de Novela

El Premio Alfaguara de Novela tiene la vocación de contribuir a que desaparezcan las fronteras nacionales y geográficas del idioma, para que toda la familia de los escritores y lectores de habla española sea una sola, a uno y otro lado del Atlántico. Como señaló Carlos Fuentes durante la proclamación del **I Premio Alfaguara de Novela,** todos los escritores de la lengua española tienen un mismo origen: el territorio de La Mancha en el que nace nuestra novela.

El Premio Alfaguara de Novela está dotado con ciento setenta y cinco mil dólares y una escultura del artista español Martín Chirino. El libro se publica simultáneamente en todo el ámbito de la lengua española.

Premios Alfaguara

Caracol Beach, Eliseo Alberto (1998)
Margarita, está linda la mar, Sergio Ramírez (1998)
Son de Mar, Manuel Vicent (1999)
Últimas noticias del paraíso, Clara Sánchez (2000)
La piel del cielo, Elena Poniatowska (2001)
El vuelo de la reina, Tomás Eloy Martínez (2002)
Diablo Guardián, Xavier Velasco (2003)
Delirio, Laura Restrepo (2004)
El turno del escriba, Graciela Montes y Ema Wolf (2005)
Abril rojo, Santiago Roncagliolo (2006)
Mira si yo te querré, Luis Leante (2007)
Chiquita, Antonio Orlando Rodríguez (2008)
El viajero del siglo, Andrés Neuman (2009)
El arte de la resurrección, Hernán Rivera Letelier (2010)
El ruido de las cosas al caer, Juan Gabriel Vásquez (2011)
Una misma noche, Leopoldo Brizuela (2012)
La invención del amor, José Ovejero (2013)
El mundo de afuera, Jorge Franco (2014)

Alfaguara es un sello editorial del Grupo Santillana

www.alfaguara.com

Argentina
www.alfaguara.com/ar
Av. Leandro N. Alem, 720
C 1001 AAP Buenos Aires
Tel. (54 11) 41 19 50 00
Fax (54 11) 41 19 50 21

Bolivia
www.alfaguara.com/bo
Calacoto, calle 13 n.° 8078
La Paz
Tel. (591 2) 279 22 78
Fax (591 2) 277 10 56

Chile
www.alfaguara.com/cl
Dr. Aníbal Ariztía, 1444
Providencia
Santiago de Chile
Tel. (56 2) 384 30 00
Fax (56 2) 384 30 60

Colombia
www.alfaguara.com/co
Carrera 11A, n.° 98-50, oficina 501
Bogotá DC
Tel. (571) 705 77 77

Costa Rica
www.alfaguara.com/cas
La Uruca
Del Edificio de Aviación Civil 200 metros
Oeste
San José de Costa Rica
Tel. (506) 22 20 42 42 y 25 20 05 05
Fax (506) 22 20 13 20

Ecuador
www.alfaguara.com/ec
Las Higueras, 118 y Julio Arellano.
Sector Monteserrín
Quito
Tel. (593 2) 335 04 18

El Salvador
www.alfaguara.com/can
Siemens, 51
Zona Industrial Santa Elena
Antiguo Cuscatlán - La Libertad
Tel. (503) 2 505 89 y 2 289 89 20
Fax (503) 2 278 60 66

España
www.alfaguara.com/es
Avenida de los Artesanos, 6
28760 Tres Cantos, Madrid
Tel. (34 91) 744 90 60
Fax (34 91) 744 92 24

Estados Unidos
www.alfaguara.com/us
2023 N.W. 84th Avenue
Miami, FL 33122
Tel. (1 305) 591 95 22 y 591 22 32
Fax (1 305) 591 91 45

Guatemala
www.alfaguara.com/can
26 avenida 2-20
Zona n.° 14
Guatemala CA
Tel. (502) 24 29 43 00
Fax (502) 24 29 43 03

Honduras
www.alfaguara.com/can
Colonia Tepeyac Contigua a Banco Cuscatlán
Frente Iglesia Adventista del Séptimo Día,
Casa 1626
Boulevard Juan Pablo Segundo
Tegucigalpa, M. D. C.
Tel. (504) 239 98 84

México
www.alfaguara.com/mx
Avda. Río Mixcoac, 274
Colonia Acacias, C.P. 03240
Benito Juárez, México D.F.
Tel. (52 5) 554 20 75 30
Fax (52 5) 556 01 10 67

Panamá
www.alfaguara.com/cas
Vía Transísmica, Urb. Industrial Orillac,
Calle segunda, local 9
Ciudad de Panamá
Tel. (507) 261 29 95

Paraguay
www.alfaguara.com/py
Avda. Venezuela, 276,
entre Mariscal López y España
Asunción
Tel./fax (595 21) 213 294 y 214 983

Perú
www.alfaguara.com/pe
Avda. Primavera 2160
Santiago de Surco
Lima 33
Tel. (51 1) 313 40 00
Fax (51 1) 313 40 01

Puerto Rico
www.alfaguara.com/mx
Avda. Roosevelt, 1506
Guaynabo 00968
Tel. (1 787) 781 98 00
Fax (1 787) 783 12 62

República Dominicana
www.alfaguara.com/do
Juan Sánchez Ramírez, 9
Gazcue
Santo Domingo R.D.
Tel. (1809) 682 13 82
Fax (1809) 689 10 22

Uruguay
www.alfaguara.com/uy
Juan Manuel Blanes 1132
11200 Montevideo
Tel. (598 2) 410 73 42
Fax (598 2) 410 86 83

Venezuela
www.alfaguara.com/ve
Avda. Rómulo Gallegos
Edificio Zulia, 1.°
Boleita Norte
Caracas
Tel. (58 212) 235 30 33
Fax (58 212) 239 10 51